墨園花冊

余光中題

胡竹峰　著

前言

車前子

我快四十歲的時候，有幾年，交朋友的興致淡如河水，駁岸之上只有老舊的漲痕。想不到年近五十，我又交到一些小朋友。這些小朋友有見地，有情意，關鍵是有興致，竹峰就是其中一位。

竹峰稱我老師，我會慚愧。寫作多年，我多少已經疲憊，甚至有些厭倦，而他每次在電話裡和我討論散文隨筆的寫作，讓我一時間又是興致勃勃的樣子。

看他寄來的書稿，我也多從興致著眼。興致是寫作立場、文化態度，是東方美學建造的花壇，青石為欄也罷，黛瓦為欄也罷，松木鬃以朱漆為欄也罷，這是各人的材質不同，很難判定高下，也無須判定高下，只要能在花壇這個興致裡，雜種牡丹芍藥，或者種些鳳仙雞冠，種什麼花都可以，即使栽蔥也沒關係。就是說，我對竹峰的散文隨筆寫作，因為竹峰的天賦，也因為竹峰的僥倖，他一開始就有這樣濃郁的東方興致，不是在其他地方碰壁碰來的，以致我看他作品，從來不論優劣——首先在氣息上它們親近，相視一笑過後，只能自言自語。於是我也就沒有什麼話多說了。

我想對於作家藝術家而言，興致要比想像力更為重要，沒有興致，想像力落不到實處。興致最高的，可能是先秦文章、晉人書法和唐朝詩歌。這種興致，不是一個人兩個人的事，仿佛全社會風氣。當然，也是一個人兩個人的事，莊子文章中的興致好像全社會的興致都由他而起（喜歡他或者不喜歡他的興致）。有一種文體與書法相生相滅，那是雜帖吧。王羲之雜帖的興致一直很高，也就是書法的興致一直很高，他是雨雪有興致，晴也有興致；他是喜樂有興致，哀也有興致。每個人的興致是不同的，這個大家知道；每個時代的興致也是不同的，這個大家也知道。時代的興致會轉移，到了唐朝，晉人的雜帖興致轉移詩歌興致之中。儘管唐朝書法名家林立，但從興致上看，總覺得興致開始在減弱，意志悄悄在增強。所以唐朝的書法不夠瀟灑出塵，晉人書法老在那裡秋波一橫。興致裡是有種媚的，多少與水與流動有關。這媚是事——心腸軟的事業。一往情深就是心腸軟的代詞，從興致說到一往情深，鐵面無私從來不是中國文學藝術的主流，那太咄咄逼人。

這麼說，不是說先秦晉唐以後，中國的文學藝術就沒有興致，只是彷彿全社會風氣的那種興致式微，變得越來越世故。興致是不世故的，或許還有一點瘋癲。五代的楊凝式是興致式微之際大有興致者，看看他的《韭花帖》，「楊凝式午睡醒後，正覺腹饑，忽然有人送來一食盤，於是，就有了千古叫絕的《韭花帖》。有時候，我想，人送楊凝式的食盤中，到底裝的什麼東西？」裝的是興致。裝的是彼此興致。

許多年又過去，現在彷彿全社會風氣的那種興致是賺錢，但還有一些人興致勃勃地保持著自我興致，這自我興致就是——或許可以說是不妥協的精神、不合作的精神。竹峰就是其中一位。

這幾年，少年竹峰出沒風水，徘徊山林，寫下讀帖觀畫的散文隨筆，寫下吃飯喝茶的散文隨筆，這種興致正是東方美學建造的花壇之中開著的牡丹芍藥鳳仙雞冠，興致勃勃，生機勃勃。但這種興致在日常生活裡卻是稀缺的，尤其目前，有時候僅僅只是寫作中的意志。讀完竹峰這部書稿，我忽然心生悲憫——胡竹峰先生大概也是生不逢時的。但每個優秀寫作者似乎都是生不逢時的，生不逢時也是我們的興致。

是為前言。

二〇一二年六月一日下午，更上樓（東坡詩：「論畫以形似，見與兒童鄰。」）

附錄：前言是寫完了，昨晚才得知竹峰書稿已經排版，給我預留三個頁面，字數不夠，要再補寫三五百字。好在興致無邊。竹峰有篇文章，就名《無邊》，他寫道：

莊子逍遙遊，列子禦風行，陶淵明鋤禾歸來，李太白大醉未醒，蘇東坡一肚子不合時宜，陸遊在劍南跋涉，林逋的仙鶴繞園弄梅，小倉山房的風燈一身風雅，郁達夫多情累美人。

竹峰娓娓道來，從前賢的興致之中，他看出興致的多樣性。竹峰的寫作，也有多樣寫法，古往今來的寫法不管如何多樣，大致不出兩副筆墨——虛感實覺，竹峰能虛能實，而實覺似乎比虛感又更勝一籌。虛感需要放鬆，實覺卻依賴某種緊張，我不知道是竹峰個性裡的緊張抑或寫作上的緊張反而使其遣詞造句之際顯示興致不淺的從容，以致鋪張：

身體是放鬆的，心靈可以從容地由東至西，天馬行空也好，胡思亂想也好，大腦興奮著，滿腦子風花雪月，滿腦子春花秋月，滿腦子飛花逐月。

我讀出這近似強迫症的興致，平添一段波瀾：這個時代有作為的青年都是焦慮的，竹峰就是其中一位。

「很多古人活過來了」，竹峰說。我想這是古人的興致呢？還是我們的興致？興致，有時會是忘形的焦慮。

二〇一二年六月八日早晨，更上樓。

序

舒寒冰

這些年，很少看當代人的散文，我讀書慢，愛較真，要十目一行，時間不夠，就顯得吝嗇，忍痛放棄了許多可讀的華章。而竹峰這本《墨團花冊》，前後讀了一年，他寫一篇，我讀一篇，很多篇章我都是第一個讀者，編成冊後又花一個月時間，細細通讀。我一直喜歡秋水，年年歲歲，都喜歡在秋水的波光裡頹廢，竹峰文章，有秋水之美。

我們曾共同探討文章之道。竹峰嚮往「既能接通古人、又能接通當下」的境界。我說：「接通古人沒問題，你已經是個『古人』了。」我沒說出的疑慮是，你能否接通當下？乍讀《墨團花冊》，會有一個新奇的感覺——文字裡似乎讀不到當下的元素。他寫了很多交往，但讀來讀去，你不清楚他到底怎麼跟人聯絡的，電話還是網路？他給許多人寫舊氣十足的信，你卻看不出他是面對著電腦發電子郵件，還是坐在燭光裡矮紙斜行？他遊歷了不少地方，但從文字裡，搞不清他到底是坐著四輪的鐵馬獵獵賓士，還是乘著白色的大鳥作逍遙遊？是千里之行始於足下，還是萬頃碧波一葦杭之？偶爾提到細雨騎驢，又似乎是幻境。他在明月清風的文字裡，品飲雲山霧水，茶具總是紫砂或白瓷；他烹調人間清歡，卻總不告訴你煙火的來處；欣賞朋友朱麗琴，居然從人家名字開始，想起了朱紅、麗人和古琴；去年以來，他天天寫日記，照理說最是當下氣息了，可看來看去，還是古人味道。

竹峰就是一個隱居在古畫裡的人，如果我們進入畫中去看他，卻先要被他的文字剝掉當下的服飾、坐騎，甚至當下的牢騷。在他筆下，我們這些朋友，都成了古風。鄉下土法做豆漿，要用紗布的包袱將豆渣豆皮全部過濾下來。竹峰是一張金絲細眼的網，過濾這個時代的一切雜碎，奉獻給讀者的，是純粹的豆漿。所以，我一次次對他的文字驚訝的同時，卻擔心他能否接通當下。他筆下煙雲會不會凌虛高蹈？時光證明我的擔憂是多餘的——竹峰所有的文章，其實都是在書寫他自己，自己即是當下。文字裡的竹峰，已經是當下一個不容忽視的存在，一個可愛的存在。我相信，假以時日，或許將是中國文壇一個重要的存在。

時代是列越來越快的火車，竹峰是車內那隻不斷往回飛的蝴蝶，面對窗外那些被玻璃隔閡的、快速消逝的風景，有近似沉淪的迷戀。生活像人聲嘈雜的大賣場，或者燈光旋轉的舞臺，竹峰安靜地坐在一個角落獨自品茗，看著一朵朵茶葉徐徐展開，又慢慢老去，耳中充滿遙遠的鳥鳴。竹峰從不飲酒，卻總是在文學或生活的細節裡，令人絕望地陶醉。竹峰曾戲言，希望我將他變形到小說中，做一個打家劫舍的盜匪或者青皮白眼的無賴，都可以，完全不在乎，只要好玩就行，可任憑我使出乾坤大挪移的無敵神功，也只能把他變成一個垂楊系馬的公子，或者西風殘照的貴族。竹峰與其文字的意義在於提示人們，在一個冗雜、沉悶、煩躁、分崩離析的時代，一個人，依然可以如此優雅、精緻、唯美、空靈地生活著，細細欣賞宇宙間一切美好的事物，努力掙脫現實的羈絆，回歸心靈的高貴與自由。

竹峰每次回鄉，喜歡在松花居小住。松花居是我的，也是他的，是當下的，也是古人的。這裡經常有一些聚會，松風習習，松花飄香，星燈如豆，天籟悠悠，單從模糊的衣著和面目，彼此分不清誰是今人，誰是古人。但我們有一個心照不宣的法子辨認：那個眼裡一潭秋水的，是莊子；一片陰雲的，是曹子建；一溪春風的，是王羲之；一壺美酒的，是李白；一江明月的，是蘇東坡；一池花影的，是溫庭筠；一庭美人的，是曹雪芹……滿目冰雪斜陽的，是舒寒冰；兩眼流出琴聲的，是胡竹峰。

能住在苔痕碧綠的青瓦下，是有福的。竹峰寫過一篇《片瓦書》的散文，剛出爐時他發給我看，很喜歡，當即同題和了一首詩，結尾處是這樣的：

竹峰寫了篇長長的
青瓦悼詞
像傳說中的泥瓦匠
打開烈火的胸腔
一窯好瓦還冒著青煙

用這個比喻來結尾，似乎和竹峰的文風不相符合，但當時的感覺就是那樣，也就不管那麼多了。

二〇一一年十二月二十五，嶽西，松花居。

【目次】

附錄

輯三 食跡

輯四　茶跡

輯五 信跡

輯六　人跡

輯七　月跡

輯八 筆跡

後記 281

【輯一 心跡】

清涼水被荷花......的生
是荷...的如果......側看了
時空的...畫靜寂......從整根
的空間......個月......
時間中......

此......水時：般若花如...境
...

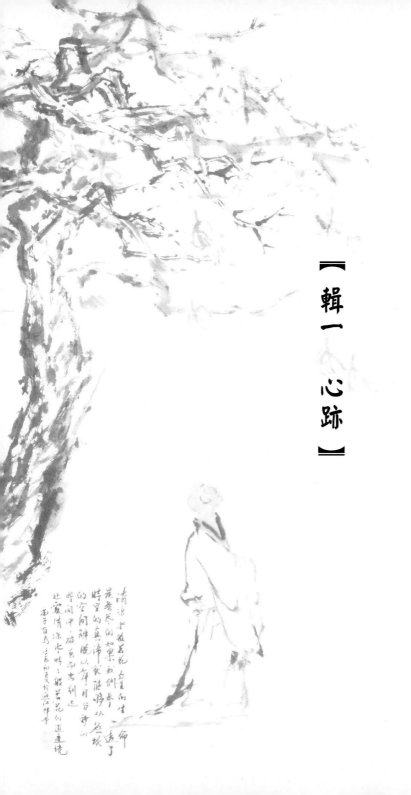

筆墨與風水渙

讀書幾乎是我的日課，說幾乎，因為偶爾也會厭煩。書讀煩的時候，我就觀畫或者讀帖，觀中外各種畫冊，讀古今各類法帖。畫冊花花綠綠，讓我讀出一身喜氣。歲末年關，屋子沒有暖氣，冬寒乏味，更懶得讀書，越發熱衷畫冊，三三五五地打開，像小時候看連環畫，攤了一地，提前歡歡喜喜過大年。

各種字帖橫七豎八在地板上亂放，漢簡與魏碑相疊，行書與章草呼應，有很多聲音從地面發出，是鐘繇的，褚遂良的，楊維楨的，文徵明的，鄧石如的。我籠罩在中國書法的鬱鬱之氣中，頓時文采興盛，肺腑之間有筆墨，於是開始寫作。一個句子追趕著另一個句子，一段文字追趕著另一段文字，一篇文章追趕著另一篇文章。如此蓬勃的創作力，我覺得來自於書畫藝術的薰陶，書法氣息薰染著文字的舊味，畫中味道陶冶著文章的色彩。（好的文章應該有舊味與色彩的，墨分五色，文章亦是如此。）我幾乎有點得意忘形，儘管無才可恃，我也要傲物的，傲各種文學讀物。

我突然發現筆墨是活的，筆墨的主人是活的，他們坐在我的對面：王羲之袒著肚皮，敞開袍子，表情輕鬆；顏真卿蟒袍寬幅，一臉正氣；米元章身材峭拔，面目冷峻；蘇東坡意態悠閒，步履沉著；王寵風流蘊藉，縱情山水；鄭板橋卓爾不群，怪裡怪氣；何紹基一身酒氣，誇誇而談……柳宗元說：孤舟蓑笠翁，獨釣寒江雪。

過了片刻，漁翁回家了，孤舟在河堤邊蕩漾，一江寒雪，茫茫一白，宣紙白。這場景有張岱《湖心亭看雪》的筆意：天與雲與山與水，上下一白，也像宣紙白。湖上影子，惟長堤一痕，湖心亭一點，舟一芥，舟中人兩三粒而已。

一點一芥兩三粒，是灑在宣紙白上的淡墨。一點一芥兩三粒的細微中有天地之大，天與雲與山與水上下一白的宏大中有一點一芥兩三粒之小。畫面活了。大中有小，多中有少，滿中有淺，陰陽相濟，這是中國所有上乘藝術的特徵。

中國藝術，道家的痕跡處處可見，陰陽為骨，無為是表。前些時讀《周易》，象曰：風行水上，渙。大意是水上見風，漣漪泛起，散而不亂，渙然而合，成自然之象。

古人說巽為風，坎為水，風行水上，而文生焉。蘇洵又云：「風行水上渙，此亦天下之至文也……天下之無營而文生者，惟水與風而已。」無營的境界，心嚮往之。無營而為，寫胸中所想，匠心中師法自然，兼收並蓄，不刻意追求某個主題或者意向，筆墨著色間有人與自然的和諧共生。源於內心，成於自然。憑天性，靠感覺，領悟自然之神祇，那是古往今來、天地之間最難得的品質。

二〇一〇年十二月二十六日，鄭州，鬥支屋。

山林

從老屋的後邊，順著細石子路慢慢走，就到了山中。

這條路我已經走過無數遍，小時候去玉米地裡放煙盆熏野獸，每天夜裡，點一束葵稈火把照明。現在回想起來，葵稈燃燒出的橘黃色火焰實在美極，那種特殊的香味漂浮在山野間，淡淡的，像輕紗一樣若有若無，不時有螢火蟲擦身而過，給夜行增添了很多詩意。

地域雖有些偏北，畢竟是初春，路邊的樹木已冒出了不少嫩芽。很久沒有感受到時令的變化了。在城市，我明顯減少了外出的時間和次數，體重一天天增加，髀肉復生。外出可以親近自然，親近大地，但城裡空氣不好，噪音多，所以更多時候寧願一個人窩著。

我喜歡家居的氛圍，讀書看碟，洗衣做飯，睡覺發呆。如果下點雨，那感覺就更好了，在陽臺上坐著，打開燈光，把窗簾拉開，背靠著牆，雨點打在窗上，發出木呑呑的聲音，玻璃上斑駁的雨線，總是使人的情緒變得柔和，心底漸次生出一些溫暖的東西。

在那座中原城市生活了六年，我居然不熟悉所在地方的街街巷巷。我害怕出去吃飯，害怕出去逛街，更害怕洶湧的人群和車流。腳固定了，就讓心走得遠些吧。家裡有四五千冊書，足夠打發窩居的時光了。

朋友說，你是一個寫作者，應該借行走沖淡生活的疲乏。朋友自然是對的，但忙於工作，我只好用閱讀來增加生活的廣度了。對讀書是無意的，但我想讀書應該會成為一輩子生活的主題吧。

我喜歡山中。

這是回家後的第一天早晨，正是城裡人剛剛打出睡醒後第一個呵欠的時候，我悄悄起床了，慢慢地走在山深處的小路上。

路邊的茅草被晨風輕輕地搖動著，地上的草皮，鋪了薄薄一層細霜。剛剛過去的那個冬天，我一直在尋找著清霜，每一次總是失望，雖有月落烏啼霜滿天，但一城高樓，滿街汽車，天上的霜下不來，只好懸在半空。

霜白，使這個清晨的氣息格外凜冽乾淨。眼前的一切符合我的心境，霜染叢林，草深處微微動著，是睡醒的兔子還是捕食的野鳥，我不知道。萬物各歸其處，相互羈絆，不相往來，這應該是很好的境地吧。

兩個飛蟲停在我的肩頭，停了就停了吧。在山中，我是可以讓蜻蜓立上頭的小荷尖角。不忍心把這兩隻飛蟲掃開，牠們膽子很大，從我的肩膀順著袖子慢慢往下爬。

我極喜歡那些體型微小的生物。

小時候讀書的路上有一個沙地，沙地上經常有螞蟻盤踞，每次總會逗留片刻，看螞蟻搬物、散步、打架……

我看見一隻螞蟻在搬運一個比牠的身體龐大三倍的蟲子；我看見一隻螞蟻繞著一塊小石頭轉圈；我看見一隻螞蟻忙忙如急事在身；我看見一隻螞蟻緩緩似信步徜徉；偶爾也會抽一根草芯，逗弄螞蟻，讓兩隻螞蟻把頭抵在一起較力。

山中有個廢棄的水井，當年村民灌溉用的，這幾年退耕還林，水井已廢棄不用了，井口兩旁雜草叢生，井水上浮動著很多水黽。說是浮動，因為牠們太小，仿佛是漂在水面的一抹浮萍。

一個個水黽在水面滑動，姿勢優美而從容，觸角過處，水波不興，輕盈得如風吹落葉。我停下來盯著牠們看，水黽有三對長有油光光絨毛的腳，一對短，兩對長，靠近頭部的短足用來捕食，身體中部和尾部的兩對長腳用來滑行。足的附節上，生長著一排排不沾水的毛，所以，與足接觸的那部分水面會下凹，但不會衝破表面張力。

一切微渺的生動，即便小若蜉蝣、微如細菌，神奇的造物主也賦予了牠們一定的智慧和生存的技能。水黽在流水上滑翔，不是與水嬉戲，而是為了捕食流水帶來的小蟲子或者死魚蝦，獵物一旦到手，就用管狀的嘴吸食牠們的體液。

水黽忽動忽靜，靜如處子，動若脫兔，牠們這樣的節律使人變得鬆弛、慵懶。井水的一方天地，對水黽而言，也是一個大千世界。

天色徹底大亮了，山風吹動著樹枝，陽光射下來，山腰上昨夜的白霧悄悄在散，舒緩的松濤聲輕和著樹林深處婉轉的鳥鳴。「仁者樂山，知者樂水」，說什麼仁者喜愛山，智者喜愛水，我覺得應該是仁者像沉靜的山一樣恆久，智者像流動的水一樣快樂，畢竟仁者也可以喜愛水，智者也可以喜愛山的。山水之樂，得之心而寓之酒，沒有酒，以清風代之，飲下無邊原野與漫漫山嵐。

常聽人說，山要青，水要秀。南方的山以樹多草滿而青，南方的水也因澄澈透明而秀。沒有樹木的山，即便是春夏之際，也顯得蒼茫雄渾。

有一年，我去太行山邊看山，北方的山與南方截然不同，山體的走勢，土石的顏色風格迥異。下午時，太陽西斜，我站在平原上看巍巍大山，懸崖峭壁，怪石嶙峋，山與山之間巨大的投影壓迫得人喘不過氣來。這樣的山，毫無秀美可言，但自有一份厚重。

一過雨水，鄉村的黎明幾乎是被鳥兒喚醒的。一隻八哥在樹林裡唱胡編亂湊的歌，一隻喜鵲在覓食的間隙，跑到電線杆上嘰嘰喳喳叫上幾嗓子。山雞揮舞著長長的尾羽躍過山場，還不忘沙啞悠長地說話。翠鳥在山谷對水而鳴，錦雞在土坡仰天長歌，麻雀在杉樹林蹦來蹦去，發出瑣碎的聲音。

在這些鳥的音樂會中，有種聲音特別突出。你不知道它在哪裡響起，山林的東邊，山林的西邊，山林的南邊，山林的北邊，拖長的聲音，有五個音節，懶洋洋的，音色卻出奇地亮。

樹梢上有一隻啄木鳥。久違了，我在心裡默默地說。那是一隻正在「嗒、嗒、嗒」地啄著木頭的啄木鳥，長而銳利的爪子抓緊了樹幹，粗硬而尖尖的尾羽倚在樹上。這是只色彩鮮明的鳥，腰部和尾上的覆羽呈黃綠色，額部和頂部紅色，灰色的長嘴漂亮地啄著樹幹，神情專注而認真。過了片刻，想必已經讓樹洞中的蟲子原形畢露了，啄木鳥一個吞咽動作，然後引頸而鳴，翩然飛去。

我儼然一腳從滾滾紅塵踏進了山河歲月。

頭頂發出群鳥撲棱著翅膀的聲音，回頭看，一群白鷺離窩了，那流線型結構的纖長身體，姿態輕盈，雪白的羽毛，鋼色的長喙，那雙青色的腳像一件精心打磨的青玉長杆。潔白的身子襯著大樹的蒼翠，四周靜悄悄的。

太陽終於爬過山尖，金色的陽光照著樹木，很多隻白鷺四散著展開雙翅，飛快地劃過樹杪，輕盈地落在對山的電線杆上，也有幾隻飛得更遠，直接奔向泥田，或在田埂上漫步，或繞著水田來回盤旋，在初春清晨陽光的映照下，牠們潔白的身子如粉雕玉砌。

山邊麥地的邊上有一株樹，一株樟樹。

樟樹是江南四大名木之一，人們常把它看成是景觀樹、風水樹，說能避邪。當年祖父對此深信不疑，他說屋基旁植樹會讓一個家庭有更多的生機與活力。

大概是念初中的時候，最多愁善感的年紀，早上起床後總要在院中樟樹下靜坐片刻，鼻息間淡淡的藥氣，讓人靈腑一醒。樟樹的香沒有桂花濃烈，沒有槐花清淡，沒有蘭花素雅，它的香斯文安靜地漂浮在清晨的空氣中。

眼前的這棵樟樹已經很老了，老得連村子裡最老的老人也不知道它的來歷。空中的種子，偶然落在這裡，發芽生根，也就隨遇而安了。樟樹的樹皮粗糙，質地卻均勻，沒有楊樹的斑駁，更不像桃樹長滿無數的疤瘤。它的樹幹筆直且長，一分二、二分四地豎在那裡，球形的樹冠像一把巨傘，在天空中撐出優美的一團，像蘇東坡的書法，圓潤中有連綿，規矩中透著俊秀飄逸的神韻。

那些年，常常站在山邊，默默地望著這棵樹，它會不會孤單，會不會和其他樹種閒聊呢。此時，這株樟樹在早春微涼的風中搖曳著，我看見幾個鳥窩，不知道是空巢，還是有鳥在其間棲身？放在十年前，我會爬上去看看的。

樹猶人。世間萬物皆有性情，山中的樟樹比屋前屋後的樟樹，分明是多了幾分從容的。當年莊子多麼願意做深山中的一株樹啊。「故賢者伏處大山湛岩之下，而萬乘之君憂栗乎廟堂之上」。大山湛岩之下，有一份沉默與天真，還有甘於卑下的淡然吧。

山中光水充足，土壤肥沃，樹長得自由舒展，鳥雀翔集，在漫漫山林中享盡天年。

人跟人比的是名譽地位，人跟樹比啥？人若和樹是一樣，不爭不群不黨，則能獨善其身。有一些日子，渴望像樹木一樣生活，我把都市裡的家取名為「木禾居。」。鋼筋混凝土的建築中，我將它營造成樹木的感覺。我覺得自己是一隻鳥，白天出去捉蟲子，夜晚回來棲身。

回到江城工作後，我所在的單位臨湖而立，拉開窗簾，可以看見大片的水域。每天中午飯後，常常一個人繞水散步，走兩三圈，直到背心微潮，有些乏時，才回到辦公室。
我不滿足於逐水而居，還是回到鄉下，在這樣一個清晨，走近山中，忘掉肉身，甚至忘掉心靈，一切都鬆弛下來，如樹，如草，如山泉青鳥。我想，一個人倘若能終身秉山而居，他做人可能會更崇高、更厚重一些，有嶙峋的風骨、氣格。我常常在深山的村子裡發現不同尋常氣息的人們。
大千世界雖有大千，大千終究是有限的，大千世界到底是樊籠，陶淵明說：「少無適俗韻，性本愛丘山」，又說：「久在樊籠裡，復得返自然」。
山林既在樊籠之外，山林頓成隱逸。

二〇一一年二月二十五日，安慶，湖畔社。

無邊

說不清為什麼，又一次失眠了。躺在朋友的書房裡，窗外的春風掠過松樹，吹出「忽忽」的輕輕細浪，狗被驚起的狂吠和豬的打鼾一起穿過玻璃，漫進紗窗，傳入耳膜。靜下來的時光使每一種聲音達到極端，那麼清晰，以柔軟飽滿的形式出現。毛茸茸，鬆軟軟，或者刺耳，或者熨帖，用一種輕如蟬翼卻毫不猶豫的力量刺入頭顱。

一冊又一冊圖書，在書架上靜立，透過昏沉沉的夜色，我看見書脊豎在那裡，一臉肅穆。

外面有半爿月亮，一片淡黃色的光暈一動不動地照射在書桌上，幾塊玩石，幾本圖書，沐浴在月色下。小瓷瓶裡插著一株仙人掌，一株吊蘭青翠柔嫩，在小茶几上亭亭玉立，那是一株銀邊吊蘭。欠著身子望過去，我看見銀邊在夜色中仿佛枯黃的葉緣。

朋友抽了太多的煙，滿屋子都是煙草的味道。臨睡時，我將窗戶拉開了一條縫，外面的風輕柔地越過紗窗，吹在窗簾上，窗簾有節奏地敲打著牆壁。失眠的痛苦漸漸退卻，我希望能靜靜地安穩地從容不迫地失眠，反正沒有誰來敲門，也沒有誰來推門。美麗的狐仙蜷縮在蒲松齡的文字裡，沒有豔遇，也沒有紅袖添香；豪爽的俠客靜臥在唐宋傳奇的冊頁間，不能把酒論世，也不能一訴衷腸。睏意越來越淡，躺在床上，少了久坐的累與長途步行的乏，身體是放鬆的，心靈可以從容地由東至西，天馬行空也好，胡思亂想也好，大腦興奮著，滿腦子風花雪月，滿腦子春花秋月，滿腦子飛花逐月。

莊子逍遙遊，列子禦風行，陶淵明鋤禾歸來，李太白大醉未醒，蘇東坡一肚子不合時宜，陸游在劍南跋涉，林逋的仙鶴繞園弄梅，小倉山房的風燈一身風雅，郁達夫多情累美人。

很多古人活過來了，穿著葛衣的莊周一板一眼地打草鞋。我走過去，他看都不看我，埋著頭，有力地搓著稻草，搓成一根根草繩。莊周的腰間繫一個木製的彎弓形的「鞍子」，他將草繩一端別在「鞍子」上，另一端套在木架子上，根據所打鞋的大小選擇樁數。你的草鞋賣嗎？莊周抬頭看了看我，我看見他左眼清靜無為，右眼悲憤絕望。除了清靜無為和悲憤絕望，那目光如水，也如雪，像彩虹，像星辰，像圓月，像清風，像森林迢迢樹木，像原野無際綠色，像黑夜之燈，像冬日之火，像烈日樹蔭，像嚴寒暖被，像深夜天河對人間浩淼的注視，像月光對大海的撫摸。

先生喜歡讀書嗎？這次莊周開始說話了：吾生也有涯，而知也無涯。以有涯隨無涯，殆已；已而為知者，殆而已矣。先秦的口音仿佛金石，一字一句有天地間最大的肅穆。

出名需趁早，先生以為然否？「名也者，相軋也；知也者，爭之器。二者兇器，非所以盡行也。」

我拿起一根稻草，纏繞在指間，纏得太緊，啪的一聲，斷了。莊周走過來說：

「人皆知有用之用，而莫知無用之用也。夫大塊載我以形，勞我以生，佚我以老，息我以死。故善生者，乃所以善死也。」莊周長吟著，緩緩消失了，蹲在洞穴門口熬藥的神農氏和森林裡採蕨的先民，勘察山脈水域走向的隱士和記載日月星辰運行的星官一個個躍然眼前，然後一切又重新陷入安靜，仿佛沒有發生過。

夜裡多好。人都睡著了，少了太多世俗的聒噪，這無邊的夜色中有一個比白天更廣袤的世界，這個世界安寧而深邃。正是春天，原野上半開著鮮花，柳樹已經長出了柳條。貓頭鷹在某一棵大樹杈上半睜半閉著眼睛，森林湖泊裡的魚兒用鰭翅劃開水面，漣漪粼粼，劃開水面，仿佛劃開一個世界。荷梗下搖曳擺尾的蝌蚪自由自在，荷花上剛剛甦醒過來的青蛙愣愣發呆，螞蟻在樹巢或地洞從容爬行……在無邊的夜色中，牠們進入無我之境。

躺著，躺著，身體輕了，內部的虛弱，外部的虛榮走遠了，潛伏了。靠床的牆上掛著一幅《觀山圖》，沒有亭台軒榭，沒有花木蔥郁，裸露的山石間幾株蒼松，遠山陷入雲海中，雲海漠漠，路也沒有，卻有禪意，薄如蟬翼的禪意，不可說，一說就破。不著一字，是大風流也，我近來覺得寫作幾乎就是小道。接通傳統，打通地氣，從源頭逶迤而來，從民間緩緩化出，這樣的寫作方才是天地間最偉大的事業。

越來越清醒了，心裡仿佛有泉水汩汩流出，身體也漸漸濕潤，淡淡的氤氳中有老朋友的溫暖。

被子略薄，忘記帶秋衣，突然覺得有些涼意。多像深秋，我突然有多年前的深秋之感，或者說多年前的深秋之感突兀而至，或者說多年前的深秋之感瞬間復活，或者說時間倒流，我潛入了多年前的那個深秋。

院子裡的桃樹幹枝臨空，只有一盆蘭花是青的。門口的梨樹砍掉了樹冠，空當當的樹幹仿佛刮光頭髮的女人。

十五瓦的燈泡，八仙桌邊四條椅子，關緊的木格窗戶糊著白紙，母親裁剪鞋樣子，烏沉沉的剪刀在乾硬的布料上剪出大鞋小鞋，大鞋是父親的，小鞋是我和弟弟的。矮凳子上放了針線包，蒲草編製的，淡黃色的紋路，在燈光下，很好看。

夜深得成了殘夜，寒意越來越濃，仿佛深冬，如果下點雪就好了，我在心裡胡思亂想。兩條腿已經開始涼了，我的情緒很好，起床打開電腦，找一段古琴的音訊，將音量壓得低低的。古琴有種緩慢的節奏，很適合在夜裡播放，琴音流出來的時候，時間彷佛凝固了，空氣也似乎變得粘稠，有薄涼的況味。

我在這無邊的夜色中，陷入了古琴的世界，睜大雙眼，夜愈深愈清醒。時令已是暮春，暮春的暮沒有暮氣，鳥聲和花葉顯示出前所未有的輕靈氣象。打開手機，掙扎著，還是起床了，寫字臺上手機螢幕的指標指向凌晨四點半。推開窗戶，清冽的小風撲面而來，從頭到尾是松針、青草、樹葉、鮮花的味道，他們混合在凌晨乾淨的空氣中濡染著屋子的每一寸角落。

坐在寫字臺前，從小提包裡翻出一疊信紙，想給另外一位朋友寫信。寫信是最好的交流方式，日記太個人，日記只是純粹私人化的表達。而寫作時，內心裡卻常常跳出一些讀者，非要人留下買路錢。寫信很好，信只給一個人讀，有文本的珍貴，還有情感上的肝膽相照。在中國傳世書法墨蹟裡，有很多書法就是朋友之間來往的信件。

初月十二日，山陰羲之報：近欲遣此書，停行無人，不辦。遣信昨至此。旦得去月十六日書，雖遠為慰。過囑，卿佳不？吾諸患殊劣殊劣。方涉道，憂悴。力不具。羲之報。

近來想寫這封信，沒有郵差，不能投遞，是以耽擱至今。你的信昨天到的，加之收到上月十六日來信，雖相隔遙遠，卻十分溫暖。向您問好，近來一切都好不？我突然生病，身體十分差。剛剛踏上路程，身心憔悴，就寫到這裡吧。

這樣的文字，有可以讓人觸摸的體溫和日常，襯住了淡淡的愁煩和感傷，六朝的格調大抵如此。

可靠的人生有時候需要靜靜地坐下來展紙濡墨。想像著墨香在豎式的信封裡靜臥著，跋山涉水風塵僕僕的郵差，也變得一身風雅。王羲之的這個朋友是誰已不可考，但不管是誰，打開信封，看見這一縷來自山陰的墨蹟，來自逸少指腕間的墨香，都會一份春色人間。

陌上花開，可緩緩歸矣。

路邊田野，花香四溢，你就慢慢回家，好好欣賞春色吧。

寫這封信的錢鏐，原是個私鹽販子，恰逢殘唐亂世，拿起刀槍，憑自己本事，成為稱霸一方的吳越國王。這封寫給回娘家的夫人的短箚，目的是催她回來，卻寫得旖旎有致，從容大度，充滿了溫情，全不像赳赳武夫手筆。

看得出錢大王很愛夫人，話不明說，明明希望她快點歸來，卻說陌上花開，提醒夫人不要辜負大好春光，顯出了好男人的一片溫柔。

在家庭和夫妻生活中，女人所希望的，莫過於男人能注意並尊重她們的身心。而在古代中國，女人普遍只是工具和器物，實在很難有這樣的尊重，似錢大王者可謂難得。以致後來蘇東坡專門以「陌上花」為題作詩，有云：遺民幾度垂垂老，遊女長歌緩緩歸。

天色比起床時亮了一點，快五點了，青山暈化在淺灰色的黎明的空氣中，坐在窗前，像面對著淡淡的水墨。視覺開始清晰，城市不再空蕩蕩，山麓之間也沒有了草莽氣息，無邊的晨霧在眼前彌漫飄散。

二〇一一年三月二十八日，嶽西，松花居。

手跋

——某大學的演講稿片段

當代散文家存在的問題是抱負太大，譬如很多人寫山水之類的散文，總要人為上升到文化的高度，這很可怕，也就是說他見山不是山，見水不是水，在我看來，這樣的散文，只能算第二重境界。

我覺得散文家應該少講一些文學抱負，而且應該有意識地剔除人生雜念，把平常心放在腦海。這樣的散文才會儒雅敦厚，這是我嚮往的境界，當然了，也僅僅是我自己喜歡的境界。前些時候和一朋友聊天，談到散文寫作的風格問題，我們一致認為好的散文應該是老僧閒話，這個說法有些武斷，也有些太個人中心化，其實好的散文也可以兒童活潑，稚子爛漫，也可以青春飛揚，也可以中年雲淡。

司空圖把詩歌的風格分為二十四種，雄渾，沖淡，高古，典雅，自然，含蓄等等。散文也一樣，什麼風格不是問題，關鍵看你如何去寫，有沒有寫出自己的性情。

當前的散文寫作，有個奇怪的現象，尊重和喜歡落後部分，譬如你寫在北京上海紐約生活的散文，不被看好，你寫在新疆沙漠，西藏高原生活的散文，卻叫好一片，仍在簡單的以農為本。

當前還有個奇怪的現象，有一種寫作者很會拔高，譬如寫吃飯、寫字、旅遊、穿衣，這些最平常的生活，他們都能納入自己的思想，也就是說把簡單的事情複雜化，美其名曰叫思想性寫作，而且稱之為「純散文」。別的都叫野狐禪，你若寫了人生的現實內容，寫了生活的細節，叫泥沙俱下，是要被那一類寫作「清理門戶」的。

但是沒關係，我寧願被他們清理。

說實話，很多自以為是的純散文，我這幾年越看越膩，山水樹木花鳥蟲魚已經不是山水樹木花鳥蟲魚，而成了作家主觀意識下的某某某，寫來寫去都是一廂情願，寫來寫去都是強吻。我覺得吧，寫作像談戀愛一樣，你情我願才可以，也就是說你對所寫作題材的把握，得水乳交融，若不然，別人讀了憋悶，你寫的時候也累，寫的人和讀的人都被囚禁了。

對題材把握的水乳交融，不是一味寫實，水乳交融，就是說你得在按部就班的過程中開出虛幻，開闢異在，開通自由。

在散文寫作上理清一個概念，很難，寫作上很多東西，只可意會，很難言傳。但行文從文，當然有技巧可尋，寫散文可以旁敲側擊，可以指桑罵槐，可以暗渡陳倉，可以釜底抽薪，但處理題材最好的方式是點到即止，但一定要點到點子上，還要講究個周到的出處，這個出處就是宣洩口。

寫文章長於抒情，是不夠的，但青年人寫作容易有抒情過多的毛病，所以青年情懷的文章，容易墜入稚嫩。但沒關係，抒情就抒情，畢竟處處可見性情字裡行間有和讀者的肝膽相照，這個就很難得。一個人成熟期的寫作，藝術上當然會更加完美，但容易閃爍其詞、文過飾非。

青年情懷的文章，容易墜入稚嫩。因為青年情懷虛的東西太多，虛得有實做底，沒有實就是虛高。古人告誡我們：「虛高有妄言」。那如何實呢？生活和讀書而已。

走一個地方，以及看一座山，見一條河，吃一頓飯，或者認識一個人，無來由或無新意的感慨一番，自我消閒可以，寫成文章，意義就不大了，意思就不大了。看見蜜蜂採蜜，見到山河壯闊，就牽扯出建設新國家的想像，就可以聯想到國家大地的萬丈豪情，即便不說是妄言，也過於勉強。因為幾千年以來，蜜蜂都在採蜜，山河一直遼闊。當然你可以寫蜜蜂採蜜，也可以寫山河壯闊，但蜜蜂山河等等其實是表相，蜜蜂裡面大有文章可做，山河內部也大有文章可做。要披著蜜蜂和山河的外衣，寫自己的性情。

散文是文學的基本建設，也是千百年來中國文學的主流。散文經過兩千多年的發展，拋開思想立意等等之外，我覺得散文是語言的藝術，那麼最好的散文語言是什麼呢？我覺得好的散文的語言可以穿越時間和地域，我們讀張岱的《湖心亭看雪》，還可以感受到明朝杭州西湖那場雪的情景，分明有清新之氣。

好的散文要有舊氣，但這個舊，不是舊衣箱裡曾祖父的舊衣服，而是曾祖父的水煙筒或者金銀珠寶，這些舊才有持久的價值。這樣的舊的文字，會隨著時間的流失，產生出包漿。

簡潔，是散文的美德。

歐陽修主筆《唐史》的時候，給編修們開過一個著名的編前會。在大街上，一匹瘋跑的馬踩死了一條狗，他請大家把這件事寫一下，同僚們盡顯筆端功夫，幾十個字上百字不等。歐陽修說，諸公這麼修史，一部唐史，我要蓋多大房子才裝得下。「問：內翰以為何如？曰：『逸馬殺犬於道。』」歐陽修用的六個字，既周到，也形象傳神。

還有一個故事，歐陽修寫《醉翁亭記》，第一句「環滁皆山也」，初稿不是這樣的，而是交代了四面八方的山，定稿簡潔有力，初稿卻拖遝。

當然簡潔過度就會矯枉過正，歐陽修自己主編《新唐史》，就因為太簡潔，很多地方語焉不詳，這需要我們警惕，很多時候過猶不及。

隨筆記

常常是這樣，走在淩晨的大街，幾乎空無一人了，路燈暗淡，拉著我的影子，長長的，也黯淡。一人的時候，說寂寞也寂寞，說孤單也孤單，說自在也自在，人生冷暖，自己體會。

這樣的夢出現不下十幾次了，從少年做到青年，昨天晚上又做了一次，既然反反覆覆，那就記下。我們走在大山上，那山高且偉岸，路奇陡，四周都是漆黑的，似乎沒有樹，只有石頭，或者是亂石嶙峋，或者是大石累累，走得很艱難，但還是上去了。上到山頂，一洗心中鬱悶，胸襟為之一清。到此時夢常常會分成兩節：

一、我似乎長了翅膀，一翅飛天，有青雲從耳畔流過，飛啊飛，飛到一片虛無。

二、山頂有一個書屋，藏滿了各種圖書，我喜不自勝，選了一大包，書名當時記得清楚，事後卻忘得一乾二淨。

多換幾種手法，寫作者也需要狡兔三窟。探索是創作力的表現。

對物的佔有欲越來越淡了，過眼即可，不需要擁有。不是怕玩物喪志，而是心態變了，玩物從來不喪志，自古多情空餘恨。

文章寫到後來，章法都不要了。寫氣，寫神，寫意，唯獨不著眼章法。莊子說以神為馬。也就是說那一路文章不需要開頭，也不需要結尾，它是虛空中的一個圓，處處是一切。心嚮往之。

淡定不算本事，飛揚也不算本事，淡定之中有飛揚，克制之中有勃發，心嚮往之。

平靜，還是平靜，突然就結束。這是平靜的力量。

話越來越少，沉默越來越多。事無不可對人言，關鍵是無事，只得無言。

繁華的地方到底太熱鬧，熱鬧也是熱，熱鬧也是鬧。

夜深了，街道睡了，還有人在街頭喝酒；天亮了，床醒了，還有人在床上睡覺。

黑白間

徽州的村落像一水墨冊頁，粗翻差不多，細看大不同，但不同之處在哪裡，我又說不出個所以然。說不出就不說吧，不說更好，孔子推崇「述而不作」，禪宗連述都免了，索性不立文字。

不立文字多好啊，我覺得禪宗的灑脫類似魏晉的不羈。文字已經汗牛充棟了，文字已經鋪天蓋地了，文字已經罄竹難書了，不立是對的，誰讓我們立了那麼多。災梨禍棗！

前些時去了趟徽州，朋友搞「徽州詩會」，請我參加。這年頭，有人冒充學富五車，有人冒充名士風流，有人冒充儒雅，有人冒充豁達，有人冒充大智慧，有人冒充隱士，我冒充詩人從安慶出發了。

過池州時，天還是半晴的，快到屯溪，卻下起雨來，不是「青箬笠，綠蓑衣，斜風細雨不須歸」的雨，而是「少年聽雨歌樓上，紅燭昏羅帳」的雨。這兩句詞，前句是唐人張志和的作品，後者為宋人蔣捷所書。我向來喜歡唐詩不中意唐詞，我向來喜歡宋詞不中意宋詩，宋詞裡尤其喜歡蔣捷的〈一剪梅・舟過吳江〉：

> 一片春愁待酒澆，江上舟搖，樓上簾招。秋娘渡與泰娘橋。風又飄飄，雨又蕭蕭何日歸家洗客袍？銀字笙調，心字香澆。流光容易把人拋，紅了櫻桃，綠了芭蕉。

這樣的句子，基本十足江南之況味，然另外那首著名的〈虞美人〉卻只記得零零星星的片段，好在手機有上網功能，於是搜來看了：

少年聽雨歌樓上，紅燭昏羅帳。壯年聽雨客舟中，江闊雲低，斷雁叫西風。而今聽雨僧廬下，鬢已星星也。悲歡離合總無情，一任階前點滴到天明。

站在車站大廳門口，看著徽州特色的魚鱗瓦的屋頂上煙雨迷濛，許是我好久沒有回家的緣故，心裡覺得魚鱗瓦上的煙雨分明彌漫有幾縷鄉愁。

晚上住在高爾夫鄉村俱樂部，蛙聲在遠處，蟲鳴於樓下，感覺極其受用。可能是下雨了，亦或許酒店太舒服，第二天，我差一點不想去茗洲。幸虧睡眼朦朧中翻開了《接待手冊》，我看到介紹茗洲說「深藏在四圍青山合拱如城堡、率水纏繞似白練的河曲洲園上」。

「青山合拱如城堡、率水纏繞似白練」這句話打動了我，文字之外的味道真是說不清。去吧，我倒要看看青山合拱、率水纏繞是什麼模樣。

一路上走走停停，時間稍長了些，好在窗外徽州民居的黑瓦白牆，足以沖淡路途的疲乏。

黑白給人以安靜的感覺，仿佛有遠離現實的安逸，據說人做夢的場景都是黑白的。好的東西都是黑白的，譬如水墨山水，王維就宣稱「畫道之中，水墨最為上」。我想徽州地區崇尚黑白，除了審美境界的因素外，和理學也有很大關係吧。兩宋時，水墨不僅合乎畫家的審美追求，也與理學家所提倡的絕欲超邁的文化哲學相契合，而徽州又剛好是理學大家朱熹長期生活過的地方。

徽州地區的白牆黑瓦，有的幾年，有的幾十年，有的幾百年，所以黑白顏色的濃度不盡相同。黑有焦黑、濃黑、重黑、淡黑、清黑；白有米白、粉白、灰白、黃白；黑白間產生出豐富的變化，幾乎就是高超的水墨書法了，讓我在車上看了個不亦樂乎。

到達茗洲時，樹木越發綠了，草木越發深了。一灘河水豁然而至，河深草木春，即便不是春天，也是美的，何況是春天，那就更加蔥郁了，更加葳蕤了，更加蒼翠了。

徽州本來就是婉約的寧靜的，下雨的緣故，婉約寧靜中更增加了幾許慵懶。有村民在竹林深處挑挖挖，有村民在橋邊小店裡躲雨，有村民在屋簷下東張西望。我們是不速之客吧，也不一定，我看見有人打著傘歪斜著趕路，目不斜視，只顧著把膠鞋在青石板上踩得劈啪直響。

遠方的茶園，影影綽綽中可以看見採茶婦。山林清逸的氣息四處浮動，盈懷滿袖了。竹林叢中，山雞野鳥，忽上忽下，恍惚中，我覺得自己彷佛成了晉太原中那個不認字的漁夫。

中午吃飯時，湯盆裡茗洲的春筍嫋起的清香與窗外雨徽州的霧靄一體，連成天上人間。

二〇一一年四月二十二日，安慶，湖畔社。

綠國

六點左右到度假村。第二次來溫泉，第一次住下來。在一個地方住下來，一日遊太像吃速食，填飽肚子而已，嘗不出更多滋味的。住在溫泉小鎮，成為這裡的兒女，做一回從早到晚的小鎮人。走走看看，看看走走，泡泡溫泉，這就是日常生活的浪漫與充實。

度假村安排爬睡佛山。睡佛山與老家近在咫尺，我卻第一次知道，也是第一次攀爬，以前捨近求遠，捨近求遠了，慚愧。我喜歡睡佛山的名字，睡佛二字，有得大自在者的瀟灑與靜穆，氣息上很好。

以上文字錄自我的日記，好在是自己的文字，有抄襲之投機並無盜竊之嫌疑。我以前寫文章，喜歡抄幾段古人的句子。古人之書奇崛古奧，嵌在白話文上，是鑲金絲的楠木箱。我現在寫文章，經常抄自己的舊作，說不出新意，就重提舊話吧。天下文章一大抄，不抄白不抄，反正是抄自己的，沒有版權糾紛。

本來想寫篇〈回憶睡佛山〉或者〈睡佛山記〉之類的文章，但腦海中浮出一片綠，儼然綠國，也就是綠意盎然，也就是綠意婆娑，也就是綠意氤氳，也就是綠意滿眼。有詩為證：綠意盎然入眼中，綠意婆娑兀正濃；綠意氤氳在畫裡，綠意滿眼野果紅。詩是打油體，亂寫的，但好歹點出了一片綠，我也就不苦心經營了。

盤山公路。雜木林。松樹。綠。

上午：大巴左拐右繞，窗外的風景飛速轉換，像手捏著電視機遙控器在不斷換台。褐色的泥土，綠色的植物，透過打開的車玻璃，呼呼進入車內鄉村山野的空氣，濕潤、鮮活、黏稠。

遠看像佛，近看是山，見山是佛，見佛是山，像禪話一樣。踩著凋零的槐花，踩著不知道何時著地的松針與落葉，滿眼的綠色，果木之樹的綠，喬木之樹的綠，松木之樹的綠，杉木之樹的綠，花木之樹的綠，無名之樹的綠……空氣中充滿了肉欲的綠。腦海中莫名閃出「肉欲的綠」四個字，差點嚇一跳。四周望望，卻釋然了，已經立夏了，山嵐綠意勃勃，這勃勃之氣也真像青春期的肉欲充滿生機。

但勃勃之中還有安靜，是修養吧，仿佛翩翩有禮的青年，腹有詩書。那種綠到極處而呈現出來的安靜，一下子就讓我不敢輕舉妄動了。腳步也輕了一些，睡佛，佛睡著了，輕一點吧。濃重的，密枝交錯的大樹鋪天蓋地。野果、山風、岩石、草木的氣息滌蕩著登山人的身心。站在山巔遠望，眼前氣象雄渾，像長幅的鋼筆畫卷。

晚謝的映山紅開得正豔，這豔不是風情女人的豔，這豔是鄉下小姑娘突發奇想的一次扮美，豔中有樸，麗中帶素。邊走邊感歎，這麼好的花卻沒有一個像樣的名字。（映山紅，又名杜鵑、紅杜鵑、滿山紅、清明花、清時花、山歸來、山石榴、山躑躅、豔山紅、豔山花、迎春花、照山紅、達達香。映山紅，硬是村頭小丫頭的名字；杜鵑，也不過侯門小丫鬟的名字；清明花、清時花，俗了；山歸來，山躑躅，莫名其妙；山石榴，有些意思，但依附石榴二字，終究無趣；達達香，頗有奇意，又失了雅韻。）

我呼吸著大自然散發出來的強烈的清新之氣，山風吹動的綠葉是睡佛肌膚的紋理。野果攔路，暖風沉醉的野果啊，在綠葉中綻出一片酡紅，偶爾掠過的鳥，也有著透明流水般的綠意。

中午：午餐是速食麵，如果有山泉水，麵包就山泉水，會吃撐的，我想。吃完飯後，我將一面紅旗揮舞著飛跑起來。記得曾幻想過一個鏡頭：一個少年，戴著紅領巾，手執紅旗，飛馳……都青年了，我才手執紅旗，飛馳……

朋友給我拍了幾張照片，可惜，沒有紅領巾。照片的方寸之間，紅旗獵獵，充滿了大片的綠色。

下午：山澗的溪水，清澈，倒影著巨大的山嵐，走到溪畔，掬水洗臉，清涼之中，可以感覺這水浸滲了周圍花草的靈氣與樹木的綠色。捧一把水，任其靜靜地穿過指縫滴回原地，手濕了，大自然之綠與人類心靈之綠在此刻盡情融匯。

已經走過最險要處了，同行每個人的臉上都透著輕鬆與欣喜。有人談笑，有人長嘯。我經過一叢野果樹時，順手摘了一把胡禿子，已經熟透了，小小的果子像一盞盞細小精緻的橘色燈籠。果子太多，一眼望去，全是燃燒著的小燈籠。放幾顆入嘴，酸甜澀人的果香從舌到齒，然後順著喉嚨在身體裡彌漫一片。

在高山林間的河道，巨石磊磊，綠色的蒼苔崢嶸無言。

晚上：站在度假村門口遙望，睡佛山之巔，是無涯無際的天空。記得有月亮的，弦月一鉤，那枚鄉村的月亮，晶瑩、悠遠，掛在頭頂，黯淡的星光中依稀可見散絮白雲，我期盼大星如鬥，自天際落下，擦亮睡佛山的頂尖。

二〇一一年五月十七日，安慶，湖畔社。

片瓦書

和朋友聊天，突然說起了瓦。我想，只有在鄉村生活過的人，才會有對瓦的惦記與想念。瓦，從正面看，躬身禮貌的模樣，有耕讀傳家的教養。我喜歡瓦，喜歡手工製作的瓦，帶著來自民間的氣息，樸素又家常，入眼的剎那便能直接進入生活。

一

我對瓦的描述要從天氣開始。

雨是擦黑時開始下的，一根根水線從屋簷的瓦楞間流下，匯成流蘇一樣的幕簾，把我阻隔在漫漫山野。視野變淺，近物歷歷在目，遠景模模糊糊。有雨點落在青瓦片上，沙沙沙，沙沙沙，像風吹榆葉林。雨意彌漫，雨水的冰涼從肌膚慢慢滲透至體內，不自覺打了個寒噤。

雨漸漸大了，落在瓦片上，擊瓦之聲，像大珠小珠落玉盤，和屋簷飛流的雨線連成一體。偶爾有風從瓦面上吹過，拖著長長的嗚嗚的聲音。地上積水泛著天光，遠方人家的屋頂，經過雨水的浸潤，灰突突的瓦片發亮。一隻被淋濕的小黑貓無聲無息地從瓦溝裡穿過來，輕靈地從瓦當上跳下，鑽進了灶台火口裡。

父親在地上撿起一塊瓦片，清理鋤頭上的泥土，瓦片與鐵刮出「吱吱」的聲音切開雨線，傳得很遠。

小時候，喜歡聽雨，喜歡有雨的時候鑽進屋子裡，聽著雨打瓦片的聲音，那聲音讓人有些傷感。尤其是梅雨季節，密密麻麻的雨聲仿佛蘊藏著緩慢的節奏，能放鬆人緊張的心情。當雨停時，瓦溝裡的殘水從夜裡滴滴到天明，那滴答滴答的聲音更不知道勾起了多少童年的情懷。

這已是很多年前的往事了。往事像瓦片打在水面上，漂漂浮浮。瓦片打在水面上，蕩起一圈圈漣漪，蕩起的漣漪裡偶爾鑽出幾尾小魚，銀色的身子劃過水面，像少時的夢境。水面橢圓形，很小，映不出白雲蒼狗，但斜斜看去，可見農戶青瓦頂的倒影，一幅江南人家的旖旎。很多年後，我才明白，這種感覺叫鄉情，它與人心相應。瓦是有鄉情的，瓦的鄉情會揉進一個人的生命與靈魂，它總在細雨如麻的黃昏或者大雨傾盆的午後，折磨著一些無法回家的人。

雨中在鄉下行走，總有一縷溫暖的惆悵，溫暖是鄉村給的，惆悵是雨水給的。一個人打著傘站在雨中，如麻的雨絲飄落在農舍鱗鱗千瓣的瓦片上，總有些情懷被觸動，總有一些心事被喚醒，煙雨濕答答地彌漫，無邊溫暖的惆悵就在心中湧動。這樣的感覺來自瓦，瓦給人一種精神上的安慰與撫摸。

二

瓦上的鄉情，是對過去歲月的迷戀。

每次回家，當大片大片的青瓦屋頂映入眼簾時，心裡便多了一份熨帖與安妥。

常常是黃昏，汽車搖晃在山路上，窗外一頂頂瓦屋，炊煙四起。臉貼著窗，貪婪地看著，一輪又紅又大的太陽投向山尖，淡淡的霞光慷慨地從薄雲中流出，夕陽所照之處像塗抹了一層金黃色的乳液，山脊上那些松樹的輪廓晶瑩剔透，仿佛寶石和珊瑚的雕塑，整個山體沐浴在一片金黃當中，山邊田畈上的人家，魚鱗片一樣的屋瓦被落日絢爛而美麗的殘焰染成酡黃色，呈現出一種動人心魄的面目。

山水之中，風生水起，但沒有青瓦點綴的山水，終究虛空。虛空的山水，需要青瓦將其落到實處。青瓦讓山水變得動人，青瓦是山水的眉批。

喜歡瓦下的日子。喝茶吃飯，拌嘴嘔氣，悲歡離合，生生死死，一切被籠罩在瓦的氛圍裡，就有了不一樣的感覺。

瓦，隔開風風雨雨，擋著夜深露重，但底下的人分明還可以感受到風雨夜露的氣息，這是瓦的不同一般。住在瓦屋裡，一方方小小的青瓦和綠色的爬山虎構成了一個古樸的氛圍，夏天，兀自有山野深處的清涼，夜裡，一盞熒燈下靠在床頭翻書，讓人一下子回到了久遠的從前，一些奇怪的念頭蜂擁而至，甚至會覺得，屋頂上會走出一位風衣獵獵的俠客，會閃出一位翩翩秀美的狐仙。

三

一塊破瓦片，村外撿的，在口袋裡。

瓦片是灰色的。灰色舊，舊而無光，黑亮，白亮，黃亮，紅亮，綠亮，就是沒有灰亮。

青瓦灰色，灰是平民的顏色，灰色的瓦片是樸素的。瓦很樸素，像樸素的莊稼人。瓦很粗糲，如粗糲的農家生活。瓦的顏色，像千百年的農耕歲月一樣灰暗，不見一絲燦爛。

我在灰色的瓦片下做夢，夢見灰色的樹幹下，一群灰衣黑臉的先民在製瓦，他們身後有一大片瓦屋。瓦屋很老，幾百年了吧，瓦看起來很舊，也破，一些沙土落在瓦上，一些葉片爛在瓦上，一些種子吹在瓦上，瓦上有草，瓦上有花，瓦上的世界，儼然沙漠綠洲。

比草更多的是苔，背陰的地方，青苔或濃綠，或淡綠，或淺綠，像發黴的銅器，幽深沁人。

暮春，紫甸甸的梧桐花大朵大朵地落在瓦片上，啪嗒一下，啪嗒一下，晴天的時候，坐在屋子裡，幾乎能聽見花朵與瓦片接觸時的聲響，那種聲響，幽幽的，有股涼意。

那樣的時光，我經常坐在天井下。在南方，白牆青瓦圍攏而成的天井無數，下雨時雨水就會從屋簷流向天井，叫「四水歸堂」。夜裡，從那方窄窄的天空仰望，感覺月亮落了下來，耳畔恍惚有蛙鳴忽長忽短……

四

從甲骨文的字型中，能知道先民的屋脊上有高聳的裝飾和奇形怪狀的構件，但尚未有實物瓦的發掘發現。也可能有，但找不到一塊全瓦，它們被歲月的車輪碾碎在地下。

寧為玉碎，不為瓦全，有多少玉碎，有多少瓦全？瓦是易碎的。

很多年前，我們村小學翻建，操場下挖出了大量的碎小瓦片，都是大瓦，厚墩墩的瓦顯示著當年寺廟年華的尊嚴與高貴。不過一百多年的光陰，這些瓦就成了一片瓦礫。

南朝四百八十寺，多少樓臺煙雨中。樓臺沒有了，遺址還在，遺址沒有了，碎瓦還在。

瓦在西周初年被發明，到了春秋時期，板瓦、筒瓦、瓦當開始出現，並刻有各種精美的圖案。那時候，人們的屋面也開始覆瓦了，但屋面覆瓦的到底不多見，以致《春秋》上將宋公、齊侯、衛侯盟的地方寫成「瓦屋」，大概那樣的建築，在當時具有標誌性的意義吧。直到戰國，一般人家的房子才用得起瓦。

到了秦漢形成了獨立的製陶業，並在工藝上作了許多改進，如改用瓦榫頭使瓦間相接更為吻合，取代瓦釘和瓦鼻。西漢時期工藝上又取得明顯的進步，使帶有圓形瓦當的筒瓦，由三道工序簡化成一道工序，瓦的品質也有較大提高，從此漢瓦獨霸天下。也就是在漢朝，瓦開始全面地進入人們的生活。

五

很多年之後，我才明白來自當年鄉下那個窯匠的底氣。

印象最深的是窯匠裝工具的黑包。到了人家，吃飯的時候黑包放在腳下，或者擱在高處，不讓任何小孩子碰到它。

窯匠走在鄉下的路上，一雙雙布鞋停了下來，一雙雙草鞋停了下來，一雙雙膠鞋停了下來，偶爾也有皮鞋停了下來，停下來和窯匠說話。在鄉村，沒有不認識窯匠的人，誰家屋頂的瓦片都留有窯匠的氣息，留有窯匠的指紋。他製瓦的轉輪，就是這個鄉村的歷史與細節，青色的民謠，灰色的民謠，褐色的民謠，細雨瀝瀝的民謠，風吹屋頂的民謠，交織成了遮風擋雨的溫暖與安全。

窯匠偶爾朝人丟了一根紙煙，帶煙蒂的，那人雙手接下，認真地夾在耳朵上，然後從懷中掏出火柴，給窯匠點著了煙，一團青霧從嘴邊飄過，仿佛青瓦的顏色。

做一次瓦不容易，要管村裡人幾年用，窯匠常常要在村莊住上幾個月甚至從年頭待到年尾。

做瓦的地方在大屋場的稻床上。不遠處的小山坡則是窯場的所在，新窯棚建成，冷冷清清長滿野草的山坡上一下子就有了生氣，成為村裡一年的聖地。

接下來就是挑瓦泥。瓦泥需要細泥，不能有沙子，粘度得高。

瓦泥挑回來，在稻床上攤開，放水攪泥，然後趕牛去踩，一頭牛一天踩一宕瓦泥。瓦泥踩好後，牛累得直喘粗氣，四腿發抖。

瓦泥踩熟後，用泥弓將其切成一塊塊百來斤重的泥塊，供窯匠使用。

做瓦開始了。

先在地下立根木樁，裝一個可以轉動的圓盤。做瓦的模具有三：瓦筒、瓦衣、瓦刀。瓦筒，是一個用鐵絲穿銷的，未封閉的圓臺形木桶，筒子上有個長把子。一個瓦筒一次可以做成四塊瓦坯子。瓦衣就是套在瓦筒子外面附著瓦泥的隔布。瓦刀則是一個長七寸，寬五寸的弧形鐵片。

做瓦前，窯匠將瓦泥堆成一個二尺來高，近三尺長，五寸來寬的泥牆。窯匠用小泥弓將泥牆鋸開一層皮，雙手將泥皮捧起圍向瓦筒子。然後用瓦刀沾水在泥皮上刮抹，使之結實，再拿個與瓦同高的度尺在瓦泥上劃一圈，瓦便脫坯而成了。瓦胚子不能直接見太陽，先要用草墊子披上，涼到半成乾，然後薄陽小曬，再大太陽曬，曬乾後將其分為四塊，這便是乾瓦了。

六

瓦進窯了。

鋼叉叉著大捆的柴禾，塞進火紅的窯洞，烈烈熊火劈里啪啦，半乾的松枝被大火吞噬發出畢畢剝剝的聲音。窯匠已經很累了，躺在窯洞下的草叢裡，閉著眼睛，偶爾睜開看看火勢，一夜沒睡，眼睛裡佈滿血絲。下巴的鬍鬚彷彿一夜之間變長的，凌亂且骯髒。

火候夠了，在窯口圍一個小水池，讓清水慢慢滲入窯內，瓦慢慢從火紅色變成了青灰色。

瓦終於出窯了。打開窯口，淡淡的熱氣撲面而來，入眼是乾淨的瓦灰色，一塊塊瓦臥在地上，弓著身體，像勞作時農民的腰；一塊塊瓦仰在地上，張開嘴，像收穫時農民的嘴。隨後，瓦就要上屋了，它們緊密有序地排在屋頂，最後的收梢是雲頭紋的瓦當，探出半個身子，立在風中。

瓦出窯後。窯匠倒在向陽的斜坡上，歪著身子，舒服地抽煙喝茶，或者無所事事地到處閒逛，終於可以放鬆一下，在小巷口、電線杆下、苔痕暗綠的牆根，逮著誰就和誰開玩笑。

小巷的牆壁上，破敗的標語泛著淡紅，紅得像水杯的茶垢。窯匠的興致很好，大家都很忙，沒空說話，窯匠只好抄著手在小路上東遊西蕩。窯匠的臉上乾淨了，精神得很，新掛的鬍鬚露出青渣渣的鬍子茬。

不過這些都是舊事了。

手藝也是舊事。

藝不壓身的老話已經過時，如今，製瓦者在春天的午後下地，夏天的午後打鼾，秋天的午後眯眼，冬天的午後瞌睡。手藝還在，已無用武之地，空有一身手藝的手藝人，還算手藝人嗎？

路過廢棄窯洞的時候，像沒有手的劍客面對著寶劍，窯匠垂著頭，腳板拖在地上，擦出一行行印跡，製瓦者的面孔肅穆而悲壯。英雄還沒有遲暮，勃勃雄心依舊勃勃。現在京劇申遺了，昆曲申遺了，桑皮紙申遺了，誰會給瓦申遺呢？窯匠落落寡歡，在鄉村的太陽底下。

七

祖母在世的時候，將青瓦稱為「煙瓦」，說是在柴窯裡用煙嗆出來的，所以才永遠保留著青煙的顏色。

可以推想，中國古代以木柴為主要燃料，青灰色便成了漢代的顏色，唐宋的顏色，元明清的顏色。這種顏色甚至鎖定了後人的意趣，預製了我們對中國文化的理解：似乎只有在青瓦的房子下，白牆才有意趣，黃牆才有情味，木桌竹椅，陶壺瓷盅才得以與瓦神投氣合，一冊詩詞、一軸書畫、一部經傳才有了著落，有了根底。瓦像一張張古代的水墨郵票，把七零八落的記憶不斷寄達今天。瓦，也的確是古色古香，現在漸漸退隱了，隱到時間的深處，縮到歲月的背後，青灰色的眼神迷茫而低沉，迷茫而低沉得仿佛過去的歲月。

瓦的衰落，從一個側面告訴我：那些和我們日常生活息息相關的東西，又能息息相關多少年呢。一塊瓦，帶著匠心，也帶著對美好日子的期盼。「金窩銀窩，不如自家的草窩；金瓦銀瓦，不如自家的泥瓦。」這樣的民諺裡自有一份百姓人家的滿足與不爭。

鄉村是生活在瓦片下的。這幾年回故鄉，已看不到舊日的瓦了。

二〇一一年二月二十一日，安慶，湖畔社。

中國文章

——《衣飯書》前言

我的散文寫作，最初是在梁實秋身上得到啟發的。說到閒適雅致，通透平實，兼得文章之美，「五四」作家群中，梁實秋要坐把交椅。《雅舍小品》有閒氣，閒是閒情，氣是氣韻，氣韻閒情四個字基本就是梁實秋的文風。當然，周作人的文章也氣韻閒情，但多了艱澀，甚至有淡淡的苦味。梁實秋是閒適深遠，周作人則顯得苦味深遠。

中國文章的羽翼下蜷伏著幾隻小鳥，一隻水墨之鳥，一隻青銅器之鳥，一隻版畫之鳥，一隻梅鶴之鳥。不是說沒有其他的鳥，只是不在中國文章的羽翼下，它們在草地上散步，它們是浮世繪之鳥，油畫之鳥，教堂之鳥，城堡之鳥……王力的散文正是青銅器之鳥，其古意，有舊傢俱的木紋之美，如今回過頭看那本《龍蟲並雕齋瑣語》，不能說多好，但畢竟是中國文章的產物，親近之心還是有的。

當代作家，我對金庸大有好感，他的小說，不僅有快意恩仇的刺激，還有敘事的從容不迫、逐步推進，引申到散文隨筆中，能讓文章有更多的閱讀支點。金庸的文字不慍不火，不緊不慢，骨子裡散發著中國古典文化的溫厚淳樸。讀金庸，單選部分章節，可能覺得平淡無奇，倘若讀上一百頁，便體會出大器之至美，大巧之無工。我最喜歡金庸《天龍八部》，《天龍八部》的好，好在伏筆無數，人物多而不亂，如一棵大樹，旁枝雜出，主幹卻立得穩，一樹擎天，但又繁花如星，一朵一世界，枝葉橫逸，機關無數。

近人中，我對錢鍾書、孫犁心懷敬意。錢鍾書作品數量不多，但透著智慧，用智慧的眼光打量人生，儘管《寫在人生邊上》，卻成了文化的眉批，《談藝錄》更是集中了中國古典詩學最精粹的語言。讀孫犁，即便夏天，也儼然身臨月明星稀的秋季或者一地冷霜的冬日。歲月是安穩的，這份安穩是歷經磨練後的返璞歸真。進入孫犁的文字，如商山早行，雞鳴環繞，茅店旁邊的野地上，一個老人獨行在板橋上，月色淡淡，薄霜微寒。孫犁品書讀人，見識一流，《耕堂劫後十種》，接通了道，不僅是文章之道，更有人性深層的道。如果孫犁缺席，不知道當代散文會黯然多少，儘管還有汪曾祺。

把文章收拾得乾淨的人很多，寫得蘊藉搖曳的，首推汪曾祺，一行兩行情意綿綿，一頁兩頁依舊情意綿綿，十頁八頁，還是情意綿綿，情意仿佛老酒，綿綿的是味，是春天細雨打濕的青綠。

林語堂寫人論文敘事記景，行文奇崛，舒展輕鬆又不失厚重；郁達夫放誕任性，無所顧忌不拘謹，純然人性本色；廢名的文字獨具一格，沖淡為衣；他們的文章都吸引過我。廢名的語感極好，他的文章，好就好在奇上，可惜文氣不平。在我看來，寫散文，文字要新奇，文氣要樸素。文字可以怪，可以追求特別，但文風要平，只有平才能走得遠，走得深，才能不墜魔障，進入大境界。

從二十歲到現在，一直喜歡民國人的作品，我把那一代作家視為師傅的。「五四」作家字裡行間的舊味與未脫古文餘韻的筆法，很能滿足我的趣味與性情。「五四」散文的好，我認為恰恰是語言的未曾圓熟，白話中帶一絲文言氣，這樣的文風在今天，可謂是拒絕粗糙的精緻，抵抗浮躁的清雅。

「五四」諸賢，最喜歡的還是魯迅。如果說冰心、徐志摩、梁遇春等人的文字燦若春花，魯迅的文字則肅穆如秋色。魯迅的文章，年歲漸大，越發能體會背後埋藏的深意，大有深意，「五四」作家，無人能出其右。魯迅的作品，沉鬱慷慨是經、蒼茫多姿是緯，點染他的又有卓絕的個性與不世才情，加上現實投下的陰影，文字便添有冷峻之意味，自有旁人所不及處。《野草》與《朝花夕拾》是現代散文中的兩朵奇葩，一朵長在向陽的山坡上，一朵藏在背陰的石縫中。

當然，我也讀身邊友人的著作，他們像《聊齋志異》裡的狐仙，《水滸全傳》中的好漢，《五燈會元》裡的高僧；他們像羅貫中筆下的謀士，柳敬亭嘴邊的閒人，吳承恩虛構的精怪；他們像踏馬隋唐的將相，笑傲江湖的俠客，大觀園中的姐妹；他們讓我呼吸了當代人的氣息，觸摸到當代人的心跳；我把他們和李漁對照著讀，我把李漁和三袁對照著讀，我把三袁與張岱對照著讀。第一次讀李漁，給我的感覺是文章居然可以這樣隨心所欲，信口開河時有理有據，引經據典時神遊九天，八竿子打不著的事，他偏偏拉郎配。包辦婚姻，棒打鴛鴦與月下紅娘，笠翁都做了，一肩隨意，一肩認真，很多規範被打破，很多規範在其中。讀李漁，讓我懂得了解放文體，讀三袁，讓我知道如何去解放文體。

明清之際，散文家多如恆沙，卓立於群峰之上的，在我看來惟有張岱。張岱作文，疏朗暗淡，充盈著五月田野的茵茵草香。譬如《湖心亭看雪》，清雅簡潔，言近意遠，幾可作小品文八字真言，有墨法，有章法，有筆法，法法不著痕跡，羚羊掛角，當作如是觀。

明清人作文，以清冷優雅的目光，刻意抵拒喧囂與世俗，雖無灼灼之姿，卻有泠泠之態。也因為過於表現超塵脫俗，很多作品缺乏生命的質感。讀明清小品，好歹知道了性靈的重要，也就是說文字要活，更讓我明白散文是有很多種寫法的。讀唐宋古文，慢慢懂得了厚味，懂得了學識與見解比才氣更重要。如果說明清小品如中年男人庭前望月，那麼唐宋散文就像老年儒士倚天論道。任何一個寫作者，在明清與唐宋之間遊走學習，自有風動枝頭的旖旎，也有盤根縱橫的高古。

讀唐宋文章，得氣、得神、得意、得味，但更多是得法——文章之法。沒有規矩不成方圓，韓愈作文多為人詬病，但他下筆的法則，是取之不盡的金庫，可供後人成百上千年揮霍。

比唐宋明清人更瀟灑、更意氣的，是六朝魏晉人，儘管這裡面有諸多無奈甚至是刻意裝扮。但六朝文章，卻是大道之後的歸真，有意趣，散發著人物的個性光芒。

周作人說「六朝人是亂寫的」，並舉了「一寸二寸之魚，三竿兩竿之竹」的句子作例子，《小園賦》讀過多遍，越讀越覺得「一寸二寸，三竿兩竿」是庾信的精心佈置。但六朝文章即便對文字掂斤撥兩，也有隨意之法度，這讓我很有感情。

真性情方有高境界，高境界可得大文章，境界高了，即便短短幾十字，也有江波之浩渺，譬如二王雜帖。古人說言簡意賅，文字一簡則遠，一遠則幽，一幽則雅，讀王羲之父子的雜帖，信然。那些雜帖是真正意義的小，長不過幾百字，短僅僅十言，以雋永見長，讓我學會了留白，鋪排成癮時記得節制的重要。

我也讀漢賦。賈誼、枚乘、司馬相如、揚雄的創作，其文辭之華美，上承楚辭，下啟明清小品。一方面對語言精打細算。漢賦以「散韻結合、專事鋪敘」為特色，一方面揮灑詞藻不厭其煩，儘管已不為今人所重，但它的純粹精緻與恣肆汪洋後世難覓其匹。

莊子以神為馬，當然高妙，解衣盤礴，堪稱散文的祖師。《韓非子》鞭辟入裡，亦是高人，可謂論文之鼻祖。《論語》的娓娓道來，無人能及。《墨子》重劍無鋒，使人感受到泰山之雄偉。墨子不可學，不能學。我曾取過一個筆名叫「懷墨」，面對《墨子》，只能作思古之懷想。

先秦人作文，霸氣十足，凌駕一切之上或超脫一切之外，可惜時代遙遠，今時讀來，行文難免艱澀，不易見微知著。我大量接觸先秦文章是近年的事，那些文字像刻在青銅鼎側的銘文，彌漫著甲骨卜辭的神秘，已不能用典雅古舊之類的話來評介了。

據說倉頡造字，大地顫抖，夜遊的鬼魂在暗處哭泣。

漢語是我心中最優美的語言，這是屈原的語言，司馬遷的語言，三曹的語言，李杜的語言，陸游的語言，蘇東坡的語言，曹雪芹的語言，她以博大的心胸，溫暖的愛意，優雅的姿態把一切從紙頁間傳遞出來。中國文字真可以寫出美的意境，「昔我往矣，楊柳依依；今我來思，雨雪霏霏」，「水何澹澹，山島竦峙」，「長安古道馬遲遲，高柳亂蟬嘶」，都令我喜悅。

迷戀漢語的傳統，是一種心願和情懷。漢語給我日常生活增加了寧靜與深度，在漢語世界封山閉關，是美麗而誘人的。我希望手中的筆可以慢慢抵達漢語的內核，踏上「五四」的臺階，輕輕推開明清的大門，然後進入唐宋的庭院，穿越六朝魏晉的過道，來到秦漢的後室，我希望這一生可以走進先秦的宮殿。

身前薄霧如紗，點點星光在頭頂閃爍，身後大海遼闊，明月之輝灩灩隨波萬里。遠古的先民睡了，松枝火把掩映下的木屋，忽明忽滅，巨大的靜穆下，夜空如洗，只有筆劃過的聲音，畫出：禹治水、敕勒歌、文煩簡有當、地險、史記世次、白公詠史、裴晉公禊事、黃紙除書、唐人重服章……

二〇一二年二月十二日，安慶，湖畔社。

【輯二　墨跡】

北冥魚

本來文章的名字叫「扶老攜幼」，「扶老攜幼」是套話，前人見王羲之《蘭亭序》字體有大有小，疏密俯仰，多好以「攜老扶幼、顧盼生情」喻之。

近來疲了，對寫作疲了，筆墨荒廢久矣，冬夜試筆，只好說說套話。幸虧疲而不乏，每天還能讀點書。昨夜讀一本關於王羲之的冊子，買來快倆月，沒拆開塑封，還是新的。學而時習之，不亦悅乎，不亦悅乎的並非文字，而是書內所錄王羲之的墨蹟照片，讀得我神清氣爽，凌晨時分方有睡意。

今年秋天，開始寫點字，每天臨臨帖，讀讀和書法有關的文章，給自己放鬆。寫了六七年，說不麻木是假的，所以我就放下，不是「放下屠刀立地成佛」的放下，而是「放下寫作站著臨帖」的放下，既然不能頓悟，我索性將它擱置一旁，就像和妻子柴米油鹽過日子，相處久了，難免疲憊，若疏淡些時日，再相會，倒能小別勝新婚。

寫作以橫行的姿態左右逢源，書法以豎立的方式尋幽取靜。

既是談書法，當然從王羲之說起。王羲之是天才中的天才——超級天才，所以天才的王獻之「磨盡三缸水」還只能「惟有一點像羲之」，終究與其父差了一個層次。在我看來，超級天才與天才的差別是對人生的理解：

向之所欣，俛仰之間，已為陳跡，猶不能不以之興懷。況修短隨化，終期於盡。古人云：「死生亦大矣。」豈不痛哉！

能說這樣話的人，王羲之前有老莊，後只有曹雪芹。

公認王羲之的代表作為《蘭亭序》，可惜我輩所見，皆是後人摹本，褚遂良、虞世南、馮承素、歐陽詢諸賢都曾下力臨過，每個人落墨的效果，風格有別。王羲之是北冥之魚，褚虞馮歐好不容易織就漁網，剛扔進海裡，羲之這條大魚卻化為大鵬展翅千里，一幫人濕淋淋地空著手，站在岸邊目瞪口呆。正是：

羲之已化大鵬去，褚虞馮歐眉上愁。大鵬一去不復返，細浪拍沙蕩悠悠。

中國書法，輕者不重，重者少輕；訥者不敏，敏者缺訥；剛者不柔，柔者欠剛；惟有王羲之的筆墨輕重緩急，剛柔共濟，《蘭亭序》更是太極魚，陰陽互參。

有一年，我把《蘭亭序》的印刷品掛在家裡，窗外春暖花開，柳風襲人，王羲之風神俊秀；窗外烈日高懸，暑氣彌漫，王羲之風神俊秀；窗外秋意蕭瑟，落葉飄零，王羲之風神俊秀；窗外晨霜匝地，雪片抖索，王羲之風神俊秀。我突然覺得，《蘭亭序》不能臨摹，看看就好了，四時佳興對其凝眸沉思，想想王羲之的生平，或許可得書法一二。

墨蹟讓我與王羲之共醉，淡掉人生的悲欣，抹去世間的無奈，把玩著法帖，天朗氣清，惠風和暢。

補記：除了《蘭亭序》，我最喜歡《喪亂帖》。《喪亂帖》由行入草，隨著情緒，草字愈來愈多。「臨紙感哽，不知何言，羲之頓首頓首」，這兩行已不見行書蹤影，全是草字。《喪亂帖》有大悲憤。還是補記。

本文又名《北冥之魚》，羲之面前不寫「之」字，故刪之。再記。

二〇一一年十一月十六日，安慶，湖畔社。

春韭秋菘

韭菜是初春的好，白菜是晚秋的妙。如果時間再老一點，初冬↓正冬↓深冬，白菜滋味更好。冷颼颼的風席捲一切，窗外冰天雪地，盤腿坐在熱炕頭，吃白菜燉粉條，喝幾杯辣酒，不亦快哉！倘若再有三兩個言語對味的吃客，那簡直快活似神仙了。其實春韭秋菘即便不吃進嘴裡，也是好的，看看就很爽目。

正是餘寒不去的時令，園子裡一小塊韭菜地，綠葉纖纖，一陣風吹來，它們竊竊私語，「它們」簡直成「她們」啦。多像一大群綠裙子的女生啊，站在操場上做廣播操，列隊之際，大家嘰嘰喳喳地說著體己話。

白菜呢。我曾在北方平原上見過秋天的白菜地，仿佛沙場點兵，但不是打仗，而是演習，所以此沙場沒有彼沙場帶兵伐氣。遠望得氣，博遠之氣。我突然覺得《伯遠帖》有博遠之氣。春初新韭，秋末晚菘，倒也真與《伯遠帖》滋味相近。

晉王家的傳世墨蹟珍品，僅存者惟王珣而已。二王寫了那麼多雜帖，居然沒有真跡留下，「罔戀之至」，惟有慨歎，幸虧還有幅《伯遠帖》，可以讓我們一睹王家書風。

王珣的叔叔是王羲之，祖父是王導，貨真價實的名門子弟，他不像現在的「官二代」、「富二代」那麼不靠譜。王珣官運不錯，恒溫說他「當作黑頭公」，就是頭髮尚黑便已官至公卿，果不其然，後遷至尚書令加散騎常侍，這是閒話，且按下不表。

董其昌說王珣的書法「瀟灑古澹，東晉風流，宛然在眼」。其實不是書法風流，而是人物風流，晉人當真是瀟灑的：

珣頓首頓首：伯遠勝業，情期群從之實。自以羸患，志在優遊。始獲此出，意不剋申。分別如昨，永為疇古。遠隔嶺嶠，不相瞻臨。

伯遠，你將來前塵似錦，諸子侄輩中你是佼佼者，期盼早日建功立業啊。我現在羸弱多病，就想優遊度日。這次外任，我不能細表對你的殷切期望了。分別之情歷歷在目，仿佛昨天。山水迢遙，無緣會面，真令人感傷！如此情深意重，儼若兄弟。汪曾祺先生有篇文章叫〈多年父子成兄弟〉，晉人卻稍勝一籌，多年叔侄成兄弟。在古代，長幼之間缺乏溝通，他們關係頗微妙，但《伯遠帖》中有一個中年叔叔與青年子侄的心領神會，這讓書法氤氳出人情之美，我不知道伯遠收到信後感覺如何，反正一千多年後的外人如我者，心頭溫溫一片。

入冬後，氣溫微涼，正是讀書的好時光，讀《伯遠帖》，如沐春風，在室內穿一件襯衫，居然不覺得冷。

「如升初日、如清風，如雲，如霞，如煙、如幽林曲洞」(姚鼐語)。姚鼐的文章我不喜歡，但論《伯遠帖》之語堪稱絕妙，讓我平添了無數好感，昨天在舊書店看見他的《惜抱軒全集》，也就買了下來。

二〇一一年十一月十七日晨，安慶，湖畔社。

楓林晚

今年的霜葉落了，落在剛剛過去的深秋，停車坐愛楓林晚一類的雅事只有留待明日。明日何其多，今日何其少，明天我也未必會因為喜愛傍晚楓林的景色而停下車來，但我還要說留待明日，自欺欺人耳。寫作有時候是自欺欺人的事業，這是秘戲，我偏要掀開被子。

我小時候喜歡賴床，日上三杆還不起來，祖母沒辦法，就只好掀被子，被子掀掉了，看你怎麼睡。

還是說楓林晚。我沒有停車坐愛楓林晚的經歷，卻有飛車掠過楓林晚的體會。有一年從北方回來，正是黃昏光景，不知到了哪裡，似醒非醒之際，轉頭朝向窗外，一下子醒了，我看見炊煙一翅沖天，一根根豎起，像大地之棒。黑瓦的民居掩映在楓林中，楓葉盡紅，村莊被染紅了。正當入神之際，火車鑽入了隧道，不遂人願。

人生有太多的不遂人願。譬如寫「停車坐愛楓林晚」的杜牧，童年歡歡樂樂，豈料好景不長，成人後家道中衰，以致到「食野蒿藿，寒無夜燭」之迫境。後來政治上不得志，只好浪蕩青樓，詩酒生活，正所謂「十年一覺揚州夢，贏得青樓薄幸名。」

《張好好詩卷》是杜牧為昔時樂妓今日賣酒女的張好好所書。我不學無術，今年初才知道世有《張好好詩卷》。此法帖，書欲成舞，深得六朝風韻。我初看，風滿袍，細看，衣衫舊，再看，風吹布衣氣滿袍。

前些時讀今人一書論集，作者說杜牧《張好好詩卷》「還只是名人字畫，書法水準一般。」宋《宣和書譜》卻云：「作行草，氣格雄健，與文章相表裡，大抵書法至唐，自歐、虞、薛振起衰陋，故一時詞人墨客，落筆便有佳處，況如杜牧等輩耶！」

亂世之中，友朋飄零，偶遇當年舊人，雖然風姿綽約的俏佳麗如今淪為賣酒東城的「當壚」女。然不幸中還有大幸，杜牧起碼比崔護走運。

去年今日此門中，人面桃花相映紅；人面不知何處去，桃花依舊笑春風。

去年看見的那個臉若桃花的女子，今日已墳草青青，天人相隔，桃花依舊開春風裡，又能怎麼樣，入眼只是惆悵。我妓今朝如花月，他妓古墳荒草寒。白雞夢後三百歲，灑酒澆君同所歡（李白語）。時間之刀總是無情。

杜牧晚年，知大限將至，自撰墓誌銘，寫完即閉門在家，搜羅生前文章，付之一炬，僅留十之二三。不吐不快，吐了更不快，不快還要吐，吐了付火爐。

我看《張好好詩卷》，杜牧手跡中分明有鬱鬱之氣。據說小杜死後，張好好聞之悲痛欲絕，瞞了家人到長安祭拜，自盡於墳前。亂世間的情誼何其珍貴，況且還是詩人與樂妓之間，愈發讓人低迴。

楓林晚，晚楓林，楓林葉紅，自是人生長恨水長東啊。

二〇一一年十一月十七日上午，安慶，湖畔社。

不熱

這是很久以前的事情了，久得讓人忘了具體年份，只知道那天是七月十一日，太子少師楊凝式午睡醒來，肚子有點餓，友人送來韭花，正中下懷，為答謝美意，信手在麻紙上寫了封短箋，文不長：

> 晝寢乍興，朝饑正甚，忽蒙簡翰，猥賜盤飧。當一葉報秋之初，乃韭花逞味之始。助其肥羜，實謂珍羞。充腹之餘，銘肌載切。謹修狀陳謝，伏維鑒察，謹狀。七月十一日狀

文章和魏晉時人相比，稍弱一層，但輕鬆愉悅、蕭散閒適的心境從字裡行間撲面而來，自有一份旖旎。帖中「助其肥羜」的「羜」是指嫩羊羔。生於南方的緣故，韭菜花與羊肉放一起吃，還沒嘗過。汪曾祺先生著文說「以韭菜花蘸羊肉吃，蓋始於中國西部諸省。北京人吃涮羊肉，缺不了韭菜花，或以為這辦法來自內蒙古或西域，原來中國五代時已經有了。」汪先生所論有誤，其實以韭菜花蘸羊肉的吃法先秦就有了，《詩・豳風・七月》載：「二之日鑿冰沖沖，三之日納于凌陰，四之日其蚤，獻羔祭韭。」孔穎達疏：「四之日其早，朝獻黑羔於神，祭用韭菜。」

鬥轉星移，至於送韭花者是誰，如今已不可考，這頓韭花可真沒白送。當收到楊凝式的手書回信，我想他肯定高興了一陣子，小心翼翼地疊好，放進箱子裡，然後選一個吉日，請裱師裝好掛上，

在久雨未晴、落木蕭蕭、風雨如晦的日子裡，對牆而立，以手書空，細細品味。《韭花帖》介於行楷之間，布白舒朗，清秀灑脫。董其昌曾說：「少師《韭花帖》，略帶行體，蕭散有致，比少師他書欹側取態者有殊，然欹側取態，故是少師佳處。」何止「少師」，董其昌分明「老學」——到老還在學習楊凝式。

韭菜我不喜歡，韭花愛吃。韭花，韭菜苔上生出的白色花簇，多在欲開未開時採摘。韭花炒雞蛋，夾在碗頭，我可以多吃半碗米飯。韭花炒肉絲，清炒或加豆瓣，滋味甚妙，我可以多吃一碗大米飯。在我家，韭花多醃來吃。祖母這樣，母親也這樣，醃韭花吃在嘴裡，有淡淡的香甜。

據說楊凝式喜歡塗牆，尤好佛寺道觀之壁，洛陽兩百多寺院皆有其書。搞得那些沒有楊凝式墨蹟的寺院很沒面子，特意將牆壁粉飾得乾乾淨淨，擺好筆墨，備足酒餚，以待其字。楊凝式倒也配合得很，過幾天就跑去了，新牆光潔可愛，越發引得他如癡如醉，行筆揮灑，且吟且書，直把牆壁寫滿方休。時人以其縱誕，有「風子」之號焉。車前子說有一回楊凝式題得興起，一位白衣服的胖婦女正好以背對他，他就一路題上，寫四個大字：「食肉者鄙。」不知道是老車戲言還是真有其事，下次問他。

除《韭花帖》外，楊凝式還有《盧鴻草堂十志圖跋》、《神仙起居法》、《步虛詞》、《夏熱帖》數種。南朝四百八十寺，多少樓臺煙雨中。樓臺煙雨中倒也罷了，只可惜那一壁壁楊式書法。

清末梁鼎芬致楊守敬小簡曰：燉羊頭已爛，不攜小真書手卷來，不得吃也。楊凝式沒有梁鼎芬這樣的朋友，不然少不得多存幾件傳世之作。這是我的俗念，傳世之作不需要多，王羲之沒有傳世之作，書聖非他莫屬，吳道子沒有傳世之作，畫聖非他莫屬。仙人逸士，神龍見首不見尾，方有意趣。

《夏熱帖》，我讀過，絲毫不熱。楊凝式的所有法帖，透風，不熱。

二〇一一年十一月十七日下午，安慶，湖畔社。

銅錘敲之

司空圖著《二十四詩品》，將詩歌分為雄渾、沖淡、纖穠、沉著、高古、典雅、洗練、勁健、綺麗、自然、含蓄、豪放、精神、縝密、疏野、清奇、委曲、實境、悲慨、形容、超詣、飄逸、曠達、流動二十四種。反正電腦方便，索性都錄下來，我寫作下筆從來「不厭其繁」，管你讀者眼睛是否「不厭其煩」。

我覺得書法似乎也可以二十四品類之：鄭道昭書風雄渾，張旭書風豪放，文徵明書風沉著，八大山人書風高古，何紹基書風清奇。但雄渾、高古、沉著、豪放、悲慨，顏真卿都有：《勤禮碑》雄渾、《祭侄稿》豪放（但也有悲慨與真情）、《多寶塔碑》沉著、《自書告身帖》高古、《爭座位帖》清奇。

每次見到《祭侄稿》，心裡就會觸動，隱隱的悲憤中仿佛看到鐵馬金戈，槍棒林立，斯時，殺伐之氣大熾，馬作的盧飛快，弓如霹靂弦驚。的盧是什麼馬，沒見過，弓如霹靂弦驚，沒聽過，這只能是辛棄疾，而不是顏真卿，但看見《祭侄稿》，總會連帶著想到辛棄疾。我想顏真卿大概是辛棄疾的前世，辛棄疾或許是顏真卿的來生。

剛強、大氣、雄渾、威嚴、勃勃、從容、蟒袍寬幅，大袖翩翩，只是少了點韻味。到底是盛唐氣象，廟堂巍峨，銅鼎香煙繚繞，我輩草民甫見之下，給鎮住了。唐朝人即使寫字，也寫得器宇軒昂，欣欣向榮，自有天國氣象。顏真卿以後的書法，普遍缺鈣，儘管缺鈣也未必是壞事，趙孟頫、董其昌輩索性不要鈣，但一千多年缺下來，以致今人書法普遍腿軟。

《祭侄稿》在中國書法史上稱為第二行書，和《蘭亭序》一樣，都是特定環境的產物。王羲之是得意忘形，顏真卿則是悲憤忘形，二人皆無意於書法，下筆卻神采飛揚，姿態橫生，寫出了天地間一等一的藝術品。而《祭侄帖》本是稿本，其中刪改塗抹處頗多，墨團之中，心境了無掩飾，越發大美無言。

藝術也真是怪事，太刻意了不行，太無意了也不行，有意無意之間，妙處方能湧現，書法是這樣，繪畫也是這樣，寫作，雕刻，世間一切藝術都難脫此窠臼。

顏真卿曾師從張旭，名師有名師的好處，大樹底下好乘涼，但也不容易走出大樹的陰影，打不過人家，就說哥哥是誰，寫不過人家，就說老師是誰。做張旭的學生談何易哉。做張旭的學生談何易哉。做張旭的學生談何易哉。我重複三遍，以示其難。

顏真卿的字，不看書法看人，我以為更好。筆墨背後的人，敦厚，中庸，一身正氣，就像祖父或者曾祖父，凝目而視，不知不覺被種大的東西包圍，不是愛，不是文化氣息，可以說是情懷，但更多的是說不出來的感覺，人性深處的體恤吧。

歐陽修說顏真卿的書法像忠臣烈士，道德君子，端嚴尊重，初見感覺有些害怕，但看久了，就覺得他可愛了。這話讓我越發覺得顏真卿像祖父或者曾祖父了。顏真卿一身硬骨頭，其字若拿銅錘敲之，必錚錚作響。

二〇一一年十一月十七日夜，安慶，湖畔社。

不繫之舟

昨夜和振強兄外出吃飯，回家時，經過蓮湖，看見一條小舟泊在岸邊，水浪輕和，舟搖搖晃晃，我想起蘇軾的《自題金山畫像》：心似已灰之木，身如不繫之舟。問汝平生功業，黃州惠州儋州。寫罷此詩兩月後，蘇軾病逝常州。因是暮年之作，回想平生，儘管有刻骨銘心的沉痛，但語氣平靜如水。

如果說人生是條船，踏上黃州後，蘇軾的人生之船再也沒有繫上。命運的坎坷自黃州始，藝術的成熟亦從黃州始。在黃州，蘇軾留下了前後《赤壁賦》和《赤壁懷古》這些偉大的作品，當然也包括《寒食帖》。

《赤壁賦》被譽為蘇版《蘭亭序》，東坡先生用筆遒勁，在寬厚豐腴中，力聚筋骨，如純綿裹鐵，或者類似太極拳的《陰陽訣》。書家之力忽隱忽現，兔起鶻落，不經意中閃爍而出。我想寫完之後，蘇軾會擲筆大樂的，不善飲酒的他或許會說：「朝云，拿酒來！」

以趣味論，蘇字我最愛《寒食帖》，那是蘇軾到黃州後的第三年所書。那年倒春寒，陰雨不絕，接連兩月蕭瑟如秋，令人鬱悶。雨後污泥上凋落的海棠花瓣殘紅狼藉。江水高漲，水快要漫進門內，雨勢未減，小屋像一葉漁舟，廚房裡也沒什麼好吃的，煮些蔬菜，破灶下的蘆葦潮了，火石打了很久也點不燃，臉弄髒了，滿面塵灰煙火色，蘇軾喃喃自語，轉頭一看，烏鴉銜著紙錢，想到今天是寒食節，報效朝廷無望，回鄉祭祖不能，心如死灰之下作詩於紙幅之上。

起句「自我來黃州」寫畢，懵懵懂懂，情緒不高，以致整首詩下來，筆意猶自未脫恍惚之態。另起一格，寫第二首詩，情緒終於好一點。飽蘸濃墨寫畢「春江欲入戶，雨勢來不已」十個大字，頓時，滿腔不平波瀾起伏夾雜著無可奈何的哀怨，胸際如潮似海，以詩遣懷，以字洩氣，筆走龍蛇，寫到「烏銜紙」三字時，筆鋒似脫韁野馬，絕塵而去。「哭塗窮」三字又將野馬拽回來，嘶的一聲，前蹄躍起，勢若山崩。

時間：西元一〇八二年寒食。地點：黃州。人物：蘇軾。道具：高三十三點五釐米，長一百一十八釐米的紙幅。這些連成一體，從此世間多了一則法帖。

前些時，朋友郝健送我一冊《蘇東坡書金剛經》，有人譏東坡楷書如同「墨豬」，的確是肥厚了一點，但蘇字肥厚中有秋意，也就是肥厚中有筋骨，所以我入眼只覺得豐腴，甚至是香豔，像貴妃出浴，且是粉彩畫或者水墨畫。貴妃出浴的影視版我也看過，香豔倒香豔，但「侍兒扶起嬌無力」的感覺幾近於無，未免失之含蓄。

不知何故，我一直把蘇東坡想像成渾球，渾圓的一個球形，大概是民間傳說作祟。關於蘇軾的相貌可以蕩開一筆，李公麟繪本《扶杖醉坐圖》，清人翁方綱考證說與蘇軾本人的形象接近，畫上是一小眼睛、八字鬍、高顴骨、蓄長鬚，並不胖的書生，呈洗練之態。

民間傳說的想像力是豐富的，蘇東坡不是豁達嘛，給你按上「心寬」，心寬自然體胖，心寬體胖的人快樂呀，那就再添些鬍鬚，於是大胖子，大鬍子出籠了，東坡成員外啦，反正這老頭脾氣好，不會怪罪，也懶得闢謠，於是格外多了幾則軼事。

二〇一一年十一月十八日，安慶，湖畔社。

水無聲

前天我從書櫃裡翻書，看見黃復彩先生送我的一摞字帖，有趙孟頫《赤壁賦》，取出來讀到半夜。我字寫得不怎麼樣，師友們卻贈我那麼多筆墨紙硯以及碑帖之類文玩，是鼓勵也是鞭策。

趙孟頫的名字小學三年級就知道，不過我不念趙孟頫，有時念趙夢兆，有時念趙夢頁。那年頭農村經常晚上停電，夢兆也是對的，我就想有燈照我讀書；那年頭書籍緊缺，夢頁也無可厚非，我就想有書供我亂讀。

一見趙孟頫，腦際水粼粼。篆隸行楷草，松雪樣樣精。也的確樣樣精，趙孟頫傳世作品多，正行草隸皆非凡品，不好說哪一件是他代表作，像陸游的詩，近萬首，整體水準都很高。松雪是趙孟頫的號，他又號水晶宮道人。以松雪、水晶宮道人自署，有趙孟頫的用心，時人因他降元，從品節上挫之，薄其人遂薄其書，趙孟頫以「松雪」為名，是種無聲的爭辯吧。

趙孟頫仕元生涯如籠中之鳥，無人理解的哀怨，外界的指責，內心的壓抑，都是讓他潛心藝術的因由。不可能居廟堂之高運籌帷幄，指點江山，更不可能回到前朝，與其扭曲地活著，不如在詩酒書畫中隱逸。

在藝術上，趙孟頫是自負的，或者說是自信的，我看趙帖《赤壁賦》，可見書法家神采奕奕的流觀顧盼，分明藏著一份自得。米芾也是自負的，或者說是自信的，但他的自負自信中有小富即安的自以為是，趙孟頫則是深宅大院的富足殷殷。與趙孟頫相比，米元章是暴發戶。不知何故，米芾的字讓我覺得暴發戶氣息頗足，這麼說並沒有損他的意思，笑貧不笑娼，畢竟人家也腰纏萬貫，賺夠了騎鶴下揚州的本錢，自然名士風流。

趙孟頫在書法上是復古派，篆書學習《石鼓》《詛楚》，隸書學習梁鵠、鍾繇，行草學習王羲之父子，楷書深得《洛神賦》的法度，所以很多人對其書藝評價不高，覺得前人痕跡太濃。中國藝術，不管是小說、散文、詩歌、繪畫、戲劇，還是書法，都講究一個師承。任何大師，身上都重疊有一代代先賢的影子。趙孟頫師承廣泛，但畢竟已走出前人的影子，或者說在前人的影子中揉進了屬於自己的色彩，所以虞集才讚揚他「飽十七帖而變其形」。

在我看來，趙孟頫苦心孤詣的繼承，比楊維楨、鄭板橋等人信馬由韁的創新，更具腕力與胸襟，也更有難度。趙孟頫是描摹虎豹，楊鄭等人則是畫錄鬼魅，虎豹有態，摻不得假，鬼魅無形，反正誰也沒見過，信筆草草，就說自出胸襟好了。

觀趙孟頫的字，一派渾厚飽滿，絕無寒相機巧處，正是困窘處格局猶在，多難時品格不變，我對他懷有冰清玉潔的好感。水無聲地流著，有人扔進果皮，有人扔進紙屑，有人扔進破衣舊絮……

二〇一一年十一月二十日，安慶，湖畔社，電腦壞了，燈下漫筆。

靈氣飛之

靈氣飛之，不是說靈氣飛走了，而是靈氣飛了起來。有靈氣不難，讓靈氣飛起來，卻非國手莫能為也。昨夜，我在單位寫完文章《水無聲》就起身回家了，讀《靈飛經》。走回家，涼氣侵體，但覺得精神渾濁，讀了片刻《靈飛經》，春回大地了。

我好晚上讀書，中國古書裡有夜氣，經史子集皆不例外，即便佶屈聱牙如韓愈、怒氣衝天似龔自珍者，字裡行間也有白日去後的清涼。這個觀點不知過去可有人提過。話說到這個份上，我索性引申開來：日本隨筆適合清晨，露水未乾的時光，翻翻《枕草子》之類，可去宿氣；俄國小說適合上午，早餐結束，腦聰目明，正好有精力對付《安娜•卡列尼娜》《戰爭與和平》《靜靜的頓河》之類大部頭；《浮士德》《荷馬史詩》《神曲》《羅摩衍那》，中午讀最好，暈暈欲睡之際，人書恍惚，人非人，書非書，最易得道；大小仲馬、斯蒂文森、馬克•吐溫、拉伯雷，適合下午，尤其是夏天，精彩絕妙，能消酷暑。

我讀帖，多在晚上。中國書法者，黑白藝術也。在日光燈下，黑的是夜，白的是光，斯時斯景，方能切合古人落墨之氣氛。我看書法，推崇氣息；我看繪畫，講究韻味；我看散文，追求個性。這大約是很文人的習慣。李漁看女人，不重姿色，獨看其「態」。何謂態？笠翁解釋說：「猶火之有焰，燈之有光，珠貝金銀之有寶色。」這話可作我書法氣息，繪畫韻味，散文個性之註腳。

有一年李漁出門，途遇驟雨，躲雨至一路邊亭裡，很多踏青的女子也來避雨。其中一位三十出頭的白衣貧婦，站在亭簷下，因為亭中已經插不下腳了。避雨的人，都忙著抖落身上的水珠，她一人任其自然，反正簷下雨滴不止，抖也無用，已經不堪，何必狼狽。過一會雨停了，其他人相繼離開，白衣女遲疑不去，果然，雨又下起來了，她兩步就返回了亭中，其他人又跑回來，這次卻只能立於亭外受淋了，白衣女子反替她們拂去衣服上的雨水，沒有現今公車上爭得座位人的得意之色。李漁評論白衣女說：

> 其初之不動，似以鄭重而養態，其後之故動，似以徜徉而生態。其養也，出之無心，其生也，亦非有意，皆天機之自起自伏耳。

之所以落墨旁逸，是因為我從《靈飛經》讀出女子之態，縱覽草草，體態婀娜，局部細看，膚若凝脂，此女子沒有沉魚落雁閉月羞花之豔，卻有翩若驚鴻，婉若游龍之美。

據說《靈飛經》的書者是鐘紹京，近來有專家說另一件唐人書作《轉輪聖王經》也出自鐘紹京之手。鐘紹京真是成精了，不是精怪的精，而是精神的精，把小楷寫得如此精神抖擻，前溯洪荒無古人，後至今日無來者。

二〇一一年十一月二十一日，安慶，湖畔社。

鴨頭丸帖

《鴨頭丸帖》寫道：「鴨頭丸，故不佳。明當必集，當與君相見。」此帖據說是王獻之存世的唯一真跡，也有人說是唐人摹本，我寧願它是摹本，這樣我輩後人讀帖時能多一份惆悵與罔戀。

在藝術上，惆悵與罔戀有時候比歡喜與滿足格調來得高，文學中寫悲劇的作品明顯比寫喜劇的藝術價值大，《紅樓夢》、《金瓶梅》、《水滸傳》、《桃花扇》可以不朽，《好逑傳》、《玉嬌梨》、《平山冷燕》這些才子佳人之類大團圓的東西看過即忘。

這一筆扯遠了，只說王獻之的書法，我覺得他的字風格與其父仿佛，但脫去了王羲之的形骸。從我見到的墨蹟照片看，王羲之，富中有逸氣，畢竟是逸少；王獻之，富中有貴氣，到底是大令；朝玄虛上說，王獻之的字有病氣。

王獻之多病，故其帖中常常提到藥，鴨頭丸是種藥，醫書上說主治「水腫，面赤煩渴，面目肢體悉腫，腹脹喘急，小便澀少。」他另一名帖《地黃湯帖》提到的地黃湯也是一味藥。

今人談到書法，第一想到的就是碑帖。「碑」和「帖」，原是兩個概念。歌功頌德、立傳、紀事的文字，鐫刻後立於某紀念處的稱「碑」。關於「帖」，歐陽修做過定義：「其事率皆吊哀、候病、敘睽離、通訊問，施於家人朋友之間，不過數行而已。」歐陽修倒無意中點出了晉人法帖比魏碑、唐楷、宋書的高明所在——施於家人朋友之間，也就是家常。

晉人法帖是油鹽柴米之間留下的一些片段，魏碑當然好，唐楷也不壞，但太刻意了，遠遠不及晉人隨便。宋以後，書的味道減弱，法的規矩增加，藝術上規矩越多，成就越小。

晉人法帖有平淡生活中流露出來的氣息。寄給友人的短信，隨手寫下的便條，不必正襟危坐地對待，寫的時候也沒有裝裱懸掛的念頭，筆墨間方有真性情的流露，唯其不經意，愈見真性情。前些時讀蔣勳文章，他說有回臺靜農先生拿出王獻之的《鴨頭丸帖》說：「就這麼兩行，也不見怎麼好。」第一次見今人批評王獻之，覺得新奇，所以記住了，唐太宗曾說王獻之有「翰墨之病」，大約不無道理。

王獻之的書法我不喜歡，我更不喜歡他的為人，《世說新語》錄有一段往事：王獻之家裡失火，他哥哥王徽之嚇得鞋都不穿，奔逃而出。王獻之卻面色不變，讓僕人扶著走出來。我初讀感到好玩，現在想起覺得做作太甚，頓生嫌惡。

王獻之的書法視角是家常的（如果視角可以用家常來形容的話），因為家常，彌漫其中的人間煙火味夠足，我還是覺得親切。不像唐宋後人，唐宋人的書法當然好，但他們的書法裡有刻意的成分（《祭侄稿》除外），到了明清，筆墨在宣紙上幾乎成表演了，話劇表演，明清的書法家都是話劇演員，儘管他們演技那麼好，但畢竟站在舞臺上。

演話劇當然好玩，過日子更不易。把日子過好，何其難哉？在當下，我越發迷戀晉人法帖。鴨頭丸雖不佳，「明當必集，當與君相見」還是韻味無窮。

鴨頭丸絕跡，搖頭丸橫行。

二〇一一年十一月二十二日，安慶，湖畔社。

奉橘帖

王羲之的文章收在《全晉文》二十二卷至二十六卷，洋洋一百多卷的《全晉文》，我喜歡的，不過王羲之雜帖。《全晉文》得自舊書攤，殘了兩冊，有王羲之的雜帖，也就懶得配全了。

讀王羲之雜帖，如春上漫步松林，晨霧剛去，朝陽正升，薄靄晨光，讓我體略到文章之美。文學創作，不講究文章之美，終究算不得一流。王羲之的雜帖最好，好在有人情之美，情在不經意間。

丹陽旦送，吾體氣極佳，其在卿故處，增思詠。

知須米，告求常如雲，此便大乏，敕以米五十斛與卿，有無當共，何以論借？

雨寒，卿各佳不？諸患無賴，力書不一一。羲之問

明或就卿圍棋邑散，今雨寒，未可以治謝。

奉橘三百枚，霜未降，未可多得。

我偶爾也買點水果送人，但寫不出「奉橘三百枚，霜未降，未可多得」這樣簡潔的句子。

《奉橘帖》，現藏台北博物館，摹搨本。逸少本是龍，人間不留蹤；米元章以為跨上龍頭了，豈料眼神不好，上了麒麟之背；趙孟頫也以為跨上龍頭了，誰知道不過抓住了龍尾；楊維楨曉得自己駕

馭不了此龍，乾脆找匹野馬獨行荒漠；董其昌遊龍不成，索性戲鳳；鄭板橋上天飛龍不得，落地蜿蜒成蛇——亂石鋪街，亂石鋪街實則卵石鋪街，下雨天，人走在鵝卵石上，腳步打滑，容易跌倒，所以鄭板橋最不可學。

設想收到王羲之送來的三百個橘子，黃澄澄地裝在竹籃中，多有人情味，比橘子更有味的是《奉橘帖》，或是紙，或是絹，或是麻，老朋友了，熟悉彼此的筆跡，不用落款，無需題名，卻有情致搖曳在筆墨間。

我喜歡橘子之名，橘子比桔子更有意味，文字也未必愈簡愈好，現在書法家，下筆落墨還是寫繁體字，不僅僅是形式上的問題。

我是去過橘園的，春秋之際。春天，橘園一片綠，深綠，或者說是墨綠，入眼只覺得綠油油。秋天，橘園綠中有黃，橘子垂垂累累，說掛燈籠之類俗了，那樹沉甸甸的，仿佛懷孕的婦人，風一吹，越發像懷孕的婦人。

《奉橘帖》中「霜未降，未可多得」一語，有人說是還沒有霜降，我認為應該是還沒有下霜，還沒有下霜，也就沒有摘更多的橘子。朋友告訴我說：下霜以後，天氣變冷，橘子的酸度降低，糖度提高，橘皮變黃。這麼說來，王羲之是懂得農作物週期的，可能他家種有果園：

奉黃柑二百，不能佳，想故得至耳，船信不可得知，前者至不？

又奉橘，又送柑，禮多人不怪。《橘錄》記：「柑乃其（橘）別種」，王羲之種橘送人橘、種柑送人柑。王獻之學他，作《送梨帖》：今送梨三百。晚雪，殊不能佳。行文口吻，與其父何其相似，書法首行字勢也與《奉橘帖》相近。

二〇一一年十一月二十三日，安慶，湖畔社。

快雪時晴

今天下午的秋意夠濃，儘管現在已是冬天。天笑人魯魚亥豕，人說天四季不明——不分明，春非春，秋非秋，季節的特徵越來越模糊了。

走在無聊的街頭，我念念盼雪，冬天若不下點雪，總覺得無聊。風吹著窗外的樹葉，心裡蕩出秋意，太陽很好，情緒也很好，想讀書了，近來迷戀各種碑帖，有幾天沒認真讀書。

我挑了一些與中國傳統文化有關的——談書法、說繪畫、論戲劇的書。看著看著，不禁走神，暗自思忖：中國文學是秋文學，或者可以這麼說，中國上層的文學有屬於秋天的味道——老子、莊子、屈原、龔自珍、魯迅，《金瓶梅》《紅樓夢》《野草》，這些作品內在質地就是秋天，入眼只覺得簾卷西風，落葉無聲。但書法恰恰相反，中國書法的底色是春意迷離的，《蘭亭序》如此，《書譜》如此，《靈飛經》如此，《韭花帖》如此，幾乎所有上乘的書法入眼都是春意迷離，或者說讓人想到明媚、通暢、透亮的東西。

以上是引子，雖是閒話，但非說不可，因為我片刻就把書丟開了，又開始讀帖，讀《快雪時晴帖》，這則法帖的底色恰恰也是春意迷離的。

快雪時晴四個字可謂晉人絕句，文辭之美，前可比曹植「翩若驚鴻，婉若游龍」，後可比杜甫「兩個黃鸝鳴翠柳，一行白鷺上青天」。

快雪時晴的心情，我有過的。常常是早上起來，但見得窗外一層新白，薄雪未晴的空氣，穿過紙糊的窗櫺，進入房間，穿衣時，清涼的氣息見縫插針，順著衣領，從脖子到後背，抹在皮膚上，一下子醒了，醒得悠閒愜意。

王羲之的法帖，書藝俱佳堪稱雙絕，譬如《蘭亭序》。我讀《蘭亭序》，常常進入書法的筆墨流動中不可自拔以致忘了文字，但我讀《快雪時晴帖》，更多的趣味停留在文字上，或者說文字背後的場景上。我能體會王羲之在寫《快雪時晴帖》時的快活心緒。

紛紛揚揚一場大雪過後，天氣放晴，天地間猛然安靜了下來，青山鍍銀，綠樹鑲玉，狗吐著熱氣，屋簷下的冰溜兒晶瑩璀璨，王羲之早起不久，在窗前深呼吸，清新的空氣從鼻入腔進肺，打個激靈。準備給朋友寫信，硯臺凍上了，筆也凍上了，用嘴呵些熱氣把它化開，王羲之心情大好，於是提筆寫字：

羲之頓首：快雪時晴，佳想安善，未果為結，力不次，王羲之頓首。山陰張侯

有人將這則法帖當做王羲之的真跡，張伯駒先生說：「《快雪時晴帖》為唐摹，且非唐摹中最佳者。」熊秉明先生也認為《快雪時晴帖》相當拙劣，「不但是假的，而且是頗壞的臨本」，「第一個羲字的戈鉤就很笨拙，力不次三字最顯得勉強描湊」。是不是真跡不重要，筆墨中好歹有點王羲之的影子就夠了，雪泥鴻爪到底讓後人還有些安慰。

我來安慶很久了，今年南方，久晴無雪，今起上班，見路邊草皮上抹了淡淡一層白，先以為是霜白，戴上眼鏡才發現原來是露水打濕的灰塵，不禁想起中原快雪時晴之舊事。

二〇一一年十一月二十四日，安慶，湖畔社。

老僧無戒

這兩天天氣很好，一來是南方最好的冬日，再則我從北方歸來不久，越發覺得天氣很好。恰巧朋友送我一冊懷素《食魚帖》的刊本，心情愉悅，更覺得天氣很好。

《食魚帖》，草書八行，五十六字。懷素之書，已有定論，我喜歡的是其文：

老僧在長沙食魚，及來長安城中，多食肉，又為常流所笑，深為不便，故久病不能多書，實疏還報。諸君欲興善之會，當得扶羸也。九日懷素藏真白。

想想這個饞嘴的和尚，食魚吃肉，招來他人非議，弄得很尷尬，以致生了很久的病，我就高興——好個老和尚，也有「深為不便」的時候啊，看你怎麼跳出三界外。

懷素性情疏放，雖是和尚，卻無心修禪，飲酒吃肉，交結名士。但這一次，他為常流所笑，久病不能多書，會不會生生悶氣？會不會撓撓頭皮？會不會把廟裡小沙彌罵一頓？會不會扔掉木魚托缽呢？或者心情不好，打翻了案頭的墨池。想想老和尚滿身焦黑，墨汁淋漓，我就忍不住偷樂。倒不是幸災樂禍，而是老和尚讓我看見了生活的本質。所以我高興。

想想「深為不便」的原因，不過「常流所笑」，這倒正是懷素的了不起處，古往今來，了不起的人，往往會被「常流所笑」。

大概在懷素看來，佛門戒葷酒之類，不過是騙人的鬼話罷了。所笑常流今不在，惟有老僧留其名。所笑常流東逝水，惟有老僧立江心。

說來，我也算個飲食男，自詡廚藝不錯，但不會燒魚。前些年，剛去鄭州工作，有天下班看見賣魚翁，一車廂魚，鮮活亂跳，我買了十尾。我以為自己能燒好魚，誰知道不是將魚煎得七零八落如凌遲狀就是將魚煎得黑乎乎一片，鍋底烏雲驟起，快下雨了。最後只得送人，別人送錢送卡送煙酒送汽車洋房，我送魚。送人鮮花，手有餘香，送人鮮魚，手有魚鱗。有沒有送美女的？古人倒喜歡用美人計，西施入吳，昭君出塞，貂蟬侍董卓。前些時和一朋友閒聊，說倘若誰對他使美人計，他就將計就計。

從《食魚帖》中看，當時佛門似乎食魚無妨，吃肉則不可。我對佛學毫無研究，不知其然。

古人書法，我以為不從書法的角度看更好。譬如這則《食魚帖》，出於老僧之手，而且還在久病當中，但行文飛動如意，精神飽滿，著實令人佩服。

今人的書法，倘若不從書法角度看，大抵只能相對無言了。

長安米貴，居之不易，你一個老和尚，天天有得肉吃，別人不罵你才怪。

我姑媽燒魚有絕活。

二〇一二年一月十一日，安慶，湖畔社。

上陽臺

賣掉一組文章，價格不錯，今天稿費到賬了，夠我大半年日常開銷。一個文人，只懂寫文章不行，還得會賣文章。沒有「閒來寫幅青山賣」的本事，只好寫點散文隨筆，賣散文隨筆，糊口是可以了，但養不起家，只好再寫點商業稿，有詩為證：

賣文賣得頭將白，不使人間造孽錢。（張恨水詩）

前些時，妻子給我梳頭，說後腦邊白髮又多了幾根，我就想起來張恨水的那首詩來。賣啊。伐薪燒炭是賣，撒網打魚是賣，大棚蔬菜還是賣，這是買賣的社會。一手交錢一手交貨，童叟無欺。記得曾流行過一首歌，名字居然叫《愛情買賣》，嚇我一跳，以為時代發展了，愛情也開始買賣起來，難不成還有生意人開了家愛情超市？難不成還有生意人開了家愛情雜貨鋪？於是上網搜來聽聽，有歌詞云「愛情像你說的他不是買賣，就算千金來買都不賣」，鬆了口氣。

卻說我賣掉文章，得了錢財，於是心定，今天剛好懶得讀書了，上燈時分，搬一把椅子在陽臺上坐著養神。晚飯剛吃，睡覺太早，我就在陽臺上東張西望，一看看出閒情來，莫非閒情就是這樣生的，要麼無事生非，要麼無事生情？情生於心，我就趁機抒發一下，好久不曾抒情了。前不久讀一篇寫張伯駒的文章，說他收藏了李白的《上陽臺帖》，記得書中還附有此帖照片。恰好此時正在陽臺上觸情生情，於是翻箱倒櫃地找，終於——找到了。

《上陽臺帖》，是目前所知李白唯一的傳世手跡，書文寫「山高水長，物象千萬，非有老筆，清壯何窮。十八日上陽臺。太白。」帖上留有乾隆楷書「青蓮逸翰」四字，正文右上宋徽宗以瘦金書題：「唐李太白上陽臺」。如果沒有明文說是李白所寫，我定然也如黃庭堅所說：「觀其稿書，大類其詩，彌使人遠想慨然。」

我近來沉迷書法，每天讀帖習字，以我有限的知識看，《上陽臺帖》中李白的書法大有無法之法。通篇看來，李白的書法倒可以說得法於自然，或者說得法於酒，總之不尊唐時法度，下筆放逸飛舞，自言自書，得無營之神妙。如果記得沒錯，我背唐詩是從李白開始的：

夜宿峰頂寺，舉手捫星辰。不敢高聲語，恐驚天上人。

日照香爐生紫煙，遙看瀑布掛前川。飛流直下三千尺，疑是銀河落九天。

床前明月光，疑是地上霜。舉頭望明月，低頭思故鄉。

今晚天空有雲，抬頭無月，恰好也是農曆十八，巧合了李白當年上陽臺的日子。只是我沒有低頭思故鄉，因為我在故鄉。

二〇一二年一月十一日夜，安慶，石化菱北寓所。

《秋寒》《肚痛》

書名號是故意加上去的，這兩天忙，沒有大把的時間讀書，不讀書，寫文章多用用書名號也是好的，過屠門而大嚼，聊且快意。一天閱讀三四個小時，在我看來，才叫讀書，才算讀書。

如果是這樣，刪掉書名號：秋寒肚痛。哦，秋寒入體，肚子痛也。如果是這樣，顛倒一下順序：肚痛秋寒。肚子痛也，因為秋寒，秋天來了，時間真快，現在時間更快，快得新年要來了，今天是臘月十九，再過幾天，就除夕了。

《秋寒》《肚痛》，並列關係，實則是《秋寒帖》《肚痛帖》，它們都是張旭的手跡。

我尤其喜歡《肚痛帖》，我好名不是葉公好龍。朋友送我《九尾龜》、《海上花列傳》，不喜歡這兩本書的名字，謝絕了。朋友說那改送你《綠野仙蹤》、《脂硯齋重評石頭記》、《茶煙歇》，他知道都是我喜歡的書，但是我喜歡的程度超出他想像太多，也謝絕了。朋友不悅，嘴上沒說什麼，心裡大概會覺得我這個人難處。太喜歡的東西，還是自己掏錢，買，也是一份情懷，含了尊重。

肚痛帖三個字真好，大俗大雅，一半是塵土，一半是清風，一半是生活，一半是藝術，反正我見到這名字就喜歡。誰知道，比名字更好的是書法——

忽肚痛不可堪，不知是冷熱所致，欲服大黃湯，冷熱俱有益。如何為計……

「如何為計」後面還有三個字，有人釋文為「非臨床」，我拿不準，存疑。

「忽肚痛」三字，張旭寫得比較規矩，字與字之間不相連接，第四字始，上下映帶，纏綿相連，每行一筆到底，越寫越快，越寫越奇，越寫越狂，想必是肚子痛極，走筆顯得顛味十足，將草書的情境發揮到了極致，痛書與醉書，在這裡異曲同工了。

張旭成名甚早，據說他做常熟尉時，有個老叟好打官司，每次總要遞狀紙讓他批判，次數多了，張旭很生氣，老叟說：「愛公妙墨，欲家藏之，無他也。」這個傳說幾近六朝之風，我喜歡。

《肚痛帖》是張旭的代表作之一，但沒有落款，風格即人，風格在那裡，落款倒顯得俗了。

《肚痛帖》中所錄大黃湯者，是傳統湯劑，今存古藥方十種。張旭所指應該是《聖濟總錄》中的一味：

【藥物組成】大黃（銼，炒）一兩，芍藥一兩，赤茯苓（去黑皮）一兩，大麻仁半升。

【方劑主治】乳石發動，熱結，小便淋澀，小腹痛。

我小時候經常肚痛，祖母會炒焦茶，將骨頭，大米，茶葉之類在鐵鍋裡乾炒至糊，加水煮開即可。祖母仙去多年，如今焦茶被午時茶取代了。

我習字是從顏真卿開始的，臨寫《多寶塔碑》。顏真卿師從張旭，一日為師終生為父，不好認古人為父，但為服倒是真的，張旭為我所服。

《秋寒帖》，沒看到，暫不談。

二〇一二年一月十二日，安慶，湖畔社。

附錄

「墨蹟」系列文章在雜誌發表時，體例需要評論，蘇州陶文瑜先生拔刀相助，盛情殷殷，編輯文集，收錄陶先生大作，臉上貼金。

敲鑼打鼓

陶文瑜

一歲年紀一年人，而今已然不青春。東拼西湊四十九，水墨麻將共餘生。

我好久沒有寫作了，一時間不知道怎樣落筆。古代好多文字開頭都是幾句詩，好像叫「楔子」，要不就模仿一下吧。

這四句詩是我今年生日時寫的，回首大半世人生，也不知怎麼一下子就過來了，幾乎沒有幹些什麼，有一種東拼西湊的感覺。麻將是我的愛好，我是一個作家，展望未來的時候，為什麼不是文章麻將，而拿水墨說事呢，因為文學藝術沒有種瓜得瓜的好事，我的心智也只能到這個境界了，再要進步可能很難了，想到這個很無趣，就決定放棄。去年一家詩刊編輯部來蘇州，約一起碰頭，說我曾經是他們的作者，去飯店的時候，覺得是帶著現在的老婆上前妻家作客，很不自然，也有點失落。竹峰兄約我為他的散文寫一些文字，我的想法就是前妻的表兄或者堂弟托我辦個事情，推了不好意思，答應了又吃力。

我記這個文字的另一個原因是因為竹峰兄和蘇州文人很投緣，有一種蘇州文人的氣息，就是有閒情逸致。蘇州文人有一些落弟秀才的樣子，並不是一味埋在四書五經裡，該琴棋書畫就風花雪月，到了進京趕考就出門一趟，考得上考不上都無關緊要，這是很閒情的樣子，這世道閒人很多，閒情太少，我們要為有閒情的人敲鑼打鼓。

對了，為什麼選擇我的一首小詩開頭，還漏了一個原因，就是其中說到了水墨，竹峰的這些文字，大致上和書畫有關係，這樣也是一個呼應吧。上年紀的人嘴碎，寫文章也是，從前三下五去二就能切入正題，現在繞了一大圈，還沒出門。

竹峰的這組文字，都是讀帖之後的有感而發，他選擇的書畫，主要是文人氣十足的古人，這和我的想法也比較一致，在我心目中，差不多有兩類書法家，一類是開公共汽車的，一類就是開船的，開公共汽車的書法家也有相當的功力，真草隸篆各門武林秘笈看了不少，一招一式丁是丁卯是卯，但是他們往往為了寫字而書法，筆墨之間沒有感情的波動，沒有心思的痕跡，一個字一個字地完成，仿佛開公共汽車，走走停停，一點也不暢快。

另一種河裡面行船的書法，逆水行舟或者順流而下，筆墨之間是抒情的脈絡和人生的感悟，於是書法成為表達這些脈絡和感悟的一樣方式。我們看到的不是顏魯公或者柳公權，而是活生生的作者自己，是一個獨一無二不可取代的藝術生命，是一份貨真價實生動豐富的真情實感。

竹峰在意的是和古人心心相印的交流。

有關書畫的文字，看似容易操作，現成的人物和作品放在面前，似乎要省去好多功夫，實在比一般文章更難處理，現成的東西，就是木已成舟。這和廚師有點仿佛，廚師要不親自跑去菜場，很難有最好的發揮。我們還往往從社會進步、人類文明的角度談包辦婚姻，其實從藝術方面著手，也是一個理由，包辦婚姻不容易找到愛情，寫作這類文字，就是要在包辦婚姻的基礎上情深意長。

竹峰的寫作，不面面俱到，也不老生常談，而是以嶄新的角度面對和審視真草隸篆的前世今生。他的文字，有一點沉香式的舊氣，是非常紙質的美感。我們看到的一些新鮮的想法若隱若現，和我們現實的生活和世界若接若離。看到始終飽滿又很有節制的作家的內心。

我現在做的是敲鑼打鼓的工作，竹峰在敲打聲中，粉墨登場，也可以少一點清唱的寂寞啊。拳不離手曲不離口，古人的說法真有道理，好多年前，對於寫作，我有揮揮灑灑層出不窮的感覺，現在真像一個步履蹣跚的老人，心思也是斷斷續續，國家規定到了年紀的老幹部要退二線，實在是明智的。

有話則長無話則短，要麼就說這麼多吧。

二〇一一年十二月二十八日，蘇州。

【輯三　食跡】

大頭青

菜市場，看見新鮮的大頭青，忽然覺得自己也新鮮不少。

大頭青，白菜的一種，葉少莖多，菜杆青白，長不過半尺，短僅僅數寸，菜幫子鼓鼓的，稍細的腰身緊緊收攏在一起，矮墩墩的個頭，葉子寬且厚，或紮成捆，或散亂地堆放在小三輪後箱。這一瓣一瓣圍著細嫩內心的蔬菜，裹一身清香，它的心事，深藏在細緻的葉綠素中。

紮成捆的大頭青倒放在木板上，一棵棵立在那裡，像梳洗完畢的美少婦。散堆的大頭青，凌亂，美少婦喝醉了，慵懶地斜歪著身子，一身風情，讓傍晚昏暗的天光有了股鮮活之氣。讓人看了不禁欣喜起來，買一把在小指上鉤著，可做下飯菜。

喜歡大頭青，小時候在飯桌上見了它，能多吃半碗飯。

烹調大頭青時我不用刀。《封氏聞見記》說魚龍畏鐵，魚龍尚且畏鐵，何況大頭青乎，以致我捨不得拿刀切大頭青，每次都是用手將其掰斷，逢到細小一點的，嫌手都太粗暴了，就讓它囫圇圇一棵，或者任其一片片杆連著葉直接下鍋。

大頭青的菜莖雖多，纖維卻嫩，炒起來很容易，見鍋熟。炒大頭青時，有三要訣：油要多，火要大，時間要短。快起鍋時，可以放兩滴生抽，這樣做出來的大頭青，成熟迷人，味道有點甜，是清甜，淡淡的，沒有一般蔬菜的苦澀。

大頭青菜葉翠綠，口感也翠綠，有春天原野的一片葳蕤。當你覺得他有春天原野的一片葳蕤時，就尤其適合在暮秋初冬之際吃了。滿目蕭瑟，只有放在碗頭的鬱鬱蔥蔥洋溢著屬於此時的詩意。

以前吃大頭青，經常淋一點芝麻油，青菜越發見綠，綠得近似乎蒼翠了。廚藝好的人燒大頭青，菜葉自始至終都是綠的，菜幫子堅而不硬，脆而不綿，盛在瓷盤裡，像剛過門的小媳婦，穿一身淺碧色的對襟涼衫，溫柔細膩地在庭院中女紅。

有個書生教館，吃飯時對主人說：無雞，鴨也可，無魚，肉也可，唯青菜豆腐不可。同樣是文人，飲食的差別怎麼那麼大。我就很喜歡青菜豆腐，如果這青菜是大頭青，簡直百吃不厭。

北方人管大頭青叫上海青或者勺菜。記得來鄭州後，第一次去市場買菜，對營業員說：「給我稱點大頭青。」營業員聽了半天也沒搞明白，心想不知道是哪裡冒出的「愣頭青」。

冬天，下了幾次霜，經霜打過的大頭青，即便油放得少，也是綠油油明晃晃的。大頭青的做法很多，醋溜、炒、熗均可，我比較喜歡是爆炒，在油鍋中先放一點的乾辣椒，外加蔥花若干。這樣炒出來的大頭青，爽脆的淡甜裡有微微的香辣，香辣是開門見山，淡甜則綿裡藏針，辣得不溫不火，甜得若有若無。

二〇一〇年十月二十日，鄭州，木禾居。

刀板香

我的家鄉有道菜叫刀板香。其實不是我的家鄉，是朋友許若齊的家鄉。有個階段經常讀許若齊寫徽州的書，有次在單位通訊錄的出生地一欄居然填上了「徽州」兩個字。後來領導找我談話，問怎麼和當初入職時寫的不一樣，又說徽州早就撤銷建制了，我才不情願地改為「安慶」。

也真是奇怪，許若齊的作品我接觸得晚，卻像中年人的外遇一樣，「愛得那麼洶湧，愛得那麼深」。話說上次在合肥，朋友請吃飯，讓我點菜，還給戴上了美食家的帽子。吃什麼呢，一時犯難起來，好在許若齊寫過很多美食，我記得清楚，先點徽州一品鍋，再來刀板香，三下五除二，一桌菜齊了。

喜歡刀板香這三個字，似乎能透過文字聞見刀板上食物的清香，看看，這名字多美呵。刀板香的色澤更美，豬肉醃製後淡黃的質地裡隱隱有微紅，朱砂、橙紅的肌理。南瓜色的肉皮、黃玉般的肥肉和紫紅色的瘦肉相連著。細膩的肉質，透過筷尖，能看到密密的紋路，一看就知道是上好的五花肉，一塊塊小方寸斜放著疊在一起，不粘不連，乾乾淨淨。

刀板香的味道在不鹹不淡之間，不油不膩。臘肉醃的時間不短，但還有股新鮮勁，這是一份功力與手段吧。許若齊說：「刀板香的確是普普通通的徽州土菜，但在那些缺油少葷的日子裡，無論是在城裡還是鄉下，能受用它，哪怕是淺嘗輒止，也是一件奢侈的事情。」這樣的情感我也有過。記得以前夏天，吃晚飯，人們紛紛移桌子、搬板凳坐到稻床上，邊吃飯，邊乘涼，誰家碗頭上有幾塊臘肉，很是讓人羨慕。

小時候，在我家，如果飯桌上能看見一碗肉，不是來了客人就是逢年過節。記得每次家裡有客，母親就摸索著鹹菜罈子，從裡面掏出一塊臘肉，厚重的木蓋從瓦罐壇口挪動時發出木墩墩的聲音，那聲音不好聽，卻饞人。

相對於安慶，徽州人在飲食上似乎更精細些。同樣是臘肉，徽州人做成刀板香，視覺和味覺上便風趣得多。尤其飯店裡還將刀板香裝在竹籃裡，竹籃子編製得像小船一樣，很有晚唐詩的意思。想想一桌子的人，服務員巧笑倩兮，飄然走來，纖纖玉手托著輕舟，食客都靜坐著，停箸不食。懷古？思味？憶事？總之心裡會有些風雅前人的觸動吧。

無竹令人俗，無肉令人瘦。徽州人製一味刀板香，上面是肥瘦相間、層次分明的五花肉，下面是絲絲縷縷的筍乾，讓竹肉同食，不瘦也不俗，善莫大焉。

乾臘肉好久沒見過了。記憶中它是蠟黃的，壓在鹹菜缸中，渾身被淡褐色的鹹菜蓋著，深居甕裡，微現一角。

二〇一〇年十一月二日，鄭州，木禾居。

羊肉泡饃

我對一個地方的嚮往，常常因為飲食。

地方名吃有時候像張名片，過橋米線是昆明的風景，米粉是桂林的招牌，狗不理包子是天津的驕傲。因為羊肉泡饃，我對西安嚮往不已。倒不是說饞什麼，而是嚮往那種氛圍。想像在街巷深處的小館子裡，破舊的桌子上，很多人聚在一起，吃羊肉泡饃，多快活。

我對羊肉泡饃一往情深。鄭州也有賣羊肉泡饃的地方，吃了幾次，差點把胃口吃壞了，於是趕緊收嘴。一方水土一方飲食，很多地方名吃，不僅僅是獨特的手藝，更需要天時、地利。同樣是枸杞，寧夏中寧縣所產者為上品；同樣是碧螺春，蘇州東山所產者最佳；「橘生淮南則為橘，生於淮北則為枳」，環境一變，品質大不相同。

去西安後，朋友問想吃什麼，我說羊肉泡饃吧，說完去了鼓樓後的回民區。回民區很有吃的氛圍，一家小店連一家小店，賣各種零食，三輪車的後箱裡，裝有糕點糖果之類。

小巷裡，一個面孔接一個面孔，秦腔盈耳，我聽不太懂，卻覺得親切。儘管知道已經沒有多少先秦的口音，即便是殘存的一絲舊時語調，依舊讓我心底情不自禁地歡喜。

你們都是先秦子民啊，我在心裡對迎面而來的人流說。

進了一家清真小店，店老闆是個樂呵呵的中年人，慈眉善目中盡顯生意人的和氣，一邊打招呼，一邊讓我們裡面坐。木桌子橫七豎八，白瓷杯白亮亮，木筷子木墩墩，後廚，熱氣騰騰的羊湯大搖大擺直沖屋頂。有個老頭靜靜在餐桌邊掰饃，一塊塊，撕得很碎，我看了看他，他瞧也不瞧我，只顧滿心歡喜地掰饃，專著而認真。坐下後，我扭頭又看了看他，他還是瞧也不瞧我。我東張西望，白牆有些脫落，桌子有些掉漆，地上掃得乾乾淨淨，牆壁上貼著四條屏清真風味的畫，有真主之類的字樣。店門外，幾個抄著手的閒人遊蕩而過。

和朋友掰著饃，閒話家常，我掰出了日常生活的精細。

這一碗泡饃，是已經消亡了的歲月見證。我吃出一嘴羊膻味，也吃出一肚子熱氣。吃完羊肉泡饃，渾身暖暖的，我想，在陰雨纏綿的天氣來上一碗，應是福氣。

非怪作家賈平凹獲得茅盾文學獎之後，「就去街上吃了頓羊肉泡饃」。

大冬天裡，隔三差五去吃一碗羊肉泡饃，在城牆根下的小店裡，高聲喧嘩或者說說粗話，這是很爽的事情。可惜我不是西安人，雖說現在交通方便，但為了吃一碗羊肉泡饃，千里迢迢飛奔過去，也太不像話了。我生錯了地方啊。

二〇一〇年十二月十九日，鄭州，木禾居。

醋椒魚片

準備寫一篇遊記，但醋椒魚片端上來了，香氣撲鼻，只得好按下作文之心。

好久沒有寫過遊記了。不曾出遊，也就無從記起。即便遊了，還要追記，哪有那麼多閒情。即便有閒情，還要謀篇佈局，哪有那麼多講究。好久沒有寫過遊記了，不光是懶，還有沮喪。讀明清文士的記遊之作，袁中郎、王季重、李長蘅、張京元等人實在寫得太好，好得讓我不敢動筆，這是書讀多了的苦惱。前輩說盡心中事，後人憑弔空牢騷。

這幾天在西安，東走西顧，老城有味，都不想吃飯了，人道秀色可餐，豈料一方風物亦能入味。我穿過鼓樓，在老城牆邊轉個大圈子，又去碑林附近遊蕩了一下午，肚子裡還是飽飽的。這是表面文章，內因實則昨晌吃了一頓羊肉泡饃，太瓷實，儘管早上沒吃飯，到中午胃裡才感覺饑餓。

醋椒魚片已經上來了，我不再胡思亂想。開吃吧。醋椒和魚的搭配很好，醋能去腥氣，椒能添香味，椒沖淡了醋的酸涼，醋分解了椒的辛辣。這道菜分明有一份匠心，我連吃三口，還捨不得放下筷子。

肥沃、濕潤，火候恰到好處，調料不多不少，關鍵魚片裡還留下了三根長刺，不多不少，正是三根，這是廚師的刀功。三根刺就像武林高手故意賣的破綻。恰到好處是一種功力，留有破綻卻非大境界者莫能為也。一個破綻，可進可退。

飲食中的破綻，則是餘味，要想餘味繞口，非藏有破綻不可。這道菜恰恰又放在青花瓷盤裡，越發有很好的藝術品質了，幾乎就是半部《紅樓夢》，又或者殘了一隻手臂的維納斯，我暗暗叫好。

醋椒魚片是北京菜，卻和我相遇在西安。感覺仿佛當年杜甫江南逢李龜年：

> 岐王宅裡尋常見，崔九堂前幾度聞。正是江南好風景，落花時節又逢君。

人在旅途，內心裡有一份岑寂；菜餚背井離鄉，卻有滋有味，到底物非人，無情無義。不像洋速食，美國總部漢堡包和在中國分店漢堡包的味道幾乎一模一樣。中國菜講究太多，有時候，一道菜，同一個人，因為時間不同，地點不同，味道也大相徑庭。這道醋椒魚片從京城傳到故都，味道不改，讓我大有好感，這一份固守，是中國儒家的精神。

想像一條魚順著河流，東游西蕩，躍出水面，然後游到廚房。牠的身子划動著優美的弧線。比牠身子更優美的是色澤，乳白的質地裡，隱現出細膩柔嫩的肌理。烹製的時候，廚師放了料酒和生抽。調料滲進魚片乳白的質地裡，裝盤上桌時平添了茫茫霧氣，更有種清香。

醋椒魚片是湯菜，主料可選鱖魚、草魚、鯉魚或青魚。鱖魚自然是首選，但草魚也不錯。草魚刺少，肥嫩，有來自民間的富貴氣。鱖魚是退休在家的官宦，草魚是豐衣足食的地主。鱖魚是蟒袍寬幅的士大夫，草魚像一身布衣的讀書人。水墨畫家筆下的鱖魚，嘴畫的像個大鐵鉤子似的翹起，那是巧嘴鱖。年年有魚，年年有餘，也並非一味取家有餘慶的好兆頭，更是桃花流水鱖魚肥的人間生活。飽滿，喜滋滋，其樂融融。我對朋友說，觀畫中魚比吃盤中魚更有吸引力，宣紙上的水墨魚，倏忽一動，游到餐桌上，忽作人言：你撒謊！說中心事，我大吃一驚。

二〇一〇年十二月二十二日凌晨，鄭州，木禾居。

湯飯

畫家聚會，紀念先生客氣，請我也去。營養師說吃早餐時當富翁，吃中餐時當平民，吃晚餐時當乞丐，我徹底一點，當討不到晚飯餓著肚子的乞丐吧。近來晚上不大吃飯，紀念先生喊，我就去了。有時候赴宴不是吃飯，是看朋友。常常是這樣，飯菜不合胃口，我就興致勃勃看一大桌朋友們喝酒，氣氛上來了，菜也有了滋味。正所謂：人逢喜事精神爽，飯遇知己入嘴香。

正是下班高峰，攔不到車子，我和黃復彩老師只好步行。時間介於白天和夜晚之間，霓虹燈還沒亮，天卻暗了。喜歡這樣的氛圍，色彩淡了下去，入眼一片黑白青灰。街道兩邊一排排店鋪，裝潢樸素得很，很熨帖，符合小城氣象。有家店主在打掃衛生，有家店主托腮沉思，有家店主在數錢，有家店主在招呼顧客，有家店主在教兒子作業，有家店主……一路看去，仿佛走進了現代版的《清明上河圖》，不，比《清明上河圖》還要生動，基本就是《東京夢華錄》的世界了。

飯店不錯，走廊設計得別具匠心，時尚大氣中有自然美。透過玻璃，我看見庭院中有樹有水有亭台，心情大好。

菜很多，我愛吃的是一缽魚湯，湯色乳白，味道在鮮美與清淡之間，大為爽口。我會燒菜，做魚偏偏不在行，曾將一條魚煎得七零八落、碎肉滿鍋，人都有軟肋，不會燒魚是我烹飪手腕的死穴。

酒足菜飽了，主食有麵條米飯，我索然無味，朋友說來點湯飯吧。好久沒吃湯飯。菜和飯一起煮，既是菜，又是飯，也是湯，不是一舉兩得，而是一箭三雕。小時候急著上學，母親常常做湯飯給我吃。以前愛吃青菜湯飯，吃的時候，放一湯匙芝麻油，油在湯麵上飄飄蕩蕩，清香嫋嫋。這樣的湯飯，我能吃三大碗。手藝好的人燒湯飯，菜葉爛了，顏色還是綠的，飯煮得軟硬適中，盛在大碗裡，真個有五穀豐登的滿足。以前，每逢湯飯就暴飲暴食。一來實在喜歡，二則湯飯不瓷實，不多吃些，一會肚子就餓了。

燒湯飯的菜，最好用上海青，去掉菜幫子，將菜葉切成絲狀，或者撕成片狀。有人用萵筍葉燒湯飯，燒出來有一股澀味，像陳茶的味道，我不愛吃。又不是在沙漠中。有一次見人在書中寫他們在沙漠中大吃西瓜皮，人在絕境，為了活命，吃什麼都香。

現在湯飯簡直是百飯爭鳴，百湯鬥豔。不僅僅有青菜湯飯，還有排骨湯飯，牛肉湯飯，豬肉湯飯，還見過雞鴨湯飯，香腸湯飯，據說還有魚翅、鮑魚、海參湯飯，沒吃過。有一次吃到羊肉湯飯，膻氣太重，味道打了折扣。

燒湯飯必須有味精，味精不好，卻是湯飯必要的作料。水米菜三合一是湯飯，米菜同悶是菜飯，米菜共炒是炒飯。炒飯中最有名是雞蛋炒飯，雞蛋炒飯最有名的是揚州雞蛋炒飯。唐魯孫先生寫文章稱舊時官宦人家招聘大廚，炒飯是考論技藝最重要的一個環節。據說高手的雞蛋炒飯，蛋黃全部裹住米粒，所謂「金包銀」是也，這樣的技術也是絕響了吧。生平吃炒飯無數，沒見過一次「金包銀」，通常情況下，都是米飯與雞蛋各懷肚腸，不相往來，更有甚者，雞蛋熱面冷腸，米飯不死不活。

不管是燒湯飯還是蛋炒飯，一定要用冷飯。

二〇一一年三月八日，安慶，湖畔社。

青了

在廚房裡削萵筍，一刀下去，又一刀下去，一刀複一刀，一刀接一刀，青筍皮掉在地上如刀削麵，凌亂迅速，像流星墜地，刀口翻飛，暗綠色的筍肉在手腕下一枝獨秀，眼前青了。

有個階段我青睞六朝人物多。《世說新語》載，阮籍能做青白眼，對尊敬的人，兩眼正視，露出虹膜，則為「青眼」；看他不喜歡的人，兩眼斜視，露出眼白，是為「白眼」。這節筆記一見到就暗暗喜歡，當下，誰敢如此愛恨分明？以致我將萵筍也稱為青筍。

在我的知識庫，以筍字結尾的名物，有青筍，白筍，紫筍。青筍帶清氣，白筍見閒情，紫筍是懷舊之物。青筍白筍都是菜蔬類粗纖維食物，可謂同窗好友，或者一家兄弟。紫筍是茶名，產於浙江長興。長興沒去過，但長興的名字我一聽到就油然親切。我的故鄉原稱「無愁鄉」，長興對無愁，只是平仄不合，意思倒工整。

據說長興叢山疊嶺，大澗中流，臨近太湖，唐代陸羽曾在那裡寫出了《茶經》。浙江真是地靈，紹興乃報仇雪恨之地，長興是把茶閒話之鄉。只記得報仇雪恨的人生未免過於沉重，就知道把茶閒話的生活卻又失之消沉。報仇雪恨之餘把茶閒話，這才是生活；把茶閒話之後報仇雪恨，這才是人生。無仇可報，無恨可雪，只能把茶閒話，則是我輩平凡歲月的家長里短吧。

我好青筍，好的是色。青筍之色，青得不一般，這種青是翡翠綠，神采奪目，容顏奕奕。其實我這好色，好的還是態，神態。更喜歡青筍外皮淡淡的砂紅，仿佛碧玉的土沁。這是老青筍，有一些時光，有一些歲月了，追憶似水年華吧。看見一個農婦彎腰拔筍，也可以用刀砍，刀被劉海借走了，農婦只得用手拔。拔了幾根青筍，手綠了，隱隱有渾濁的青氣。

將削了皮的青筍橫放在砧板上，快刀如麻，粗大的筍棍很快成了細細的筍條，仿佛把春天引回了家。臘月的黃昏，我經常從菜市場買一些青筍炒食，沖淡一肚子的蕭瑟與枯黃。

青，是貧乏的，青，病態的。一個人健康出了問題，臉色發青，碰傷了，肌肉發青。但青在筍上，更多的卻是高貴，明潤而透徹，青筍的青常常是高貴的，尊嚴的。有一年我將一條圓潤細長的青筍削皮後泡在玻璃瓶裡清供，屋子裡頓時富貴起來，沒錢不要緊，怕什麼，賣了這株翡翠如意，馬上萬貫家財，有什麼好怕的。

青筍的做法很多，既可涼拌，也能熱炒。筍絲、紅辣椒絲炒在一起，怡紅快綠，白圍牆公園裡，情竇初開的紅男綠女竊竊私語。如果再放些肉片，滋味就長了，容光煥發，紅男綠女新婚燕爾，過著油潤潤的日子。炒熟後的青筍，越發青了。

二〇一一年三月九日，安慶，湖畔社。

糖果，糖果

文章的題目叫糖果也就可以了，為什麼非要重複一次呢，一來我覺得這樣有音韻美，漢語的重疊大有山水，很是講究；二則也可以作為一種感慨或者強調。

近日從同事處分得幾枚糖果，隔天差日，剝一塊含著，仿佛有舊事之感。

好久沒有吃過糖果了。小時候愛吃各種各樣的糖果。最愛吃的還是奶糖和水果糖，前者甜得溫潤，所以我喜歡，後者賣得便宜，所以我喜歡，記得賣價似乎是一毛錢五粒，緋紅色的糖紙裹著糖，很簡陋。那糖我們叫水果糖，它是童年著名的糖果。水果糖不是水果，水果糖是糖，有一種叫水果的糖不是水果而是糖果，現在想來，頗有意趣。

緋紅色的糖紙，像春聯的顏色，喜氣撲面而來。皂色的糖果，一陣淡香。一陣淡香？忘了，隔了快二十年，忘了水果糖是淡香還是甜香，淡香是很薄的香，甜香是帶味道的香？

頂緊，用舌尖頂在上顎，用力抿，使勁吸，一股清涼的甜味從上顎垂下至舌尖，順著舌尖彌漫到牙齒上，沿著牙齒四周擴散，終於滿嘴都是厚厚的甜味。我就是這麼吃水果糖的。

沒有水果糖的日子，我吃冰糖。冰糖的甜，乾淨、爽快，一入嘴，有冰凌凌的涼意，吃完之後，大半天了還有一絲清氣在嘴裡作怪，像喝過薄荷茶。

亮晶晶的冰糖裝在玻璃罐中，搖一搖，嘩嘩作響，每次祖母總是小心翼翼地打開櫃子，然後慢慢擰開玻璃罐的蓋子，給我一顆冰糖，不准多吃，一上午一顆，說吃多了對牙齒不好。即便這樣，我小時候牙齒還是不好，到底還是吃多了。

冰糖的顏色混濁，還有棉線垂吊著穿糖塊而過。後來遇見一個在食品廠工作的朋友，他說，那是掛線結晶製作而成的冰糖，糖溶液倒入掛有細棉線的桶中，在結晶室中經過七天以上緩慢冷卻，蔗糖圍繞棉線形成大粒大塊的冰糖，以致後來破碎時，還殘留有棉線。

將冰糖擊碎，用紅色的棉紙包裝成三角形，仿佛金字塔的模樣，入眼樸素，也有一份手藝人的匠心。現在，冰糖用塑膠袋封著，體面是體面了，卻少了情味。

在故鄉，春節拜年走親戚，一包糖是必不可少的禮物。千千萬萬的勞動人民，苦日子過久了，在喜慶的日子送一包糖，這裡面不僅僅是一份甜蜜，還有美好的祝福與動人的情懷吧。

如果說冰糖是粗茶淡飯，那水果糖則是魚肉葷菜，奶糖基本就是山珍海味了。小時候，如果有人送了包奶糖，我是唯恐易盡的，通常要壓在枕頭旁邊，或者放在書包下面，甚至鎖進抽屜裡藏起來，那樣的日子，真是興奮而又幸福的生活啊。

奶糖的糖紙，五顏六色，或者是孫悟空七十二變，或者是豬八戒倒拖釘耙，或者是瓜果飄香，或者是山清水秀，這樣的糖紙成了孩子們的收藏品，大家將糖紙貼在牆上，鬆手，飄得遠的就贏了飄得近的。我能讓糖紙飄到兩米開外。

冰糖硬，吃的就是硬，奶糖軟，吃的就是軟。吃糖，我欺軟不怕硬。

二〇一一年四月十一日，安慶，湖畔社。

藕心菜

到安慶後，才知道有種菜叫藕心菜；到安慶後，才吃到了藕心菜。藕心菜，我愛吃，不愛吃的人，還沒見過。

藕心菜者顏如玉，不是說它像容顏如玉的女人，而說其色澤儼然璞玉——和田籽料，淡淡的一層籽皮，泛著微黃。當你看到藕心菜的微黃時，在視覺和味道上，她是溫潤的，有一種夏夜露水的清涼，狀若雨後荷葉滾珠。

藕心菜是輕的，也是靈的，但不輕靈。當你覺得它輕、靈的時候，就尤其適合在夏天吃了。坐在小館子裡，大排檔裡，高級餐廳裡，或者自己家，在哪並不重要，重要的是有一盤清炒藕心菜，記得放點青椒，或者喝啤酒，或者吃飯。

最好是吃飯，藕心菜是一流的下飯菜，這是我的觀點。吃飯本俗事，餐桌上有盤藕心菜便變得風雅了。藕心菜淡甜悠香，吃的時候，小荷才露尖尖角、映日荷花別樣紅、誤入藕花深處之類的句子蜂擁而至——那種感覺像春天蕩漾著秋千，或者睡在棉花堆中，或者坐進布沙發上，燈光是乳白的，牆壁是乳白的，地板是乳白的，仿佛青春期的夢境。在乳白的世界裡讀宋詞，想著婉約的未來，多年前已經泛黃的浪漫的戀愛往事泛出水面。

我剛才說藕心菜「有一種夏夜的露水的清涼」，夏夜的露水，如果有了月亮，會更添詩意，詩意中，還有幾分神秘。

月亮下的露水，是神秘的。氣息的神秘。我突然覺得藕心菜也是神秘的，味覺上的神秘。有藕的清脆，有蔬菜的香甜，你看看，多奇怪啊。所謂藕心，實則是空的，可稱無心。我近來特別嚮往空無的境界，無常難得久，索性空無一物，沒個著落。

關於藕心菜的種種，我問過菜農，菜農說是水底的種藕發芽後，還沒成形為藕狀，因此沒有分節，生長極快，十天半月便成尺長、細如手指的藕莖。

我和老吃客閒聊，才知道藕心菜獨屬夏秋，並非一年四季都有，暮春開始上市。藕心菜屬原生態天然水生物，因為受水質和泥質的影響，外加溫度等因素，只能處淤泥之中，不能居大棚之內。

定居中原經年，沒見過藕心菜，更沒吃過藕心菜，但我吃過藕，藕是藕心菜的阿姨。

藕心菜，又名藕莖菜、藕絲菜，不管什麼菜，它是一道好菜。我更喜歡藕心菜的名字，仿佛青蔥歲月的女子——時間真快，阿姨家調皮的小女兒亭亭玉立，轉眼就這麼大了。

二〇一一年八月二十七日凌晨，安慶，湖畔社。

發飯癲帖

新炒的蔬菜，在豬油的滋潤下冒著油光，米飯裡拌了肉湯。我居然哭了起來，不肯吃飯，祖母說：「別理他，由他發飯癲。」

祖母咄咄逼人的樣子，歷歷在目。

祖母生於民國二十一年，歷經滄桑，飽受磨難，一個人面對著花花米飯大吵大鬧，在她看來，實在天理難容。

許多年後，當我開始寫作時，不得不佩服這個詞語的貼切。對飯苦惱，不是「發飯癲」是什麼？對著蔬菜莫名其妙地哭，對著米飯不可理喻地吵，不是癲，又是什麼？

二〇一一年七月一日，安慶，湖畔社。

沉醉三天三夜

喝酒是奢侈的，在盛世喝酒，未免浪費，所以我滴酒不沾。活了快三十年，至今不知酒味，這是我得意的。我得意我不知酒味，正如你得意你夜夜小醉，正如他得意他夜夜大醉。

如果身逢亂世，我會喝點酒的。

在清風明月下，在國破山河中，醉眼迷離了刀光劍影，這是有味的。如果還能散髮，如果還有扁舟，如果還有曹操、嵇康、陶淵明、辛棄疾在座，我肯定會沉醉三天三夜。

二〇一二年四月十六日，安慶，湖畔社。

酒不入腸

酒不入腸，我也醉，你醉的是酒精，我醉的是文字。

我喝酒，與其說喝，倒不如說是讀，我常常在書中讀出酒味。

從比喻寫起：先秦古文如陳酒，魏晉文章如米酒，唐詩宋詞如黃酒，明清小品如清酒，元明話本如啤酒。有人的文章是藥酒，有人的文章是紅酒，有人的文章是糟酒，有人的文章是果酒。

有人的文章不是酒，是醋，是紅燒肉，是排骨湯，是豬食，是狗糧，是鳥糞，是一地雞毛，是漫天大雪。一地雞毛忽然又做了漫天大雪。

有一天我路過屠宰場，看見幾個少年拿雞毛當令箭，不，抓雞毛當武器——打架。只見一地雞毛做了漫天大雪。恰恰又是白雞之毛，那雪越發雪白。

前些時有朋友托我給她朋友的朋友寫序，我這麼寫道：

說奇怪也奇怪，說不奇怪也不奇怪，我突然覺得書中「風雨兼程一杯酒」，「西出陽關無故人」可以對上。

王維這首《送元二使安西》上一句恰恰是「勸君更盡一杯酒」。

勸君更盡一杯酒，為什麼？讓李白說理由吧：

鐘鼓饌玉何足貴，但願長醉不復醒。
古來聖賢皆寂寞，惟有飲者留其名。
陳王昔時宴平樂，鬥酒十千恣歡謔。
主人何為言少錢，徑須沽取對君酌。
五花馬，千金裘，
呼兒將出換美酒，與爾同銷萬古愁。

墨香與酒氣組成中國文化，也是中國味道。

二〇一二年四月十七日，安慶，湖畔社。

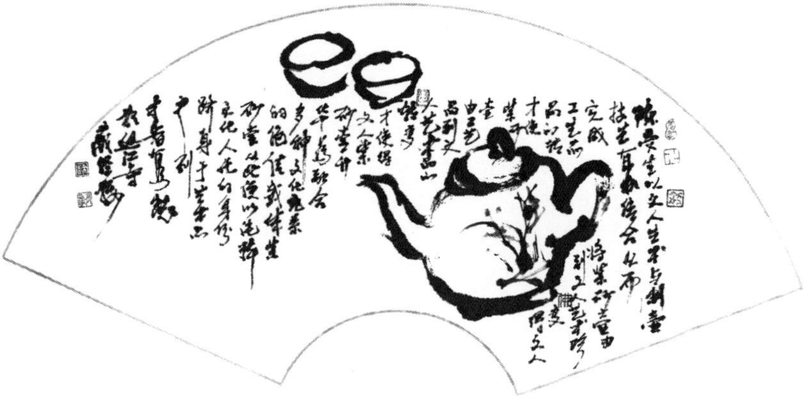

【輯四　茶跡】

喝綠茶的習慣

一個人的飲食習慣就像一個作家的文學觀，是很難理解的。

托爾斯泰不喜歡莎士比亞的作品，他說莎翁劇本不道德，男歡女愛是一切作奸犯科的溫床。納博科夫曾把湯瑪斯曼、加繆等作家貶得一文不值，有一次，當著幾百名學生的面，撕碎了他眼中「殘酷，粗俗」的《唐吉珂德》。

與其說不喜歡，還不如說是一個人的習慣。就像吃速食麵，我喜歡泡，有人喜歡煮。我覺得煮麵，火氣太盛，過猶不及，麵會老，吃起來沒嚼頭，速食麵就應該半生不熟才有勁道。

我不愛大蒜，前些年寫飲食小品，談到炒茄子，有人一本正經地告訴我說：「要想烹調得法，老蒜子必不可少——閣下不要忽視這一要素。」我不能說他在煞風景，因為這也是一個人的習慣。

當年中國人喜歡浩然的小說，現在中國人不喜歡浩然的小說。前面的喜歡是對一個時代的狂熱，後面的不喜歡則是對一個時代的隔膜。所以一個人的習慣也在變。我以前喜歡飯後喝湯，現在卻愛飯前喝湯。

準備寫關於喝綠茶的文章，誰知道一開頭竟寫起了文學與飲食。喝茶不過閒情，到底吃飯才是大事。好在喝茶與吃飯都可入文字。記得汪曾祺寫過一個故事：

老舍先生一天離不開茶。到莫斯科開會，蘇聯人知道中國人愛喝茶，倒是特意給他預備了一個熱水壺。可是，他剛沏了一杯茶，還沒喝上幾口，一轉臉，服務員就給倒了。老舍先生很憤慨地說：「他媽的！他不知道中國人喝茶是一天喝到晚的！」一天喝茶喝到晚，也許只有中國人如此。外國人喝茶都是論「頓」的，難怪那位服務員看到多半杯茶放在那裡，以為老舍已經喝完了，不要了。說到底，這還是習慣。

我以前不知道茶葉的具體區分，只好用眼睛來區別：茶葉和茶湯綠色的，我叫綠茶。茶葉和茶湯紅色的，我叫紅茶，茶葉黑色，我叫黑茶，茶葉長滿白絨的，我叫白茶。茶葉和茶湯黃色的，我叫黃茶。

那時候只喜歡綠茶，我喝綠茶一般泡三次，先用少許的水溫潤茶葉，輕搖杯子，讓茶葉的香氣充分發揮，使茶葉中的內含物充分溶解到茶湯裡。

沖泡的時候，水溫不超過七十度，因為綠茶大抵比較嫩，開水會使茶葉受損，湯色發黃，味道也會變得苦澀。待茶湯涼至適口，小口品啜，緩慢吞咽，讓茶湯與舌頭味蕾充分接觸。此時舌與鼻並用，可從茶湯中品出香氣與鮮味。飲至杯中茶湯尚餘三分之一水量時，再續開水，謂之二開茶。二開茶，湯味正濃，飲後舌本回甘，齒頰留香，身心舒暢。飲至三開時，茶味稍淡，有落英繽紛之美。

這是我喝綠茶的習慣。

二〇一一十一月二十二日，鄭州，新區。

《煎茶日記》之頭記

二〇一〇年十一月二十八日，鄭州，木禾居。

一片茶葉，細小纖弱，無足輕重。當它與水融合，則開始神奇，變得神氣。

茶葉少放一些，我不大習慣喝濃茶，澀澀的不合口味。也不喜歡太滾的茶，燙嘴。我喜歡淡茶，茶令人爽，我以為是針對淡茶而言。王世貞在《香祖筆記》中說：「然茶取其清苦，若取其甘，何如啜蔗漿棗湯之為愈也。」雖是如此，我仍然不喜歡苦茶，在飲食上，我這個人趨甜避苦。

喝綠茶用玻璃杯，透明，觀其葉，賞其色，看其態。喝茶，一人得神，二人得趣，三人得味。

泡好茶須用好水。明張大復《梅花草堂筆談》云：「茶性必發於水，八分之茶，遇十分之水，茶亦十分矣；八分之水，試十分之茶，茶只八分耳。」陸羽《茶經》道：「其水用山水上，江水中，井水下。」住在城裡，不要說山水，井水也成了遙遠的瓊漿，可想而不可得。

《紅樓夢》「櫳翠庵茶品梅花雪」一回歷來為人樂道，妙玉收梅花上的雪，共得了那鬼臉青的花甕一甕，埋在地下用來泡茶，實在雅到極點。不過我喜歡的卻是夏天的長夜，闔家團團圍坐在竹床上，人手一杯溫茶，說著年成，議論家事。小一點的孩子纏著老祖母磨磨唧唧，大一點的捕了很多螢火蟲裝在紗籠裡。斯時斯景，自有融融之趣味。

曾見過一軸巨幅山水，遠景蔥郁，亭台幽幽，小榭精雅，淡墨勾勒的木窗下，幾個衣袂飄搖的古人坐在一張木案四周，是黑白對弈，還是煎水煮茶？可惜非工筆劃，看不清楚，我就在心裡默默將其當作古人的一次茶話會。站在畫軸下，茶水的清香似乎能穿過空氣，氣息寧靜……

那幅畫讓我嚮往至今。

雖生自茶鄉，卻不善飲茶，少年時總嫌費事，還是白開水方便。近年始，稍領陸子之意，恰冬日清寒，讀書與工作間隙，喝茶遣興。

丟開工作與書本，泡一壺茶，或獨自一人，或約上三五知己，找個地方聚聚，說說廢話，這是生活的趣味。一壺茶中，一往情深，家長里短，談談閒事，這是人間的清歡。偶有所感，遇則記之，得文十餘篇，非醉非醒，或虛或實，已成舊事，追尋時，心已惘然。這些儘管無用，但會有意思。周作人說：「我們看夕陽，看秋河，看花，聽雨，聞香，喝不求解渴的酒，吃不求飽的點心，都是生活上必要的——雖然是無用的裝點，而且是愈精煉愈好。」

我們的祖先最先是把茶葉當作藥物，從野生的大茶樹上砍下枝條，採集嫩梢，先是生嚼，後是加水煎成湯飲。隋唐之際，炒青技術萌芽，煎茶遂絕。煎茶絕技已渺去，人間再無煎茶人。

文章題為《煎茶日記》，無非懷舊而已。

#《煎茶日記》之鐵觀音記

二〇一〇年十一月九日，鄭州東區，辦公室。

睡覺與喝茶，無處不可，無處不可睡覺，無處不可喝茶。即使在屋簷下睡覺也舒服，如果是冬天，用草厚厚地鋪在身上，不敢說是清歡，最起碼也是清福。有一年去雷州半島，大晚上，一時找不到旅館，我在水果攤的大案板上睡了一夜，現在想起來，還覺得有味。喝茶亦是如此，在露天喝，茅屋中喝，田頭地尾喝，禪房喝，小室喝，客廳喝，廚房喝，甚至床上喝，人見了也覺得風雅。

前幾天，有朋友說要寄我兩盒茶，一盒鐵觀音，一盒毛尖。本來不想要，她說好茶只送有緣人。我覺得自己向來與美酒無分，與好茶有緣，也就不再推辭了。

好久沒有喝過鐵觀音，在此之前，常喝的是翠蘭。翠蘭是盆栽小景，婉約清淡，鐵觀音是窗外山水，悠遠深邃。我故意將它們放在一起喝，讓其婆媳一家，婆婆是鐵觀音，翠蘭是小媳婦。第一道茶，婆婆冷眼旁觀，小媳婦低眉順眼；第二道茶，婆婆終於顯示出壓人的手段來，但小媳婦也隱隱有反叛的個性；第三道茶，婆婆過婆婆的日子，媳婦有媳婦的生活，互不干擾。

我嘴裡像播放三幕劇，心情有起有落，妙不可言。

鐵觀音是烏龍茶的一種，介於綠茶紅茶之間，屬於半發酵類青茶，我很喜歡它的茶色，金黃青綠，明澈透亮，有種安穩的富態，一點也不鐵石心腸，十足觀音之美。

第一次接觸鐵觀音是在北遷之後，也不知道是習慣在作祟，還是口味的因由，喝了半天也沒喝出好來。看見泡開後的茶葉片粗且大，黑且長，心裡居然有些輕視。鬧笑話了。後來在不同場合又喝過幾次鐵觀音，說日久生情也行，說見異思遷亦罷，總之，慢慢喜歡上了鐵觀音。

真是搞不明白，這茶怎麼以觀音為名，這是我的驚奇，就像我剛來鄭州，北方人也覺得胡竹峰這個名字奇怪。其實胡竹峰在南方是最尋常的名字，念書時，有個同學也叫竹峰，老師還故意讓我們坐一個位子。

有回我悄悄問一老茶客鐵觀音的來歷，他說有兩個說法：現實版，此茶成型後結實烏潤，沉重似鐵，味香形美，猶如「觀音」，被乾隆賜名「鐵觀音」。還有一傳說版，說該茶是觀音托夢給一茶農而得到的。

壺中的鐵觀音，我已經喝過五泡，當真是鐵觀音，不像泥菩薩，不怕水泡，入嘴還有餘味。第六泡的時候，茶殘了，青氣消殆一淨，喝在嘴裡，兀自還有淡淡的澀味輕輕縈繞。

關於青氣，只有清香型的鐵觀音才有。那種未熟的青氣，像一把利劍，割開茶湯的苦澀。

鐵觀音的青氣只有三四次，第一開茶，青氣若有若無，虛無得不可捉摸。第二開茶，青氣羽翼豐滿，開始蠢蠢欲動，但澀味堅不可摧。第三開茶，青氣心灰意冷，只好老實本分。第四開茶，青氣淡矣，如處江湖之遠的貶臣。第五開茶喝在嘴裡，有白頭宮女說舊事之感。一切遠了，唯有惆悵。

很意外，一壺茶喝出惆悵。儘管鐵觀音七泡有餘香，但我頂多泡六次，留著一次，是未盡之誼，像我讀《三國》，讀到「隕大星漢丞相歸天」一回就拋書不顧；像我讀《水滸》，讀到「梁山泊英雄排座次」一回就歇擱；像我讀《紅樓夢》，讀到抄檢大觀園就放手。

死劫已定，我寧願在生的世界找樂。

《煎茶日記》之大紅袍記

二〇一〇年十一月九日晚，鄭州，木禾居。

感冒了，躺在床上，突然覺得寂寞。寂寞籠罩著我，誰也不能分擔，只好喝茶。茶裡有一份世故，像讀多了中國古書的老人；茶裡也有滿懷心事，像初出江湖的青年。所以我在寂寞時喝茶，和老人聊天，可消永夜；我也在惆悵時喝茶，和青年論道，能增豪氣。

今夜又寂寞又惆悵，我要喝大紅袍的。

我喜歡大紅袍的名字。大紅袍是入世之物，湯色有紅衣將軍的士氣。棗紅色的小馬，棗紅色的披風，棗紅色的紅纓，行走在棗紅色的沙洲上，殘陽棗紅，西天棗紅，到處一片棗紅的世界……這麼說太思維化、太情緒了，但大紅袍的顏色與綠茶相比，很明顯，一個是夕陽海水，一個是青山綠水。茶的世界真是千姿百態，燦若星辰。

說到將軍，如果是白衣小將，入眼自然也覺得儒雅熨帖，但還是紅袍將軍威風凜凜。不紅不足以名傳天下，不紅不足以威震八方，所以紅臉的關羽蓋過了白臉的馬超，紅臉的男子漢打敗了白臉的娘娘腔。

記得第一次喝大紅袍，看著清澈豔麗的茶湯，心底竟生出香豔之感，圍坐的幾個友人，似乎成了色情男女，這是錯覺，罪過，罪過。

更多的是高貴，淡紅帶來的高貴。紅一直很高貴，大紅袍的好也正是好在茶湯的高貴上。紅不一定非要紅得發紫，泛紅就可以了，其實，半紅不紫實則人生最好的狀態，進一步，海闊天空，退一步，天空海闊。茶也一樣，大紅袍的紅，恰恰不是通紅，不是大紅，而是微紅、淡紅、淺紅、絳紅，正好紅出了格調，方才有尊貴中的可親可近。紅的茶湯仿佛紅塵往事，明月不是前身，燈火才是，流水不是今世，湯色才是。

大紅袍外觀綠褐鮮潤，泡出來的茶湯偏要一片絳紅，這像莊子，表面一副淡然無謂，內裡卻有赤子之心。

有一次我和朋友們在湖邊喝大紅袍，恍惚中，我竟然將茶湯當成了海水。真像夕陽下的海水，壺嘴一沖，漾啊漾，漾啊漾，味雖不夠足，氣息卻極好。曾在飯桌上看見卸了妝的老生清唱，沒有鑼鼓喧天，最自然的聲音反倒更接近劇情的本質與藝術的本質。也就是說，喝大紅袍時最厭繁文縟節，沖完即好，不講究什麼茶道，水夠滾，人夠熟，便有一種富足的樂趣。

大紅袍的好，好在有紅茶之醇，綠茶之香，味久益醇，香久益清。有天中午我喝了幾杯大紅袍，一下午滿嘴都是清甘之氣，還有微微的炭香。所以大紅袍尤其適合冬天喝，雙腳放在暖氣片上，讀古人傳奇，最好還是舊書，眼前的書，真是舊得有味，舊得合乎章法，舊得一塌糊塗，前人的情緒綿延不絕，杯口的茶香在鼻端縈繞不止。

曾經用紫砂杯泡過大紅袍，豈料茶湯小人得志，居然露出一副遊於世故的老氣橫秋，我看不慣，換成了玻璃杯。泡在玻璃杯中的大紅袍，像武俠小說，雖精彩卻不耐回味，還是白瓷盞好，清白之身，滿腔熱血，能讓人喝出日常生活的莊嚴與肅穆。

煮酒論英雄，有豪氣；品茶說風月，帶閒情；這茶若是大紅袍，更妙。

《煎茶日記》之花茶記

二〇一〇年十一月十日，鄭州新區，辦公室。

昨夜養了六盞花茶，為什麼單單是六盞？不是追求什麼六六大順的吉祥，實則家裡只剩下六個玻璃杯了。玻璃雖好，卻易碎，我創下過一天摔爛三個玻璃杯的記錄。

飛碟在橙色的天空中靜止，起先以為是天外來客，仔細一看，又好像是向日葵的花瓣，安靜地散發著陽光黃——這是菊花茶。一葉輕舟，在風波裡出沒，忽上，忽下，沉下去成了潛艇，飄上來，成了漁船——這是金銀花茶。碎金灑落水底，熠熠生輝，一片富貴，金玉滿堂，茶色微綠而明亮，像早晨的天窗——這是桂花茶。碧血丹心，紅花灑在地毯上，佳人款款生情，媚眼如絲，顧盼之間，讓一個男人失魂落魄，害相思病？還是中了情毒？在愛情的世界，總是患得患失，忽得忽失——這是玫瑰花茶。泥沙俱下，褐浪滾滾，成熟的小麥忽瀉而下，橫渡長江的部隊，游在水裡——這是薰衣草茶。一片冰心漾著蜜意，像散發的林逋隱居西湖，清高自適，清白人生自有一份香甜——這是梅花茶。

這是我有心，六盞花茶是可求不可遇的。我有心泡過幾回花茶，不喝，讓它們一直在玻璃杯子裡。熱湯成冷水，我還讓它們泡著，茶是無辜的，也是無意的，但因為我有心，我有心追求茶的趣味。

我津津有味地沉迷於趣味，不能自拔。

綠茶養眼，紅茶養胃，黑茶養氣，黃茶養神，花茶呢？我喝花茶不多，只是喜歡泡，養形以得趣，養色以求異。

菊花茶和金銀花茶味道清寒，寒中帶苦，像賈島和孟郊的詩，雖好，卻有貧乏氣，格調低了。桂花茶，香有餘而力不足，半上半下，七上八下，我懶得費神。玫瑰花茶是絕色女子，面目姣好，但失之內涵，可以談情說愛，不能談婚論嫁，我成了不負責的男人啦……慚愧，慚愧。薰衣草茶味道濃郁，茶色也好看，像熱戀中的男女，好得如膠似漆，但沒有落到實處——沒證，沒錢，沒房，心裡到底還有懸的地方。

我喜歡的茉莉花茶，昨夜沒養。

茉莉花茶是粗茶，用開水泡在大白壺裡，喝的時候趁滾，氣息夠足，味道夠足，有菜市場的氣息，人民公園的氣息，公車的氣息，候車廳的氣息，富足真實。

第一次喝茉莉花茶是在天津，茉莉花之味力透喉舌，我嘴裡全是濃香，穿過嘴唇、牙齒、舌尖、快速帶過舌緣，直抵舌根，喉嚨裡沉甸甸的，全是香氣。喝一口，再喝一口，耕讀人家的美滿兜頭而來，天地之間萬事如意，我幾乎要站著給朋友作揖，說恭喜發財、身體健康之類的吉利話了。喝茉莉花茶給了我啟示：在庸碌的塵世積極生活，在無味的人生積極享受。

最喜歡的還是梅花茶。白梅茶味道清苦，不如臘梅茶好喝。白梅是出世的，臘梅是入世的，梅花清泠中有藥香，是香不是苦。臘梅的香氣更甜馥，帶著喜氣。

白梅茶更為清雅一些，中醫說白梅和綠茶同泡，再加上橘絡和女貞子，名二綠女貞茶，加枸杞與合歡則為二綠合歡茶，頗具藥效，能治療梅核氣，但我更喜歡二綠女貞與二綠合歡的名字，琴瑟和諧中伉儷情深，像舊時鄉下員外的婚姻。

我喝花茶，喜歡清飲，以保持天然香味。用玻璃杯是觀色的，可以滿足茶客的好色之心；用小瓷壺則能養氣，可以體現茶客的閒適之意。

製花茶要懂得漬，或用糖，或用蜜，密封保存，有人將鮮花直曬或烘乾，由於精油損失太多，幾乎成了沒有香氣的花渣。

藥渣棄之如履，花渣暴殄天物，唐突了佳人啊。

《煎茶日記》之毛尖記

二〇一〇年十一月十一日，鄭州東區，辦公室。

毛尖，我只熟悉信陽的。

信陽毛尖，像一個舊小說中的人物，家在信陽，姓毛，名尖，字銳之（銳之是我的杜撰）。毛尖毛的是其表，尖的是其形，不過毛尖口感倒也的確銳之，尖銳得很，銳利得很。我初來乍到中原，生於南方的舌蕾，幾乎招架不了北方毛尖的味道。喝得我苦不堪言，差點棄杯而逃。

有一次和幾個茶客閒聊，我說我喝茶十幾年，偏偏對付不了信陽毛尖，看來每個人都有自己的茶緣。朋友告訴我說，喜歡毛尖的人，一般都過中年以後了。看來喝茶不僅僅是緣分，也要資歷，歲月的資歷。年齡不夠，資歷也就不夠，資歷不夠，口味也就不夠。

儘管朋友那麼說，但我還是覺得毛尖是完全出世的茶，雖有淡香，但更多的是澀和苦，像梁山上的阮小七，像浪跡天涯的大俠，可以欣賞，可以仰慕，於我而言，不適合做朋友。這是我的性情決定的，與茶不相干。

信陽毛尖茶形好看，裝在圓筒裡，不華貴，卻純淨，純淨得如同吸附在磁石上的鐵砂，不含一絲雜質。看在眼中，隱隱，盈盈，隱隱是馥鬱的茶氣，盈盈是烏金的色澤，黑的茶葉閃耀著白銅的光芒。

我的習慣，泡毛尖一般下投，先倒水。毛尖是少女身子，經不得開水急吼吼地浸泡。如果水溫在七十度左右，那我就先放毛尖。毛尖乾且硬，落在杯底，淅淅瀝瀝似雨，能砸出聲音。倒水，杯中蚊蜂亂舞，鬧哄哄好一陣才停息下來。

綠茶裡，毛尖是我見過最耐泡的品種，有一次我故意換湯不換茶，那壺茶泡了七開居然還有味道。許多茶，三泡之後就沒精打采，人老珠黃了，毛尖是個例外。

毛尖還有個例外，它是我唯一能在冬天喝的綠茶。大雪鋪地，大風吹城，大寒襲人，捧著泡有毛尖的茶杯，有幽靜之感，幽深之思。沒有陽光沒關係，我有一杯陽光，沒有溫暖沒關係，我有一杯溫暖。斯時，年齡虛長二十歲，一寸光陰一寸金，一杯茶消淨了青春。所以毛尖，我不敢多喝，不想未及而立就年過不惑。

據說信陽毛尖幾個出名產地是五雲（車雲、集雲、雲霧、天雲、連雲）、兩潭（黑龍潭、白龍潭）、一山（震雷山）、一寨（何家寨）、一寺（靈山寺）。我要把他們連在一起，寫成一篇小品：

一山靈秀，有寨有寺，山腳兩汪潭誰，山上闢有茶園，種的是毛尖。

這山頂藍的天空，停著五朵雲彩，不多不少，只是五朵，似乎是碰巧，又似乎大有深意，五雲將甘露清灑在兩塊茶園裡。

信陽毛尖初製後，經人工揀剔，把成條不緊的粗老茶葉和黃片、茶梗及碎末剔出來。一種名茶的形成，若沒有這樣的態度，斷不可得。揀出來的青綠色成條不緊的片狀茶，稱為「茴青」，春茶茴青又叫「梅片」。茴青與梅片讓我大有好感，是知書達理小家碧玉的名字，像我的朋友。

茴青，梅片，走啦，幹嘛？喝茶去！

《煎茶日記》之普洱記

二〇一〇年十一月十三日，鄭州，木禾居。

冬天的中原，不僅冷，風也多，整日整夜地刮，坐在家中，時常被風聲攪亂了思緒，這樣的境地，很適合喝茶，尤其適合喝普洱。小窗邊，熒燈下，敲著大塊的普洱茶餅，不知道別人是何等體會，反正我覺得舒服，舒服得更加不想出門。

冬天適合居家過日子，冷颼颼地去茶館，是苦差事，喝完茶後好不容易暖和的身體，回家路上經寒風一吹，熱氣全跑了。有約不來過夜半，閒敲普洱將進茶，茶也是在家裡喝得滋潤。熱火朝天地看看電影，喝一壺滾燙的普洱，雪花大如席，喝一壺滾燙的普洱，冷風利似刀，再喝一壺滾燙的普洱。三壺茶下肚，只覺得春回大地風光無限好。

一般的茶是新的好，普洱卻越陳越妙。我喝過十五年的普洱，在個畫家朋友那裡，說是當年在雲南買的，那時候普洱像落難的雞，不值錢，不像如今是富貴起來的鳳凰。

朋友買的普洱是生茶，喝慣了綠茶的嘴巴怎麼都消受不起，便擱了起來，一放十五年，最近找出來喝，誰知竟大放光芒。

十五年的普洱倒在描金邊的白瓷小碗裡，碗的四周畫有一朵粉彩牡丹，喜慶盈盈中貴氣蒸騰。白熾燈下，茶湯閃爍著濕潤的紅光，像融化的瑪瑙。十五年的普洱香味倒不見得如何出彩，但口感更加醇厚，醇味有點類似放了咖啡的啤酒，厚味像中草藥，它比我平常喝的普洱多了靜穆，好比秋天的太行山。

有年冬天去河南新鄉出差，孤身去太行山看了看，斷崖如削瓜，在寒風中越發顯得陡峭與偉岸，風刮在樹梢上，鉛色的天空，低壓壓的，地上是焦黃色的野草，心裡不禁為之莊嚴。怎麼說起新鄉了，近來想念新鄉的朋友，冬天清寂無聊，除了適合喝茶，也適合懷友。

我看看乾茶，色如松樹老皮，樣子也像松樹老皮，移近嗅嗅，香氣不濃，但舒緩，沒有生普洱的燥氣與新氣。如果以年齡階段劃分，生普洱儼然英俊小哥，陳年普洱則是儒雅中年。但即便是英俊小哥，也是老成的英俊小哥。總之普洱喝在嘴裡風度翩翩，不急不躁，香氣與味道相互禮讓，大有古代君子之風。

普洱不香，但味道足。我喝茶第一求味，其次求色，茶香如何，倒不在乎。再美，美不過鮮花，再香，香不過香水。茶的香，就好在忽隱忽現，隱的是茶之香氣，現的是茶之精神，若有若無之際妙不可言。從這一點看，我比較喜歡普洱，它不以色香誘人，單以味道取勝，這是非常高手的作為。

喝普洱茶，我常常有與智者論道之心。世故不可無茶，有次陪一老先生飯局，離席後我問，吃得可好？老先生一臉不悅地說：茶都捨不得上一杯，居然是梔子泡水，這叫什麼話茬。

所以人情世故尤其不可無茶。世故遇到了酒，哪怕知心朋友，搞不好也會半真半假，皮裡陽秋，越喝越圓滑，越喝越不能當真。世故遇到了茶，越喝越世故，世代故交，人情世故。

酒越喝，話越多，酒桌上的話，又不能當真，打一個哈哈就過去了。茶越喝，話越少，大夥兒相顧無言，喝自己的茶。

大夥兒安安靜靜，喝自己的茶，多好。大夥兒斯斯文文，喝自己的茶，多好。

喝自己的茶，多好。

《煎茶日記》之白茶記

二〇一〇年十一月十四日夜，鄭州，木禾居。

白茶這個名字我一聽到，暗暗叫絕。

有人遭白眼，有人吃白飯，有人說白話，有人寫白字，有人唱白臉，我們老家說人傻叫白鼻子，還有人專幹白刀子進紅刀子出的營生。咦，怎麼扯到這裡了，上午小冬說現在豬肉不敢買了，不知道是什麼東西餵大的，還是自家養的本豬，肉質鮮美，讓人吃得放心，我就想到鄉下屠戶殺豬時白刀子進紅刀子出。小時候，每次殺豬，祖父總讓我離得遠遠的，說孩子家看見殺豬，長大了「猛」，在皖南，「猛」的意思就是腦子笨。

關於白茶，長期以來，只存在於想像，想像中的白茶湯色發白，白色的茶在瓷杯裡晃蕩，稀釋的牛奶？沖淡的椰汁？白得乾乾淨淨，清清淡淡中，只見幾片茶葉沉在水底，一盞山清水秀，一盞鳥語花香。

以致有朋友送來三兩安吉白茶，神交已久，無意邂逅，我居然有些喜不自勝，趕緊樂滋滋地洗壺燒水。儘管瓶裡還有水，但對白茶這樣的新朋友，我覺得還是應該用新水來招待它才是待客之道。

泡過之後才知道，白茶者，實則也屬於綠茶一類，不過因為茶身佈滿白茸，故名白茶。就好像「花和尚」魯智深，一點都不花心，只因背上刺有花繡，故此江湖上人送綽號「花和尚」。怎麼又說起魯智深來，近來重讀《水滸》，金聖歎批改的第五才子書版，文是妙文，批乃絕批，時至今日，當真文批俱老。

安吉白茶茶幹漂亮，白毫綠底，神閒意淡地裝著鐵罐中，仿佛宋人宮廷工筆，只覺得大好，心裡又說不出好之所在。並非我寫作功夫不到家，也實在是大好無言。

泡在杯底的白茶，芽頭肥壯，細嫩的茶幹鋪在水底，像鎏金樹芽，湯色黃亮，有點類似霍山黃芽的茶色，但比黃芽更淡，因為白茶是微發酵的茶，它在採摘下來後，只經過輕微程度的發酵，不炒青或揉撚便直接烘乾製成。黃色一淡，則顯嫩，更多的明亮，透徹，黃玉的光芒，黃終是高貴的，顯貴的，脫盡黃袍的霸氣，沒有皇宮的森氣。

白茶的口感除了綠茶的恬淡，黑茶的幽深，紅茶的悠遠之外，還有一份清澹。喝上幾口，仔細品味，鮮甜、清爽。佳人，在溪水畔浣紗的絕色佳人，一縷縷輕紗在水中蕩漾，太美了，魚兒也看得入迷，忘記游動，沉入水底，小蝦癡癡呆呆。我想這是白茶喝多了的白日夢。

白茶的芽頭在水中開花般綻放，清澈無匹的茶水，如同早春二月的陽光融在裡面。握著杯子，仿佛執子之手，執一雙纖纖玉手，我真捨不得鬆開，只想與子偕老。

白茶也真是女子，蘇軾說從來佳茗似佳人，那麼白茶是二八佳人，而黑茶大抵是知天命的中年長者吧。黑茶是陽，白茶是陰，所以我覺得秋冬之際適合飲黑茶，增陽氣，春夏之際適合喝白茶，去虛火。有茶葉專家說，白茶茶多酚的含量較高，可以起到提高免疫力和保護心血管等作用，夏天經常喝白茶，可解暑氣。

單就口感而言，白茶的味道主要是鮮。龍井也鮮，碧螺春也鮮，翠蘭也鮮，但它們不及白茶鮮得沁人心脾，白茶的鮮是甘鮮，絲毫沒有苦味與澀味。單純的女人，不經世事，便少了機心。

白茶我寫不好，沒喝過它的代表作。

《煎茶日記》之太平猴魁記

二〇一〇年十一月十七日，夜，鄭州，木禾居。

有一現成的謎面說猴魁——山中無老虎。

在茶葉裡，最奇怪的莫過於猴魁。它的樣子，讓我想起彪形大漢，滿臉髭鬚。

很多茶葉像地方戲，譬如蘇州的崑曲，蘇州那樣的地方就應該有綿綿的崑曲；譬如安慶的黃梅戲，小城山水就應該孕育出那種朗朗的調子；譬如陝西的秦腔，關中大漢就適合那樣嘶喊。太平猴魁是黃山的地方戲，靈秀的黃山居然生出了粗枝大葉的太平猴魁，像溫柔嬌小的母親帶著她高大的兒子，猛一見，很是讓人吃驚。

第一次喝太平猴魁是在鄭州，去朋友那玩，她問喝什麼，我見辦公桌上紅紅綠綠的禮盒中有太平猴魁，就泡了一杯。我在安徽的時候，並沒有喝過太平猴魁。有次在小劇場喝信陽毛尖看河南豫劇，身邊票友同事說如果喝你們安徽的太平猴魁，那聽起來感覺就更美了。

太平猴魁葉片平直堅挺，魁梧重實。簡單地說，就是個頭比較大，兩葉一芽，葉片長的有六七釐米，這是它獨一無二的特徵，其它茶葉很難魚目混珠。

沖泡後的太平猴魁，芽葉成片肥壯，水裡一條條闊葉，像綠色的河流，我有一次甚至把它看成了綠瀑布，還有一次又把它看成了亞馬遜的原始森林。不是我眼神不好，而是它實在奇妙。

太平猴魁的樣子有些惆悵，也不一定，但它淡綠的色澤很像少女憂鬱的雙眸。條，一條，一條條，綠絲帶在水中浮動，古雅的氣息冉冉飄過掌心在指間滑動，捨不得喝了，作案頭一本正經的清供。前些時參觀農博會，安徽的展臺上，一疊疊杯子擺成梯形，裡面泡有太平猴魁。給我的感覺，幾乎就是一副現代派畫作。

太平猴魁是可以入畫的，能作書畫留白處的閒章。在祝壽的畫幅上，譬如猴子獻桃，紅桃墨猴之類（不是大僅如掌，能夠磨墨舔墨的墨猴，而是水墨猴子），外加一方殷紅的閒章「太平猴魁」四字，我想歲月靜好、長命多壽的意思就有蘊藉了。

太平猴魁長得五大三粗，膀大腰圓，泡出的茶葉卻細嫩碧綠，湯水有儒將的氣息。飲用後，太和之氣彌於齒頰之間，此無味之味乃至味也。這麼比喻有些勉強，太平猴魁雖屬於綠茶系列，但口感不似綠茶一味婉約，它婉約中有紅茶的醇厚與黑茶的底氣，而且除了醇厚之外，回味時還有淡淡的甘甜，又好在不澀不苦。我喝茶，一味澀，一味苦，概莫能受。

在冬天，我不大喝綠茶，除了偶爾喝喝毛尖，太平猴魁是首選。尤其是落雪天，用大熱的水泡上，溫度消退在似涼尤熱之際，茶味越發醇厚，茶氣幽靜，潤嘴入喉，體內幽靜了。窗外的雪花在無邊的曠野上，在凜冽的天宇下，閃閃地旋轉升騰著，灑在屋上、地上、枯草上，天地更幽靜了。

《煎茶日記》之瓜片記

二〇一〇年十一月十九日，下午，鄭州新區，辦公室。

六安瓜片的好，現在看來，是它的周正。綠茶我喝過很多，許多綠茶有些輕浮，但六安瓜片不輕浮。

添水後，雲淡風輕，一彎新月照松林。喝這款茶的時候，心裡蹦出這樣的句子。前一句記事，後兩句抒情，前一句實，後兩句虛。也是這款茶給我的感覺。一彎彎新月泡在水中，綠水是松林的倒影，好像童話的世界。雲淡，這茶香得薄；風輕，這茶味道平和。茶香不能太濃，濃了就失之空靈，濃香馥鬱，就少了迴旋的餘地，多了些香豔。好的茶香是有意無意間揮散的，像暗戀一個女人，有意無意地看她一眼，意味才能飽滿；就好像你心儀的女人，恰恰是不經意的微笑，才讓人心泛漣漪。

淡香令人遐想，也多少有些許惆悵，最好是遐想中有一絲絲惆悵。這是瓜片之美。

六安瓜片是老茶了，唐朝傳到現在。所以儘管它屬綠茶，清新，恬靜，但不是一味的清新與恬靜。等我喝到第二泡的時候，有看杜甫詩句的感覺——意境渾闊，人世滄桑。

有一年，杜甫從洛陽到華州，到秦州，到同谷，然後又去了成都，幾千里折騰，受凍挨餓，卻寫了近百首詩。一路輾轉漂泊，換成其他人，早就愁腸寸斷了。也許是因為見識過了天南地北的各種苦難，杜甫對自己的遭遇毫不在乎，他的精神承受力異乎尋常，他是皺著眉頭的樂天派。

我將六安瓜片喝出杜甫詩的感覺，無非是想說這道茶味道淵博。淵博的背後，是對炒功的講究。製作上等六安瓜片，炒製工具是原始生鍋、芒花帚和栗炭，拉火翻烘，人工翻炒，前後達八十一次，為什麼偏要八十一次呢？不能是七十二次，八十次，我想這裡面大概有九九歸一終成正果的佛道心思吧。

第一次知道六安瓜片，是在《紅樓夢》裡。六安與安慶近在咫尺，瓜片茶讓我頓生親切。去年春節回家，路過六安時，專門去喝了一次瓜片，大概是思鄉情切，沒喝出多少美感。今年春天，去茶館喝茶，見有六安瓜片，還是買了三兩，每片茶，裝在鐵罐裡，單片不帶梗芽，色澤如寶石綠。

春天，喝六安瓜片，就像守著自己的紅粉知己，一杯茶，分解成一口口淺淺的心事。夏天，喝六安瓜片，綠色的雪在體內紛紛揚揚。秋天，喝六安瓜片，春光明媚，韶華美好。現在是冬天，我已經改喝紅茶、黑茶了，遐想著開春新鮮的瓜片新茶。

極喜歡瓜片兩個字，她是太平猴魁的小妹，我突然這麼覺得。

瓜片的茶湯如此清新，清新還不淺薄，杜甫的味道啊。我端起茶杯湊在臉上看，春天的森林，綠色的空氣，藍月亮掛滿樹枝。

我忽然又看出王維的詩意。她真是太平猴魁的小妹，我越發肯定了。

《煎茶日記》之滇紅記

二〇一〇年十一月二十四日下午，晴，無雲，鄭州新區，辦公室。

等不及了。鄭州的晴朗持續太久，我懷念江南的下雨天。

前幾天買了一盒滇紅，據說曾經在市場上大紅過的。本想要半斤，店老闆說還是先來二兩吧，試試口感，喜歡再買。這樣的店老闆大有上古之風，誰說商人無德？此君明明有行。

剩下來的日子，每天盼著下雨。來一場冬雨吧，讓空氣裡增添一些濕度。我想像在冬雨纏綿中喝著滇紅，窗外一片涼意。尤其是下午，昏睡之際，被涼意驚醒，那些冷的空氣透過細密的雨線，滲入肌膚，冷得人快速地驚醒。

在一驚一顫中泡一杯滇紅，陪伴在手邊。滇紅的茶色紅得明潤透亮，不像普洱那樣老實持重，它有著年輕人的精巧輕靈。

滇紅性情溫軟，冬天安寧肅穆。把它們放在一起像在琴聲中舞劍，心情大起大落，很有畫面感。

雨遲遲不來，我等不及了，我要喝我的滇紅。忙用紫砂壺沖泡，紫砂壺太老於世故，一片赤誠盡收腹囊，絲毫不顯山露水。掀開蓋子朝裡看看，望了半天也看不清茶色，於是我翻出白瓷托盞，同事們笑我的辦公桌快成茶座了，我說寓作於樂，忙中取樂。

白瓷盞裡的滇紅，湯色豔紅，比祁紅溫和一些，比岩茶炙熱一些，在這豔紅之中，茶湯盈盈淺笑，灼灼其華，大氣開朗，讓人眼下一亮，一掃昏昏欲睡的頹靡。似乎還有道金光，原來是屋頂的吊燈照下來，反射出極淡極淡的金光。金色彌漫，我覺得時令不是冬天，而在秋天，漫天紅霞，滿目紅葉。紅霞掩映著紅葉，空氣似乎都隱隱泛出金黃。一瞬間，喜氣洋洋。

滇紅的歷史並不是很悠久，但喝在嘴裡，竟然有往事滄桑之況味，甚至產生出傳奇的色彩。

滇紅是雲南紅茶的簡稱，滇紅讓我聯想到昆明，想到雪山，於是靈魂出竅，神遊九天。雲南是富有傳奇的地方，所以滇紅的口感也就有些神秘，嘴中的茶一時變得異域風情起來。

與同樣歸屬紅茶的大紅袍相比，滇紅厚重一些，大紅袍是香氣足，味道薄，滇紅則是味道足，香氣也足，但失之悠遠。喝滇紅，像是遇到了好朋友，一喝就放不下，這幾天遇見一位西安的友人，雖非故交，但一聊就捨不得鬆口。

一壺茶，數開水，喝到茶葉殘了，我還是意猶未盡，依依不捨。於是用玻璃杯又泡了一盞新茶，葉底紅潤勻亮，金毫特顯（滇紅的毫色有金黃、淡黃、菊黃之分）。紅色的茶水像一隻爬蟲，從嘴唇爬到舌頭，從舌頭爬到喉嚨，從喉嚨爬到腸胃，從腸胃爬滿全身。全身都是暖和的。

不下雨就落雪吧，冬天的晚上，守著一壺紅茶，時間如水，人在水上漂，沉不下去，就如此這般地漂啊漂，漂啊漂。我有滇紅茶，不怕時光老。

《煎茶日記》之苦丁茶記

二〇一〇年一月一日夜晚，微風，鄭州，木禾居。

西南有苦丁茶，一片很小的葉子可以泡出碧綠的茶來，只是味很苦。（周作人《吃茶》）

突然感冒了，渾身無力，肌肉酸軟，好在今天週末，不必工作，就在床上睡著。身體不適，被窩雖暖，躺在裡面卻感覺氣悶，只好無味地靠在床頭，渾身瀰漫著汗味，須臾，消失。

日上三竿才起來，匆匆吃了中午的早飯，也懶得讀書，在家睡覺喝茶，睡足了覺喝茶，喝苦丁茶；喝足了茶睡覺，睡白日覺。睡覺與喝茶，是我治療感冒的秘方。

嘴裡都是苦味，以苦制苦，我故意喝苦丁茶。

苦丁茶泡在敞口的黑陶裡，很快溶解出絲狀黃汁，葉色由黑還原為綠色。捧著碗，想到皮日休「十碗煎皋盧」的句子，喝著，喝著，竟然喝出了古風。不是說我想「歌行吟」，而是感覺的錯位，喝出了古代的風俗習慣，儼然很質樸的生活，連感冒也有了舊味。

好久沒有喝過苦丁茶，怕苦如懼病，因為感冒的緣故，才找出它來，還故意泡濃，幾近藥，幾杯入喉，渾身都有了熱氣，耳目忽靈，神志一清。

先前有同事熱衷苦丁，乃是從市上買來的，有珠形、條形、針形、卵形、麻花形、自然形等等。

每天下午上班，總要一根又一根地泡上兩根在杯底，葉片頗厚，呈墨綠色，形態亦佳，路過時偶爾俯身聞聞，苦澀的香氣比味道好。同事讓我泡點嘗嘗，謝絕了，以前吃苦太多，好長時間，連苦瓜都不吃，更遑論苦丁茶。

同事告訴我說：苦丁茶不屬山茶科，而是冬青科植物，所以嚴格說來，它不是真正的茶葉。全國各地有十幾種苦丁茶，如木樨科、冬青科、紫草科、金絲桃科、馬鞭草科等。其中，比較地道的是冬青科冬青屬大葉冬青苦丁茶，外形高大，為常綠喬木。

冬青製出來的苦丁茶，手頭倒存了，不過並非西南地道的東西，泡在水裡，其香炫目，仿佛藏有妖氣。冬青苦丁的苦是苦澀，猶如禪味。禪味藏在炫目的妖氣中，法眼才能觀之。

人生的禪味其實無處不在，喝苦丁茶尤其能得安穩寂靜的妙趣，這種茶儘管我談不上喜歡，但懷有一份敬意，就像我對禪師一樣，也談不上喜歡，但還是懷有一份敬意。

悟了禪味的人，是善良的，智慧的，懂得生活的。

寒山問拾得：「世間有人謗我、欺我、辱我、笑我、輕我、賤我、騙我，如何處置乎？」拾得曰：「忍他、讓他、避他、由他、耐他、敬他、不要理他，再過幾年，你且看他。」

這樣的道理，直到現在才漸漸明白。其實也不敢說明白，天下的道理，誰敢說明白？明者，日月也，太陽之明為白，明白本身，自有一份天機與尊貴。

因為苦丁茶，生病帶來的躁氣與不安消退了，喝到心平氣和，喝出獨自的心境。看公寓樓外的夕陽，斜照在西邊的停車場上，拉開窗簾，玻璃影影綽綽倒映著微黃的臉色。風吹過，社區邊上幾棵盆栽菊花晃晃蕩蕩。落葉、菊稈，殘光透過花瓣，絲絲縷縷進入眼底，越發心事靜靜。

《煎茶日記》之龍井記

二〇一一年一月六日晚上，鄭州，晴，木禾居。

今晚小冬有興，下廚給我做了一道湯，以青菜、豆腐、豆芽做底，拌入新炸的花生，攪上蛋花，清白相間，紅黃交錯，也不知是她廚藝太好，還是我興致太高，著實狠吃了一大碗。我覺得飯量回來了，仿佛當年長身體的時候，好久沒有如此狼吞虎嚥了。這才是我要的生活。

吃完飯後，我說要書紅。前幾天逛文玩店，見有灑金紅紙，買了點回來，本來準備過年時寫春聯用，今夜興趣奇好，我便裁成斗方，用濃墨寫了幾個福字，平常我不捨得這麼浪費的。意猶未盡，在灑金紅紙上提前寫了一幅春聯：紅梅香小院，玉兔下人間。

寫完之後，還是意猶未盡，冰箱有秋天喝剩的一點龍井，於是翻出來泡了一杯。茶葉保存得不錯，湯色嫩綠，看不出它的年老色衰，滋味當然稍遜風騷了，不過心底還是歡喜的。

龍井主要產於浙江杭州，杭州是人間天堂，人傑地靈的地方。以前沒去杭州時，我經常讀張岱的《西湖夢尋》。《西湖夢尋》我很喜歡，讀了之後，不禁西湖夢往。以致後來去杭州前的一個夜晚，居然破天荒地失眠了。

記得第一次喝龍井就在杭州。那時週末常和一朋友逛書鋪，淘舊書。不料一日回家，恰逢大雨，沒好去處，我們便逃至一茶樓，順勢要了壺龍井，真正的雨前新芽，泡在杯裡，茶葉立在水中載浮載沉，頗像倒豎的劍戟，湯色宜人，芬芳馨馥，入口香濃，直透肺腑之間。

極愛「龍井」之名，龍和井組合之後，有喜氣。字與字的搭配，也是星漢燦爛，洪波湧起，有的是字形熨帖，有的是字音般配，有的是字意高遠。

喝龍井茶最好在春天，其茶雖清淡，入嘴卻不寡，有一份豐腴愜意。更主要是色鮮味美，能給春意錦上添花。雪中送炭、急人所急的事情，反正是沒有了，索性順水推舟、順水人情、錦上添花。

喝龍井的時候，最好讀宋詞，或者李商隱的清麗詩句，或者《牡丹亭》或者《西廂記》，最為相得。茶湯在唇邊嫋氣，一個早上，一個上午，一個下午就過去了。春雨夜，微涼之際，泡一杯龍井，滋味更加長遠。

我泡龍井，會將開水晾片刻，水太滾，嫩茶經不起折騰，一泡就老。龍井泡老了，有澀味，顏色也泛黃。我泡龍井，喜歡後投，茶葉浮在杯口，熱氣一蒸，香味清幽幽在鼻底彌漫。

故鄉人把喝茶當作最重要的日事，龍井被視為茶中極品，小時候有鄰居去城裡走親戚，回來後，興高采烈地說：「今天喝了一杯龍井。」驕傲的樣子，至今想來，兀自歷歷在目。

《煎茶日記》之毛峰記

二〇一〇年十一月十七日，鄭州新區，單位辦公室。

編好我的散文自選集，一口氣突然洩了，長期不想寫東西。編書時，重讀舊作，欣喜是有的，畢竟寫了那麼多。但更多的是慚愧，寫了那麼多不痛不癢的文字。（文字本來就不會痛、不會癢。不挨打，自然不痛；不發炎，豈能癢乎。）

前些時回了趟老家，每天和小城一幫文人玩玩，朋友約去皖南，也沒心緒，近來越發懶得遠行。少年遊，我早不是少年之身；晚年遊，年紀還不夠；不尷不尬，也就不想出門了。背負著生活的身體，消受不住遊山玩水的愜意。再說幾百里外的皖南，吸引我的只有兩點：黃山與毛峰。

我的故鄉距黃山不遠，黃山是個好地方，歸來不看嶽。但就是不想去。我只好黃山之名，去不去都沒關係，就像喜歡魯迅一樣，生來也晚，見不到先生本人沒關係的，但一直熱衷收藏各種版本的魯迅作品以及關於魯迅的各類書籍，全集，選集，精裝的，簡裝的，新的，舊的……現在大概有幾百本了吧，一摞摞放在書架上，虎視眈眈地面帶微笑。

計畫中倒有打算去黃山玩，看看天都峰、蓮花峰，看看雲海、瀑布，然後買一點毛峰回來。毛峰的名字我喜歡，就像個捲毛獅子狗的名字一樣，我自己不養狗，偶爾在大街上看見美少婦或抱著或牽著捲毛獅子狗，覺得很美。

據說毛峰味道不錯，只是據說，沒有喝過。對於茶類，至今還沒遇上自己完全不喜歡的，信陽毛尖味道沖，入了我的嘴，還是將其鎮壓了。我是泛愛的，愛所有的茶葉，所有的山水，所有的食物，所有的美文，幸虧沒有愛所有的美人……

記得曾去一遠方親戚家，大冬天，冷，我在廂房烘了一上午炭火，午飯後到處走走，屋側有一古井，青石欄上架著鐵軲轆，手握的地方，清亮亮的，磚壁上爬滿青苔。勾頭去看，井圈上嫩嫩的，一層薄軟的苔，依稀有小花淺淺無言，稀落如星。我對這一井青苔頓生好感，它們蔓延在磚壁上，永無出頭之日，阿彌陀佛，它們永無出頭之日，它們還是靜靜地。

下午在親戚家喝了幾杯茶，說是從皖南帶過來的毛峰。那麼多年過去，我忘記了。忘記了等於虛無。

據說黃山地區的有些人，一年中飲茶不斷，朝也茶、午也茶、晚也茶。不知道這茶是不是毛峰。

有一年祖父去徽州辦事，回來時，有人送了一個錫壺膽的老茶具，茶葉放膽中，膽放壺內，膽上有細孔，汁出葉不出，非常方便。誰知道後來那套茶具竟然不翼而飛，大概它習慣了毛峰，容不下鄉下的土茶，月黑風高夜，化為一縷清風尋找它的故鄉去了。

黃山，我沒去過，毛峰，不知道喝沒喝過。

《煎茶日記》之飲秋茶記

二〇一一年十月十二日，安慶，湖畔社。

忘了，常常忘了，這幾天常常忘了喝茶。

最近瑣事纏身，也就沒工夫喝茶，甚至連白開水也忘了。

喝茶是種心境，或者說是心情，人間煙火漸重，喝茶心情頓無，不過在飯桌上偶爾多喝一碗湯罷了。要寫文章，要做飯，要打掃衛生，要編稿子，要讀書，還要習字，這就是我的生活，忙得沒時間喝茶了。

今天上午稍閒，就想喝茶。平日裡都是喝春茶，春風已過，春茶猶在；春風已過耳，春茶猶在家；春風已過耳旁，春茶猶在家中；春風已過耳旁花，春茶猶在家中櫃；春風已過耳旁花謝，春茶猶在家中櫃藏；春風已過耳旁花謝矣，春茶猶在家中櫃藏哉。

矣，哉！非要說透徹嗎？這年頭，許多事不僅要捅破窗子紙，最好把窗戶卸掉才好。有人批評我寫作晦澀，那我就寫幾篇明白如話的文章，既然沒閒心坐下來，你們走著瞧吧。我突然覺得應該分行：

春風已過，春茶猶在；

春風已過耳，春茶猶在家；

春風已過耳旁，春茶猶在家中；
春風已過耳旁花，春茶猶在家中櫃；
春風已過耳旁花謝，春茶猶在家中櫃藏；
春風已過耳旁花謝矣，春茶猶在家中櫃藏哉。

有點寶塔體的意思，不過是平頂寶塔，或者說是平頂山，或者說是梯田。

我剛才說平日裡喝春茶，今天喝的卻是秋茶。上次回岳西，王金橋兄送我的。我有口福，天南地北的朋友都送我茶喝。金橋說這是秋茶，最近才開始製作，一定要嘗嘗。

茶是君子，君子之交淡如茶，我和金橋交往七八年，相逢咧嘴一笑，別後偶爾聯繫，不濃不淡如茶，倒也真像古時的君子之交。

因為茶多，也就不知道愛惜。前些時逛茶莊，才發現茶錢比飯錢貴得太多。一篇文章能換來一頓好飯，十篇文章未必討得一杯好茶，慚愧，我以前惜飯不惜茶，慚愧。人應該有惜茶之心，惜飯是素質，惜茶則是情懷。

今天上午，喝了秋茶，一款叫「秋裡霧」的秋茶。秋裡霧三字大有詩意，讓我頓生好感：秋天的早晨，起霧了，白靄瀰漫，滿山的茶園在秋霧中甦醒，尖尖的葉片上兀自掛著昨夜的冷露。採茶的農民，採茶的少女，三三兩兩在茶園裡工作。工作無好壞，我覺得採茶充滿了風雅——貫穿了人間氣息的風雅。

秋裡霧茶，與我常喝的春茶作個比較，春茶有香，嶽西的春茶，有板栗香或者蘭花香，但秋茶不香，到底上了年紀，畢竟屬於秋天，或許已不屑借香取寵，欲以味制勝。我喝了一杯，口感稍重，比春茶澀。春茶是清逸的，向上的，秋茶則是渾厚的，下沉的。
同為綠茶，但秋茶的葉底明亮豐腴，溫潤似玉。
秋天肅殺，秋茶卻如此明亮，春茶是明亮中透著綠意，秋茶卻明亮中帶著蕭瑟——琥珀之黃。
我看見了滿杯淺綠中淡淡的琥珀之黃。

二〇一〇年十一月二十日，鄭州，木禾居。

《煎茶日記》之尾記

我是喝茶的。茶令人幽，茶令人爽，一個人捨棄了抽煙喝酒，若不在茶水裡尋些樂趣，簡直有些對不起自己。

又一個雨夜，無聊且漫長，這樣的辰光對一個浪跡北國的男人來說是難熬的。客居他鄉，諸事索然，只好以文度日，叵耐今夜書讀厭了，那就喝茶吧。杯茶一手，即便身處鬧市，也能沖淡燥熱，覓得一絲閒適，如果恰逢好茶，簡直可以躲進小樓成一統。自在地裏一口茶湯，看外面世界千帆過盡，閉上眼睛，身上仿佛長了翅膀，虛生出清風明月的疏朗，湖上採蓮，蓮女依窗，窗前賞花，花下談情，青衫瀟灑，秀眉如畫……

朋友裡喜歡茶的不多，喜歡酒的不少。

在我看來，熱愛酒的人（這酒是白酒），是勇敢的，當然不喜歡的人，也不能說他們膽怯，但滴酒不沾者，多少會給人柔弱的感覺。酒肉是富貴之物，朱門酒肉，我等凡夫俗子以茶蔬為食，則是以苦為生，不過我能苦中找樂，但苦中作樂畢竟是少數人的性情。酒友多，茶友少，也就不足為奇了。

常常是這樣，飯吃到最後，大家都小醉微醺，嚷著還要去唱歌。夜裡冷意淡淡，街燈溟蒙，我獨自一個人散步回家換上拖鞋，披上舊外套，蜷進沙發裡喝茶。

有人愛喝放糖的紅茶，我不喜歡，太甜了，抹殺了茶的清香與苦澀。

我喝茶，向來清飲，茶葉自有茶葉的香，不必要放梅花、茉莉、薔薇之類添加物，搞不好喧賓奪主，最起碼會竄味。看見有人在茶水裡放些枸杞、菊花、還有西洋參片，我在心裡對茶說：委屈你了，讓你成了交際花。人心隔肚皮，飲食的喜好更是隔了十萬八千里。

喝酒要快，慢慢品，則難以下嚥。喝茶不妨慢一些，讓茶水在口腔四溢輕漫。從嘴唇開始到牙齒，到舌尖舌根，然後讓一泓茶水在口腔裡迴旋。喝快了，純粹止渴，未免少了情味。

近來喝茶，從洗杯子開始，我將玻璃杯洗得透亮，我將白瓷盞洗得發光，我將紫砂壺洗得明潤。有時候碰巧紫砂壺與白瓷杯堆放一起，紅白相疊，大小參差，幽僻中頗有喜氣，白瓷似雪，一尊紫砂，紅豔絕倫，此情此景，令人不禁為之失笑，我突然想起「一樹梨花壓海棠」的詩句來。

此情此景，仿佛舊時員外郎擁著一群小妾出門踏青，員外郎面色棗紅透黑，身材壯實，一眾小妾娉婷嫋嫋。

從喝茶到飲食男女，我自得其樂。你們喝酒，我饞茶。

【 輯五 信跡 】

一鐙能除千年暗

壬辰吉月書者有為於迎江寺藏經樓

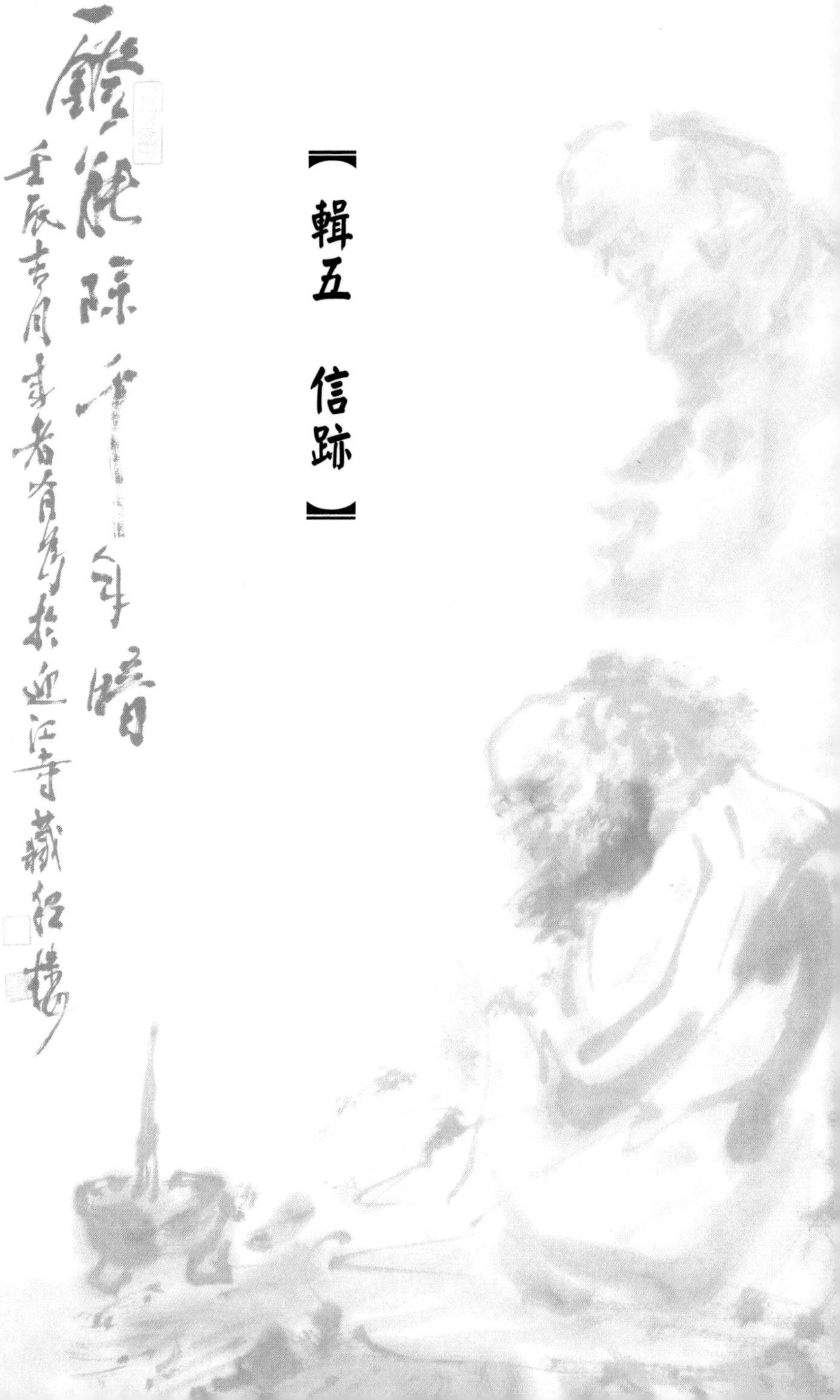

暖冬之書

高楊兄：

去外地兩天，回來後，鄭州的天氣又突然轉暖了。傍晚去菜市場買菜，清風微涼，仿佛深秋。

喜歡秋天，尤其喜歡深秋。我覺得中國文化帶季節性，孔子，老子，莊子，屈原，韓愈，蘇東坡，張岱，他們的文字有深秋之意。書畫家也一樣，八大，黃賓虹，石魯，他們走墨著色也有深秋之意。到了白話時代，魯迅寫過《秋夜》，郁達夫寫過《故都的秋》，林語堂寫過《秋天的況味》，葉聖陶寫過《沒有秋蟲的地方》。很多作家寫有關秋的文章，都是名篇，其中因由，耐人尋味。

秋天是一種情節，秋天也是文化成熟期的瓜熟蒂落。這不知道是不是我的偏見。我這個人容易偏見，是偏偏看見也是偏要固執己見。

一九〇六年秋天，魯迅在北京紹興會館的補樹書屋抄古碑。秋天的魯迅，抄古碑的魯迅，心底應該有一份苦悶、彷徨與逃避的。當然，也在積蓄與藏存一種力量。

秋天的好，恰恰好在積蓄與藏存。蓄滿精神力氣，藏下春華秋實。很多年前，我還在鄉下生活，深秋時節，照例有很多農民把苞穀、紅薯藏進向陽的洞窖裡。常常是正午，冬陽暖暖，我走過那一排排洞窖。小口深洞，藏著今年的果實，也是來年的種子。皖西南地質與別地不同，洞窖是建在麻沙地的背靠上。那些洞窖用磚石封著，仿佛大地上的機關。

近來時間充裕，讀書與寫作的間隙，看了很多電影，有時一天看七八個小時，五六部電影。一寸光陰一寸金，敢這樣消磨時光，我真像揮金如土的闊少。沒有錢，但我可以任意打發時間，這也是福氣。坐在電腦前，隨意搜索，沒有新電影，看舊電影，看煩了舊電影，看老電影，越來越覺得這是福氣。於是不可遏制，有個週末，我從早上看到夜裡凌晨。

你在寫《法外情》的文章，今天我就找到這部電影看了。你說葉德嫻知道劉德華是她親生兒子的那一段表演堪稱絕響，我也覺得不錯，可惜，看到那裡就停了，不是停電，也並非我不想看，而是小冬催我洗澡。熱水器開著，放好了水，我不寫了。家裡沒有供暖，冬天冷，等會我就直接鑽進被窩讀書。

電影就暫時放下，這樣也好，在好的時刻，戛然而止。

起來晚了，昨夜讀書至凌晨，今天週末，我睡到了十一點，反正不用上班。

昨夜洗澡，邊洗邊想古人關於洗澡的詩，忘了是蘇東坡還是韓愈，說洗了一次澡都瘦了好幾斤，差點在浴室笑出聲。差點是說我終究沒有笑出來，其實也沒什麼好笑的，不就是髒嘛。

我記憶力一直不錯，但讀過的詩歌，卻常常忘得一乾二淨。不要說寫詩，連記詩都不行，我實在沒有詩骨。

老家有個木匠，或許覺得我像個讀書人，在我家幹活，他邊推刨花邊背詩，《三國演義》中的古風，《紅樓夢》裡的詩詞，一首接一首。民間是有些奇人的，為了生活，歲月蹉跎，那些才情也就只得湮沒了。

中午時分，在廚房燒菜，豆角炒茄子，我最擅長的一道菜蔬——其實任何菜蔬我都擅長。上次在老北京烤鴨店吃了一道豆角炒茄子，味道不錯，今天突然就想做來吃吃。可惜茄子炒老了，味道打了折扣。

飯後，接著昨天的情節看《法外情》。

你說當葉德嫻知道劉德華是她親生兒子的一幕時，表演得真好。不過我看劉德華走進法庭時，葉德嫻的那段表演更好，沒有一句臺詞，沒有任何動作，兩眼的目光詮釋一切，這是功力。香港電影在商業的目的下還有藝術之匠心，中國內地電影在藝術的目的下只見拙劣。這是文化的差異，其實也是態度問題。

任何東西，刻意為之，只會走入歧途。西子捧著胸口好看，東施捧著就不好看，何止東施不好看，南施，北施捧著胸口都不會好看。

很多年前喜歡過祖瑩的一句話，我還用紅筆端端正正地抄在一本上海古籍版《西遊記》扉頁上：文章出於剽輟者，豐靡而不美；出於獨見者，簡質而華貴。《魏書・祖瑩傳》中說：「文章須自出機杼，成一家風骨，何能共人同生活也。」這兩句話，道理差不多，是大白話也是大實話，做起來卻不容易。

接著說《法外情》。這部電影裡，劉德華的表演，帶著明顯的生澀，而葉德嫻卻是真正專業水準。一個人要麼生澀，要麼恰到好處的成熟。我最怕生澀裝成熟，我更怕熟透了，像爛柿子。我現在感覺，任何藝術，過猶不及，演戲和寫作一樣，演得油滑了，反而不如生澀；寫得油滑了，反而不如生澀。個中原因，細想一下，其實挺好玩的。

不多說了，我還想作一篇文章，談談羊肉泡饃。前天回鄭州，同座中有西安的旅客，他們一直在談論吃喝，重點說了羊肉泡饃。有人問為什麼西安會有羊肉泡饃呢？我煞有介事地說：

在很多年前，陝西某兵營裡正在吃飯，羊湯當菜，大餅是主食，他們正吃的時候，有軍來襲，兵士們紛紛扔掉大碗，拿著長矛就去拼命了。其中一個膽小好吃的，卻忙裡抽閒將大餅放在羊湯裡，藏在草叢中，戰事結束，羊湯微熱，發現大餅的味道不錯，羊湯的味道更絕，於是解甲歸田後開了家餐館，幾經改良，終於成了現在的羊肉泡饃。

這是我瞎編的。這年頭，連專家都專門騙大家，所以我也說次胡話。

二〇一〇年十二月十九日，鄭州，木禾居。

書法之書

高楊兄：

《暖冬之書》你讀出了我的煩亂與無心寫作。這很出乎意料。為什麼會那樣呢？你大概是指文字的不整飭吧。我故意那樣，中國散文，太正兒八經了，我偏要絮絮叨叨，指東打西。我寫東西好以氣貫之，以力貫之，一方面也是討巧，我可以隨便寫，但同時又太吃力了，氣不足，力不大，文字便散如沙石。文字的力，來自多寫，寫多了，力自然夠足；文字的氣，需要多讀，讀多了，自然氣象萬千、氣定神閒。

你說的煩亂和無心寫作，會有的。讀魯迅的作品，見他在文章中寫道：「最近總是感到一股莫名的憂傷」。這種類似於莫名的憂傷、哀愁、無聊、痛苦等等，其實都是魯迅先生創作的前提，因了這些情緒的積澱，才有了那麼多文字。魯迅是大文豪，我是小文人，有些時候，大抵那種創作的情緒也會差不多吧。無心寫作，我時常會的，因為疲倦。

我時常疲倦我的文字，不知道為什麼。有時候突然覺得自己的散文飛了，羚羊掛角、無跡可尋。不是說丟了我的文字，而是說我的文字是「水中之月」，不敢回頭翻看。記得小時候，有次在院子裡洗臉，發現臉盆裡有一輪月亮，伸手捉時，卻是井水冰涼。我的散文也是，常常寫過去了，就不敢再去捉了，生怕觸手冰涼，劣跡斑斑。

寫了五年，不自信，肯定有過；寫了五年，太自信，也肯定有過。一個人，就這樣在太自信與不自信當中度過，這就是人生。

散文是很適合我的一種生活。是的，生活，我一直把散文當成生活。寫作太需要匠心，寫作太需要苦心，寫作太需要用心，而生活，無非吃喝拉撒，錦衣玉食也行，粗茶淡飯也行，無非就是這樣。人人要生活。闊佬有闊佬的活法，窮酸有窮酸的日子，自己滿意就行，無非就是這樣。所以我儘量去滿意現在的寫作狀態。不然我會無心寫作。

你說讓我談談書法，其實我不懂書，更不懂法。書法真難，我至今還沒有把字寫熨帖，深感慚愧。昨天晚上，給朋友寄書，在每本書的扉頁上留下幾句手跋，不知道是鋼筆太新，還是墨水品質不好，筆下的行書居然枯若秋風，線條斷斷續續，無意中竟然有草書的飛白了。在中原生活久了，北方缺水，我覺得越來越缺少南方的水氣。

今年買房子，特意選了靠近東風渠附近的社區，不為其他，只是喜歡河水浩渺、綠草茵茵的感覺。我不懂書法，但喜歡讀帖。冬天冷，不適宜外出，我讀金農的帖，能體會家長里短。夏天熱，我讀趙孟頫的帖，能讀出清涼與溫潤。秋天涼，我讀孫過庭的帖，能讀出中國文化的昂藏之氣。春天暖，我讀王羲之的帖，春風拂面，一室幽香。

寫過一篇《墨蹟》的文章，談到過讀帖，你大概沒看過，抄下來給你看看：

初夏的早晨，很舒服，陽臺盆景石榴上還掛著未乾的露珠，冷而晶瑩，懸在葉梢，像女人腮邊的眼淚，欲滴還休，頗有玉容寂寞淚欄杆，梨花一枝春帶雨之狀。這樣的辰光，早早起床，一個人在家臨帖寫字，筆尖與紙面廝磨出一片柔情，像俠客真氣飽滿時的揮毫，雖不是力透紙背，卻也能墨蹟縱橫。

我近來對書法有了興趣，嚴格說是對墨蹟的沉迷。墨蹟暗淡，有份古典的優雅。

在很久很久以前，我家的壁櫥上有張懷素的狂草掛曆，走筆枯若秋風，斑斑駁駁，簡潔而通靈。儘管當時一個字也認不出，但我能感受到懷素筆勢的有力，儼然舞動了極其高明的劍術，使轉如環，奔放流暢。

壁櫥的墨蹟與牆腳的光影對應著，墨蹟斷斷續續，光影若即若離，那是藝術與自然的一次邂逅吧。光影有疏朗靜氣，墨蹟帶精蛇之美，蕭衍在《草書狀》中說：疾若驚蛇之失道。真是絕妙比喻，非精於此道者不能言也。

打開記憶之門，腦海中常常有這樣的鏡頭：一個少年仰著臉，陽光從背後老屋的木窗上潑過來，經過尼龍窗紗的過濾，灑在東牆，濃淡交錯，像淡墨潑在暗黃的毛邊紙上。

我傾心書法的雅韻，因為每個字的點畫構成以及字與字之間的連綿動感能產生出藝術之美。原本極為平常的漢字，經過手寫的加工，一連綿，有了味道，境界全出。

於是無事時，常找些法帖來細讀。恰逢陰雨纏纏，如果碰巧是一本漢碑拓片，我的心裡總升出一股幽靜。眼光走得極緩，時光也溜得很慢。一刹那，人書仿佛默片電影，輕鬆、隨意、悠閒，在書法裡，我想也只有漢人的墨蹟才能這樣散淡舒緩吧。可惜那種風範，已成絕響，只能讓後來者心生惆悵。

讀漢碑拓本，我感覺書家是在用心神寫字，筆非筆，紙非紙，書寫的過程宛如祭祀，慢條斯理中有一份莊嚴神聖，點橫豎撇間彌漫出大氣象，不僅能感染人，幾乎可以鎮住鬼了。

到了魏晉，書法已是專門的藝術了，有人把它當作事業來做。人逢亂世，索性躲進筆劃間架中自得其樂、放浪形骸，所謂亂極而平，熱極得靜，一個人連死都不怕，還有什麼值得畏懼？於是魏晉時的墨蹟便油然生出瀟灑的涼爽，大有前無古人，後無來者的氣勢。

到了唐朝，筆鋒一轉，化劉漢之雍容為李唐的華貴，二王遺下的飄逸，變得從容，是大國腴潤的滋養，也是盛世安穩的薰陶吧。

而到了宋元兩代，墨蹟間的煙火味漸濃，即使曠達如蘇軾、米芾、趙孟頫者也不能免俗，既然書法的高山已被前人盤踞，時人索性劍走偏鋒，與塵世粘滯一體，這使墨蹟中添了些世俗氣。所謂世俗與風雅一體，老練並搞怪共存，大抵可作為宋元墨蹟的總結。如果說兩漢的書法讓人嚮往，魏晉的書法使人仰慕，那宋元的書法則令人親近。嚮往悠然，仰慕虔誠，親近可人，這是歷朝墨蹟的況味。

到了明清，書法千變萬化，流派浩渺如海，你朝你的理想努力，我向我的目標挺進。封建王朝的太陽漸漸靠海近山了，每個書家都想在藝術世界裡傾瀉所有的才華與熱情，用盡手段創造文化的燦爛。晚風夕照，是我對明清墨蹟的概括。

到了民國，幾乎可以一筆帶過了。在遠古書壇高峰的陰影下，長袍長衫的文人只留下孱弱瘦小的一絲疏影。如今呢？繼承已經心力不濟，創新更是紙上談兵。

幸虧宣紙上，中國文化猶自輕流徐淌；

好在墨蹟間，前人氣息尚存勃勃生機。

說來慚愧，不要說書法，就連毛筆字我也寫不好，只得借助法帖去感受墨蹟的筆意。在深夜裡，在天地間，默默與古人交流，絹紙是水，墨蹟是船，眼睛是帆。漁翁已經離去，雙槳擱舷，舟自橫流，一種相思，幾處閒愁……

我不大看當今人的書法，不是說不好，而是不大適合我的口味。總覺得現在很多人，太過於講究，我喜歡隨意的書法。你看王羲之的《蘭亭序》，多麼輕鬆，一點都不累，就那麼信馬由韁的幾筆。我還喜歡林則徐的手箚。六年前在鄭州古玩城買過一本《故宮博物院藏林則徐書箚手跡選》，紫禁城出版社一九八五年印的。當年看了，很喜歡。寫這封信時候，我又從書架上翻出來看了看，還是喜歡，喜歡間架結構的從容與本色。

從容與本色，是瑣語藝術的根本，看似簡單，實則太難。所以相對於正兒八經的字帖，我更偏愛手稿和信件。我還買過一本孔另境編的《現代作家書簡》，說起孔另境，不知道你可熟悉？他是茅盾夫人孔德沚之弟，茅盾的小舅子，當時這本書是魯迅寫序的，很是暢銷。

這本書的有趣與珍貴在作家手跡上，手跡相對於正規的印刷體更見性情。

可惜這本書不知道藏在哪個角落，一時找不到了。我家室小書多，書似青山常亂疊。有一次半夜一大箱書砸下來，幸虧我沒有在書箱下面睡覺。古人說牡丹花下死，做鬼也風流。但被一箱子書砸傷了，那也太划不來，雖說書中也有顏如玉。先說這麼多，晚上再接著寫。

下班時，一路琢磨，書法到底要氣韻的，氣韻生動了，流暢了，縱有敗筆也無妨。很多人的書法，總體看，很見功夫；局部看，也生動，有筆力，章法奇崛，墨色分明，但氣韻不行。就好像一個人長得不錯，衣服穿得有品位，但修養不高，一張嘴說話就露餡了，太沒內涵。

人重要的是修養，藝術也一樣，修養是藝術的根本。而修養來自傳統，來自世間萬物，來自天地陰陽。

我故鄉有一老頭，沒讀什麼書，一輩子伺弄莊稼，但衣著永遠乾乾淨淨，說話也得體，我說那是自然心性浸淫日久的緣故。所以你看很多碩儒，良臣名將，無心於書法，卻能寫得一手好字。這些人的字，看不出十分明顯的師承與來歷，但入眼就是舒服，養心。他們用修養與境界寫字，既不想把字寫成某個路子，也不想把字往書法上靠。這樣的心態就勝人一籌。你看很多大學者的書法，滿紙福氣，深得中國文化的精深與博大。

也接觸過很多書家，不知道為什麼，我特別害怕聽到書法的創新。我覺得，相對於其他的藝術，中國書法實在太不一般，有魏晉期的瓜熟蒂落，有唐宋的山頭林立，有明清的探索與厚古。該走的路，被人走完了，另辟捷徑，談何容易啊？

而書法上的所謂捷徑，很多年後看，也可能是誤入歧途。

不能繼承，就不能創新，這是我的一家之言。

如果不能創新，索性一味繼承也很不錯，這還是我的一家之言。

二〇一〇年十二月二十日傍晚，鄭州，木禾居。

採石之書

必榮君：

這個採石與採石場無關。以前在青島工作的時候，宿舍後面有個採石場，晚上那裡兀自採石不休，小石子在鏟車裡嘩啦啦倒騰的聲音，攪人清夢。完整的山，被挖掘機剜出一塊塊豁口，真是破壞。有一次我們在工作，採石場放炮炸山，一塊飛石落到操作臺，砸出一個大窟窿。現在想想真是後怕，如果位置靠近我半尺，今天就不能給你寫信了。飛石襲擊，如今念起，依舊心有餘悸。

我這個採石，說的是採石磯。馬鞍山沒去過，採石磯也只好一直在文字中誘惑著我。近年懶得出門，古人說看景不如聽景，真是深合我心。很多地方，看了之後，大失所望，連僅存的一份情懷也消磨殆盡。我寧願蝸居一城。我常說自己是神遊天下的，譬如馬鞍山，早已經神遊很多遍了。

我想像在雨雪時節去採石磯訪古，我想像在落葉時節去李白墓園憑弔，我想像在暮春時節去朱然文物陳列館觀物，我想像在盛夏時節去甄山寺參禪。

人之所以偉大，因為一切無限在想像當中；人之所以渺小，因為一切局限在想像當中。真是成也想像，敗也想像。

有個階段，憑著想像寫文章，讓筆下的漢字插上了翅膀，當真一飛萬里，寫得我膽戰心驚。出乎意料地有神來之筆，也出乎意料地有斑斑劣跡。

大概是積習難改。相當長時間，我竟以為自己是養鳥的漢子。清晨，我讓這些文字之鳥飛出家門，傍晚，向天長嘯，再讓這些文字之鳥飛進家門。這一進一出之間，一篇文章就在燈火闌珊處深情守候，只需要夜深人靜時翻牆約會。我幾乎就是《西廂記》裡的張生了。

《西廂記》中有「月移花影動，疑是玉人來」的句子，一篇文章的開頭也要有月移花影動的效果，這樣才可以吸引人讀得下去。

月移花影動幾乎就是作文訣，月移是自然之理，平淡如圓月西山，花影動是技法，調動文字的色香味。這樣的文章，想不好看也難。

文章好不好看，由讀者說了算。有些時候寫著寫著，心中就浮現出一個讀者，兩個讀者，一群讀者。有時候寫著寫著，心中的讀者卻漸次走開或者一哄而散，只剩下鋼筆與稿紙的聲音，只剩下鍵盤敲打與主機殼微鳴的聲音。

所以文章到底是寂寞之道。很多人都說寫作要耐得住寂寞，這幾乎就是廢話。寂寞是稀世的才華，沒幾個人能有。有的人寫了一輩子，找不到寂寞的邊，沒有寂寞，耐什麼耐？高處不勝寒，沒到高處，何來寒？

你說你是我文章的粉絲，不敢當的。你還說我的文章有很多粉絲，那是師友們情意重。我歡喜我的文章還有些知音，但還沒虛妄到因為文章有人喜歡，就以為自己寫得不錯，不是這樣的，還是師友們情意重。我不需要粉絲，有幾個知音，有一些懂得，我就覺得很愉快了。

再過四年，我就三十歲了。古人說三十而立，立言還是立志，立人還是立身？不知道。其實更多時候，我寧願趴著。高處有高處的風景，地上有地上的美妙。以前在鄉下，經常蹲在地上撥弄螞蟻，東挑西逗，我能讓兩隻螞蟻打架的。當年也不知挑起過多少次螞蟻的世界大戰，現在想來，真是罪過。

在城市已經生活快十年，不見螞蟻也快十年。現在回家，還會蹲在地上尋找螞蟻。不知是不是生態太差，還是近視的緣故，現在已經很難找到螞蟻了。偶爾爬過一兩隻小的，不入眼，我喜歡那種近一釐米長的大傢伙。

我腦子冷不丁會經常跳出一些奇思怪想。只要不寫作，我永遠是個少年。奇怪！當我拿起筆寫散文的時候，時間猛地老去二十年，奇怪！你說等我到了七十歲，還會這樣嗎？我們家族裡還沒有活過八十歲的，我也不奢望自己高壽，活到七十多歲吧，如果那時候還寫得動散文，如果還能老去二十年，那很好玩的，一個九十歲的老先生的文章，太有意思了。我嚮往鶴髮童顏的寫作。鶴髮是行文老到，童顏是走筆勁俏。

二〇一〇年十二月二十日夜，鄭州，木禾居。

東窗之書

無萍大姐：

用拼音打字，剛才把東窗打成了東床，挺好，有喜氣。東窗只要不事發，就是閒情。其實東床不好玩，關鍵是袒腹有趣。若照現在的社交禮儀，王羲之就是不良青年啊。

第一次去小冬家，大夏天，鄉下太熱，沒正行慣了，我居然脫光了衣服，穿著短褲，赤腳一個人在院子裡走來走去，搞得小冬的父母驚詫了半天，竟至成了她家的笑談。

今天編輯部休假，我把時間搞錯了，居然跑來上班。東窗的窗簾沒拉上，陽光越過陽臺，直射到我的格子間。一個人也無心工作，就給你寫信。

有四天沒上班，早上七點時分起床，屋子暗暗的，清晨仿佛半夜，心中有些空茫，拿著毛衣，居然愣住了，寒冷好像找到了宣洩口，一個屋子的冷氣猛地捲來，凍得我直哆嗦，於是又倒下去，睡了五分鐘。

最近幾乎沒讀什麼書，懈怠。我一不讀書，就覺得虛度光陰；一不寫作，就覺得碌碌無為。我這人，沒什麼理想，能終老於讀書寫作，幾乎就是我的目標，很心滿意足。

昨夜讀《魯迅全集》的書信卷至凌晨一點，讀出好來了。不是說好久沒讀書，有小別勝新婚的新鮮感，而是魯迅的書信實在大好，有一種節制，來自古漢語的文字上的節制之美。我害怕縱欲的文字，通篇下來一副勞損疲軟的樣子，面黃肌瘦，雙目深陷，無精打采。

讀一個人的書信，好像進了一個人的臥室；讀一個人的日記，好像進了一個人的被窩。偶爾去人家臥室參觀一下，無可厚非，但鑽進人家被窩，就有點不像話啦，所以相對於日記，我更喜歡書信。日記到底太隱私，我不習慣睡在別人被窩裡，因為不習慣別人的體溫。

我寫過日記的，寫了很多年，寫滿屬於青春期的憂傷與不安，還有迷惘。

接著再說說《魯迅日記》，魯迅的日記有蒲草參差之美。你見過秋天的蒲草麼？皖南水鄉，蒲草滿河，到了秋天，泛黃了，夕陽下，蒲草如亂箭，那種場面，寧靜中有喧鬧，悲壯裡帶著柔情。所謂大美，不外如此。一切都落幕了，一河蒲草獨立沙洲。魯迅的日記也是，一切都謝幕了。只有寫信人與收信人肝膽相照或者就事說事，娓娓道來或者匆匆覆筆。

昨夜本來要寫篇文章的，上次吃了道北京菜——醋椒魚片，味道真好，我念念不忘，不知道是想念魚片的味道，還是想念友情。

友情是水，中原天干。

二〇一〇年十二月二十一日，鄭州新區。

杜撰之書

翠姐：

今天安慶下雨，濕答答的，很有想像中江南的感覺，只是氣溫尤涼，少了春天的味道。早上出門，見天氣還好，也就沒穿外套，此時，感覺更多的是秋意。

潮濕的秋意穿過衣服，附在皮膚上，黏黏糊糊，很不舒服，不是七年之癢，也不是三年之痛。以痛止癢也好，以癢祛痛也好，偏偏不痛不癢，讓人難受得不可捉摸。

近來讀古人法帖，線條之間我看不見力，卻有氣，古人的很多文章也讓人看不到力，譬如莊子，六朝筆記，唐宋傳奇，張岱，袁中郎，聊齋，那麼隨心所欲，卻分明有氣縱橫其中。

如你所說，寫作或許就那樣：厚重了，註定了不會輕靈；輕靈了，便很難厚重。一個人不可能美貌與智慧並存，名氣與權利皆有，這樣的好事畢竟不多，所以還是寫出自己的日常與才情吧。我現在想，寫散文隨筆，若能把所思所寫融入日常，這是很高超的做法，也是保證寫作源源不斷的技巧。

你一說我也有感覺，翠姐吉祥就不如翠姨吉祥好聽，翠姨吉祥，四個字裡基本是舊味與往事了，仿佛小品。說「翠姐」，這「姐」音太短，少了餘味，像敲著一面鼓；說「翠叔」，這「叔」音太壓抑，仿佛蒙在鼓裡；說「翠奶」，「奶」音太急促，鼓被打破。就是「翠姨」好，這兩個字念出，有花開緩緩的慵懶和從容，還有俏皮氣。當然「翠爺」也不錯，翠爺很有女匪與山大王的感覺，不是麼？

慵懶從容，還有俏皮氣，是境界，也是品位。六朝人的碑帖裡有種慵懶，唐人的小楷裡有種從容，金農的花草，鄭板橋的書法裡有俏皮氣。慵懶是身體的，從容是面目的，而俏皮則是骨子裡的一種精氣神。慵懶是高貴的，從容是大氣的。慵懶到從容，南面稱帝，慵懶到從容到俏皮氣，仿佛小皇帝，我想當年登基甫始的康熙，一定是慵懶從容且有俏皮氣的。

翠姨兩個字，念出聲真好，多像舊上海大軍閥那個善良的姨太太，偷偷去了關押革命黨的牢門，對獄卒說：「我的話你也敢不聽嗎？」獄卒躬身低頭道：「小的不敢，小的不敢。」翠姨環佩叮噹，纖纖素手推開牢門，然後說：「大牛哥，趕快走吧，不要管我，你走得遠遠的……」就此打住，一笑，杜撰記耳。

早上讀了一會董橋的《故事》，豈料上午就收到你送來的《青玉案》，妙哉。昨夜失眠，也沒寫文章，也沒讀什麼書，莫名其妙地失眠了，狐疑了大半夜，原來是今天有喜，得書之喜，不枉半夜反側。

二〇一一年三月七日，安慶，湖畔社。

夜讀之書

翠姐：

又收到了你千里迢迢快遞來的一包書，古人說「千里送鵝毛，禮輕情義氣重」，你千里送書，那是禮重情義濃呵。

我是個單調無趣的人，別人風花雪月吃喝玩樂，我埋頭在家粗茶淡飯寫作讀書。讀書是福。有時候一天讀十幾個小時，覺得自己簡直福如東海，仙翁的生活，也不過如此吧。有書讀，我知足；有書讀，我快活。

我把書分兩種，不是好與壞，而是流汗與不流汗，一個好的作家寫作是不流汗的。當然，很多作家寫得汗濕三重衫，那樣的苦心孤詣，我自然也敬佩，但好書自然是以不流汗者為上。所以我常常只得去讀古書，古人之書，莊子、王羲之、柳宗元、蘇東坡、歸有光，讀他們的作品如沐春風，人家寫得不累，我看著舒服。你送我的書，我都喜歡，一來我沒花錢，二則對我胃口，不會不喜歡啊。

近日單位電腦不好，白天寫作工作要和它較勁，以致耽誤了很多讀書時間，我就選擇晚上讀。晚上是讀書的最好時刻，躺在床頭，擰亮檯燈，就這麼三本五本地亂讀，基本就悠閒接近如古人的生活了。

最近在讀周作人的《夜讀抄》，這是本好書，內容豐富，言辭也精闢睿智。但我更喜歡書名，夜讀抄三字仿佛薰染了煤油燈的柔和與白窗紙的溫馨，耳鬢廝磨之下，不由讓人對夜讀產生出深切的懷慕。

常常一廂情願地想：就在這春天獨居的夜晚，坐在書桌邊，陽臺處紅花綠葉的淡香若有若無地飄在鼻間；窗外，晴朗的夜空，一鉤金黃的新月斜斜地掛在西天微笑，此等情景，實在是極美呵。倘若又是古村，還有紅袖，燃著檀香，聽著清簫，這基本就是世外桃源的生活吧。

孟子有「夜氣」一說，認為一個人入夜後最容易得氣，最容易得道，最容易通神。的確，夜靜而晝喧，夜雅而晝俗，夜樸而晝巧。夜是地球一天中最浪漫、最靜謐的時段。草木花葉在露水的浸潤之下，靈潤青蔥；人處在這樣的辰光裡，思維與激情亦如燈草一般被撚亮啟動。此時，讀一本心儀已久的好書，泡一壺茶，書讓眼前一亮，茶令口中一新，白天的種種焦躁與煩悶慢慢就消退了。這樣的閱讀中，你所想要明白的，於是明白；你所想要完美的，於是完美；你所想要傾訴的，於是傾訴；你所想要充盈的，於是充盈。多爽。

宋人尤袤云：「饑讀之以當肉，寒讀之以當裘，孤寂而讀之以當友朋，幽憂而讀之以當金石琴瑟也。」那夜讀呢？我以為可脫白晝的紅塵。

經常想以前鄉居的歲月。住在老屋中，隔窗一軸青山；夜深時，月色星光下有濃淡不等的重疊山影，牆角下傳來蟲豸的鳴唱，屋內顯得更加清閒幽寂，那實在是讀書之妙境。白天田裡地裡幹活，不求聞達，不趨財帛。到了夜間，在那一團燈火下修點自己的「業」。

這其實是非常樸素的生活，我輩不幸，如今只能在碌雜中偶一馳想了，特別是生活在寸土寸金的城市，能夠溫飽已屬不易，更遑求夜讀之妙境了。

想想以前，紙窗瓦屋，燈火青熒，一卷在手，得了多少大自在啊。有時候讀累了，就跑到月亮地裡走走，自以為也是人生一樂，至今猶覺囂囂中有此淒清一境。不過此等妙處，只可意會方家，不得言傳外人。張大復《梅花草堂筆談》云：「月是何色？水是何味？無觸之風何聲？即爐之香何氣？獨坐息庵下，默然念之，覺胸中活活欲舞而不能言者，是何解？」我以為，此乃「萬物靜觀皆自得」是也。人是天地之靈，世上事，往往在靜時，於無意中，領略出一番滋味，這才是真正的書之旨趣。然時至今日，鮮有見罷了。

再謝贈書之誼。祝好。

二〇一一年四月二十五日，安慶，湖畔社。

閒覽之書

畢亮賢弟：

看你孜孜不倦地寫讀書隨筆，讓我想起了過去的時光，我也有熱衷寫讀書隨筆的日子啊。那時候實在是喜歡讀書，現在也喜歡，但現在有了學以致用的想法，俗了。

那時候租住在一個城中村裡，房子不大，床卻不小，我在床的一邊堆上書，人書共眠。現在還記得很多書名，《兩都集》、《雅舍小品》、《龍蟲並雕齋瑣語》、《伊利亞隨筆集》，還有各色小說，幾百本書砌成一面不小的書牆。

對我而言，書就像水、像花、像空氣，沒有書，生活就會變得毫無生趣，總覺得讀書是人間最好的事情，值得用最熱切的感情去愛。

一個人的讀書種子，是天生的吧。有些人天生就喜歡讀書，有些人天生就喜歡玩樂，有些人天生好色，有些人天生貪財，有些人天生力大無窮，有些人天生多愁善感。

記得很小的時候讀詩，見「雪夜閉門讀禁書」一句，不由浮想翩翩，彷彿有此一景：紙窗瓦屋的室外亂雪紛飛、冷風怒號，一個人圍爐而坐，身旁放著熱茶。頓如有寒夜之無的妙境。後來又見「紅袖添香夜讀書」一句，更是大發思古之幽情。現在想來，添香很好，但不能紅袖，紅袖容易心猿意馬啊。

在老家生活時，我獨居一室，大享清閒幽靜之福。冬天冷，在被窩中置一小手爐，床成丘狀，人睡其間，坐臥讀書。這樣的風俗圖不知道你們桐城可有？夜越來越深，手爐的炭火也越燒越強勁，烘烤得熱血沸騰，全身上下一片舒坦，越讀越醒，夜深就夜深，管他呢，一本書完，東方泛白。

一人、一燈、一書、一火爐，這些過去十多年的往事，常常讓我懷念。不過來安慶後，又回歸到一個人的狀態。一盞孤燈夜讀書，算是重新拾起了，但幾間茅屋閒臨水的雅趣，終究不復再有。在城市生活快十年了，越發覺得鄉下好，鄉下有風、有雨、有蛙叫、有蟲鳴、有明月。熏風入戶，蟲鳴透窗；清風襲帷，螢火點點；碧空朗月，環堵蕭疏；風吹雪虐，爐火融融。當此之時，捧書一卷，斜倚床欄，徘徊於夢之邊緣，那實在是一件很美妙的事情也。

一個人與書廝磨，行影相吊，在他人看來未免無聊，少不得作些不解，殊不知此乃表像也。正如「白馬非白，白馬非馬」，其實書中風景如畫，萬里江山逶迤。無聊才讀書，真是外行人語也。賢弟你說呢？

二〇一一年五月二十日，安慶，湖畔社。

筆禍之書

寒冰：

最近讀黃裳《筆禍史談叢》，洋洋近十萬言，文字雖古意幽幽、風雅淡然，但所書內容卻讓我覺得鬼氣陰森，可怖可懼。看來筆一頭沾著墨水，一頭還連著禍水啊。

也可見我的膽小吧，這樣的性情，怕是被家母帶大的緣故。長於女性之手，骨子裡就少了陽剛。幼年家教極嚴，所以即便受了委屈也總是一個人憋在心裡，這樣的性格直到現在也沒改變。相當長的時間內，我只愛一個人讀書冥想，自己玩自己的。如此這般，發展到後來，自然就愛上了寫作，大抵上文字屬於心靈寂寞的產物，或排遣無聊，或驅趕乏味。

所以一個人因文生事，我深表同情。到底太瞭解文人的軟弱，太清楚文字的無力。古人說秀才造反，十年不成，可謂真理之言。

文字這個東西，就怕人看後犯狐疑。

當年司馬遷外孫楊惲因《報孫會宗書》令宣帝見而惡之，終以大逆不道的罪名腰斬。嵇康因寫作《與山巨源絕交書》讓司馬氏「聞而惡之」，被斬於東市。

北魏大臣崔浩因主持編纂的國史揭露了拓跋氏祖先的羞恥屈辱，被世祖下令族誅，同時株連被殺的還有崔浩姻親范陽盧氏、太原郭氏和河東柳氏等北方大族，史稱「國史之獄」。

趙顯懷念宋朝，寫詩道：寄語林和靖，梅花幾度開？黃金台下客，應是不歸來。觸怒元廷，被賜死。想起來這事很有意味，當年詞人李煜因一首《虞美人》被宋太宗用牽機毒殺。後來他的子孫又同樣因此獲罪。你說這是歷史的玩笑，還是命運的捉弄？

到了清朝，筆禍更是接二連三，胡中藻寫「一把心腸論濁清」，腦袋搬了家，說詩句裡濁字放在清字前面，是為大不敬。稍一回首，文質彬彬的文化史，其實到處充滿了流血與斷頭。我常常思忖，如果生活在古代，有些話一定不敢寫，在死亡面前，我可能徹頭徹尾是個懦夫吧。

避席畏聞文字獄，著書都為稻粱謀。硬骨頭的龔自珍都這麼說了，那軟骨頭如我者，大概只好俯首去做一介個農夫，放牛耕田，出力流汗了。也恨過自己這樣優柔，受了別人的氣，卻想著身為男人，不去計較；有看不慣的事，不作理會；遭到他人傷害，淡然一笑。這也是做人上的一大失敗吧，可天性如此，想改，談何易哉？

這幾年，寫了不少東西。感到慶幸的是，從未因文招禍。不談風雲，只談風月，這興許就是最保險的做法吧。

最近，重讀了蘇軾的集子，以烏台詩案為界，他的詩詞作品在創作上有繼承也有明顯的差異。在貫穿始終的「歸去」情結背後，我們看到詩人由少年時的無端喟歎，漸漸轉向中年的無奈和老年的曠達。可以說蘇軾的「漸老漸熟、乃造平淡」和「烏台詩案」不無關係。後人說，此次筆禍是蘇軾一生的轉捩點：蘇軾由當初的「奮厲有當世志」、「致君堯舜」，轉變為「聊從造物遊」。其實在案發前，蘇軾也經常反省仕宦人生，案後，他痛苦的心靈在自然的天地裡找到歸宿，發現了新的人生境界。這是中國文學的幸運，但對於蘇軾本人，渾如一場噩夢啊。夢後的黃州貶謫生活，使他從具體的政治哀傷中擺脫出來，重新認識社會，重新評價人生的意義。

評說。

賈平凹《廢都》出版時，扉頁上寫道：情節全然虛構，請勿對號入座，唯有心靈真實，任人笑罵

這分明也是對筆禍幽靈死而復生的警戒。說起來對號入座，那是看戲或者坐車的勾當，一轉入文字，便扯不斷、剪還亂了。賈先生怕，我也怕，估計你也怕的。

二〇一一年五月二十日，安慶，湖畔社。

雲深之書

沈永兄：

午飯後，我想休息，躺著不是，趴著不是。迷迷糊糊，乾脆睜眼撐著。撐著撐著，腦子裡冒出了一些詩，開始「雲深不知處」一句獨秀，後來整段的詩浮現了：松下問童子，言師採藥去。只在此山中，雲深不知處。

人生無非兩種境地吧——或者如江河洋洋歸於大海，海上生明月，靜而闊，浩渺一片；又或者緣溪而行，上到深山白雲間，山色空蒙中。人生不過就是在樂山與樂水之間徘徊，人生或者樂山或者樂水。這麼一想，壞了，大腦越發清醒，跟著，一句句詩排山倒海一樣呼嘯而來：

策杖白雲岑，雲深不知處。
恍見雲中君，白雲鄉里住。
舉手弄竹雲，招我登雲路。
漫漫雲路長，願乘黃鶴馭。
黃鶴不復回，白雲自來去。

睡不成覺，索性給你寫信。我覺得賈島這首〈尋隱者不遇〉比著名的〈推敲〉一詩還要好。尋是一味，隱者是一味，不遇又是一味，這首詩的名字就大有章法。不遇是美好的，頗有王子猷雪夜訪戴之味。

王子猷居山陰，夜大雪，眠覺，開室，命酌酒，四望皎然。因起彷徨，詠左思〈招隱詩〉，忽憶戴安道。時戴在剡，即便夜乘小船就之。經宿方至，造門不前而返。人問其故，王曰：「吾本乘興而行，興盡而返，何必見戴？」

乘興而行，興盡而返，何必見戴？這樣的性情，除了魏晉，哪裡能見，所以大沼枕山句曰：一種風流吾最愛，南朝人物晚唐詩。晚唐詩倒還好，這個南朝人物實在蘊藉風流，讓人神往。以後有可能，我出一本散文集，名字就叫《不遇》。

近來想，相忘於江湖，真好，莊子說「相濡以沫，不如相忘於江湖」，這是知世之言，這樣的道理，染世漸深，越發能體會。

曾取過兩個姓沈的筆名：沈心子、沈無茶，就是好玩。我喜歡沈這個姓，底有舊味。我是個有懷舊情緒的人，似乎裝了一肚子滄桑，你說奇怪不，我連書都喜歡舊的。新物有新的光鮮，但舊物因為時光的錘煉，那一份舊味實在讓人沉迷啊。即便聽歌，我也願意聽老歌。

二〇一一年六月二十五日，安慶，湖畔社。

午夜之書

方先生好：

見字如晤。儘管面對著冷冰冰的螢屏，我還要說見字如晤。文字是氣息，我讀你的文章，便覺得其人如在眼前。

近來讀了你的書，很多文章是寓教於樂，把文章寫有趣，這是功底，現在很多人的文章恰恰少了趣味。我常常想，文章之道，趣味也是高下之一，輕視者，無力者，入不了法門的。

我覺得魏晉文章是有趣味的，明清小品是有趣味的，先秦的莊子，孔子，都有趣味，為什麼當代人的文字，趣味越來越少？是不是不讀書的緣故呢？歐陽修說：三日不讀書，便覺言語無味，面目可憎。現在很多人三月也不讀一本書呵。按照歐陽公的說法，不僅面目可憎，大抵氣息都可憎了吧。

最近寫了幾組文章，有一組和書法有關，先生是此間高手，方家，也真正是方家。剛好是深夜，古人說月黑風高夜，殺人放火天，我也就膽子大些，發來文章，請你指正。

做了編輯之後，在博客貼文章變得少了，一些讀者和朋友問怎麼博客沒有文章？我說寫不出來了！這世界所有的人都覺得我不會寫文章了，不能寫文章了，多好啊。我悄悄地寫一批又一批文章，悄悄給報刊發表，我喜歡這樣的狀態。寫作雖然是自娛和娛人，但更是秘戲。我先得享受一下秘戲的過程，然後再娛人。我又不是優伶，所以娛人一途，最無所謂，也最不在乎。

寫作是寂寞的事業，事業太宏大了，我覺得換成「寫作是寂寞的手藝」更妥當些。是不是每一個寫作者多少都有一些寂寞呢，前幾天讀周作人的《自己的園地》，知堂翁有序言道：我因寂寞，在文學上尋求慰安；夾雜讀書，胡亂作文，不值學人之一笑，但在自己總得了相當的效果了。或者國內有和我心情相同的人，便將這本雜集呈獻與他；倘若沒有，也就罷了。——反正寂寞之上沒有更上的寂寞了。

《吶喊》的自序，魯迅先生也如此寫道：「只是我自己的寂寞是不可不驅除的，因為這於我太痛苦。我於是用了種種法，來麻醉自己的靈魂，使我沉於國民中，使我回到古代去……」我初讀此話，心有戚戚焉。

我從二十一歲開始寫作，寫了六年，明年二十八歲了，寫了四五百篇文章，難道也是寂寞？當然也有寂寞，怎麼可能不寂寞。說真的，有時候挺佩服自己，寫了這麼多，有時候挺討厭自己，怎麼寫這麼多？

困意上來了，不多談，祝如意。

二〇一一年十二月十九日深夜，安慶，湖畔社。

年底之書

荊歌先生：

晚上翻書架，翻到你送我的書法，之所以「翻」，不是說我不珍惜，恰恰是珍惜，故藏之書架，方才翻之。你的字寫得好，我收到的時候就覺得好，一時說不出好之所在，現在看，還是覺得好，依然說不出好之所在。忘了是誰，給學生講詩詞，讀一首，說真好啊真好，又讀一首，說真好啊真好，真好是無言的。

我今年正式接觸書畫，每天讀讀帖臨臨字，借此養氣，寫作久了，氣息容易衰敗，進入書畫領域，體會筆墨的情致，虛室生白，吉祥止止。本以為作家介入書畫，相對要容易一些，畢竟藝術是相通的。豈料幾月下來，我才發現書畫和文學到底不同，就像鯉魚和鯽魚的關係，或者說就是水牛和黃牛的關係，說起來都是魚都是牛，但差別還是挺大的。

文學要才氣，書法靠功底，不是說文學不需要功底，也不是說書法不需要才氣，而是文學更依賴才氣，書畫更看重功底。沒有才氣的寫作，進不了法門，沒有功底的書畫，上不得檯面。板凳要坐十年冷，熟能生巧之類的話，我覺得更適合書畫藝術的創作。常常在夜裡，潛行在毛筆下宣紙上，寫著寫著就喪氣了，不得不承認，將近三十歲的身體和心理，在接受新鮮事物上要慢於青少年。記得當年讀書，《岳陽樓記》、《出師表》之類的古文，半個小時就倒背如流，如今即便一首詩，念了好幾遍，還是記得前頭忘了後面，這也是歲數不饒人啊。

前幾天我給一本青少年書畫作品集寫序，他們年紀小的五六歲，大的不到十五六歲，但已經有了相當深厚的功力，也具備了很好的藝術品質和感覺，看到他們有模有樣的筆墨，我的心裡幾乎要妒嫉了。

平日裡也接觸了很多書畫界朋友，給我的感覺是，半路出家與從小紮下童子功的，在筆法章法之類的掌握上，分明差了不止一個層次。張愛玲說成名須趁早，我看學習書畫更要趁早。書畫創作沒有孜孜以求的精神，基本就是緣木求魚。自古到今，任何一個優秀的書家和畫家，都能夠出神入化、似是而非——在傳統的浸淫下出神入化，然後進入似是而非的境界，從而發揮自己的個性。

中國書畫是一天天一月月一年年學習領悟出來的，咫尺而具千里之象，盤根紮地而又呼之欲出，點橫撇捺有板有眼到肆意逶迤，一面有技法的豐富，一面有個性的光芒。

臨近元旦，寫一點書信給遠的近的朋友們，溝通了友情，也鍛煉了寫作，還節約了賀卡，一箭三雕，真好啊真好。

二〇一一年十二月二十六日夜，安慶，湖畔社。

如春之書

麗琴女兒：

前幾天收到你的賀卡，春天一下子就走近了，一輪明月在湖心漾著波紋，汩汩而流的一泓山泉，輕輕淌過茶花邊，細語呢喃，縈洄、流連、不捨，這是你筆跡的魅力，我入眼，只覺得鳥語花香。如果那些字寫在毛邊紙上，寫在灑金箋上，寫在宣紙上，幾乎就是李清照、顧太清之類的古人的墨蹟，反正想起了唐詩，想起了宋詞，感覺全然舊味，我的帽子變成了綸巾，羽絨服變成了青衫，皮鞋變成了布靴。

打開的剎那，覺得自己似乎回到了過去，秦漢、魏晉、唐宋、明清、民國，總之和現實保持了一定距離，仿佛成了舊式文人，正在臨窗讀書作畫寫字吟哦……

我覺得好的藝術作品，能引發人想像的。人心是一湖秋水，藝術是鑰匙，藝術的鑰匙打開人心的秋水，產生許多未知。中國書畫是讓人想像的，中國的建築讓人有種隔離感，因為中國人喜歡院子，這幾年回家，鄉下的農宅也家家建有院子，冬天，躲進院子烤火，不復當年的熱鬧。

接著上面「中國書畫是讓人想像的」一句說起，西方沒有書，只有畫，西洋畫更多的是裝飾，是記錄，中國的書畫則是抒發，《祭侄帖》是悲憤之書，《韭花帖》是溫婉之書，西方的繪畫裡，幾乎沒有悲憤溫婉的情緒，即便有，也是斜陽照水。

說起來，我一直酷愛書畫，但沒有太多的翰墨細胞。一個文字工作者，可以不懂得琴棋書畫，但懂得的，畢竟品位要高些。收到你的字，我倒想動筆回信，見笑方家，真會見笑方家。我怕見笑方家，只好動動眼，或者動動嘴，現在這樣在鍵盤上敲敲打打，談著關於書畫的內容，在我看來，也是一種很好的進入方式。

藝術，是人生的一種立此存照，以書法來說，生不同時，我們不能和鍾繇、米芾、趙孟頫、李方膺、鄭板橋聊天，但只要看到他們的作品，也就有了如見其人之感。古代的文人通信，開頭喜歡寫「見字如晤」，說白了，「如晤」者也，正是私人氣息在紙上的體現啊。

人生真的是一場錯過，我們錯過了向荊浩、趙嚴、梁師閔這些大師討教的機會，我們不能和八大、石濤喝茶，也不能和魯迅、郁達夫、蕭紅吃酒，但好在還有你這樣的朋友，通過自己的學習領悟，繼承前輩的衣缽，將中國傳統的藝術發揚光大，錯過的遺憾也因此得到了滿足。

祝新年快樂。

二〇一一年十二月二十八日，安慶，湖畔社。

【輯六　人跡】

旻然兄

我準備寫旻然兄。一下筆，腦子裡冒出好幾個開頭：

一、那天晚上，我們在寒冰家吃飯，一眾人等喝酒閒聊，旻然兄坐在沙發上看電視，端個大碗，拿筷子尖扒拉米飯，碗頭似乎只有一道菜，肯定是他愛吃的，是番茄炒雞蛋還是什麼，我忘記了。旻然兄頭大身子瘦，我在心裡琢磨，這是動畫片大頭兒子的現實版哩。

二、吃過晚飯，我們三五個人在客廳聊天，旻然兄去了書房，打開電腦玩遊戲，玩什麼，我不知道，但從他眉飛色舞的表情看，內心是喜滋滋的。

三、剛練完跆拳道，旻然兄在院子裡拳打腳踢。如果換上太極衫，就恍若少年張三豐或者童星釋小龍了。我覺得甚至可以叫他「旻三豐」或者「然小龍」。後來想，如果叫「旻然小龍」更形象，他也的確長得很像童年釋小龍。

四、旻然兄埋頭在書房裡寫作業，神色間有一份執著。他的字歪歪斜斜，很多筆劃寫出了田字格或者筆記本的橫線界，亞非君在一旁校正，旻然兄不以為然，兀自散散淡淡地坐在那裡一筆一劃地做作業，寫著寫著，突然冷不丁地對父母說：「你倆少吵點架，以後我和我老婆也就少吵點。」

五、旻然兄和父親在外面吃麵條，催他吃快點，要遲到了，他回道：「你就是把我裝上火箭，也吃不快。」

開頭太多，所以一概不取，直接進入主題：

旻然兄給我第一感覺是調皮又非常有個性，讓我想到精靈古怪的金剛葫蘆娃和童年的賈寶玉。據說小時候冬天路過服裝店，他曾爬到模特身上問：「阿姨你冷不冷？」稍微長大些，在外面吃飯，舉著飲料滿桌子敬人，要求別人喝酒，還說「我隨意，你喝乾。」有一次出門，換了很多趟車，他對父親說：「把我從這車抱到那車，我都成接力棒了。」旻然兄的這些鬼馬行為，一件接一件。

旻然兄每天早上在鳥叫中起床，夜裡在蟲鳴中睡覺，說很多話，做很多次鬼臉，搗很多回蛋。後來才知道，他學習時卻異常認真，作業不寫完不出去玩，學習遊戲兩不誤。

先前曾有朋友認真地對我說，你不要惹儲旻然啊，你不一定弄得過他的。後來接觸幾回，的確不是對手。記得有回吃飯，我興致很高，說了很多話，旻然兄不高興了，板著臉說，吃飯的時候不要講話。從他的臉色判斷，我要是繼續滔滔不絕，他一定會找我麻煩的。旻然很生氣，後果很嚴重。我害怕不可預知的後果，加上天性膽小怕事，我立刻住口，不敢多嘴了。後來我們出去玩，坐在車上，我唱著歌，旻然兄很蔑視地對我說：「唱得又不好，還敢唱，你有沒有公德心啊？」我情緒一下子跌到了低谷，一路無話。他得意起來，話如連珠，我問：你憑啥說這麼多？他回道：我是大話癆，你又不是。

還有一次，我說錯了一句話，旻然兄冷冷地說：「沒有知識難道還沒有常識？」當著朋友的面，臉上還真有些掛不住。

不過旻然兄也有被收拾的時候。有天他和舒寒冰的兒子舒天宇一起玩，旻然兄拿了幾塊餅乾給天宇吃，他們一邊吃著餅乾，一邊有說有笑地談論著屬於他們的話題。餅乾吃完了，天宇掏出一盒牛奶，喝得不亦樂乎，旻然兄看得眼饞，說你的奶得給我喝，天宇說不行。旻然兄說，我剛才請你吃餅乾了，現在你要請我。天宇說，真小氣，剛請完人，就要回報，哪有強迫人請的，下回再說。旻然兄在一旁乾瞪眼。我在書房外聽到他們的對話，心裡十分享受。我治不了旻然兄，有人替我出氣，我非常快活，後來私底下著實誇獎了天宇一番。

後來，和旻然兄混熟了，每次看見我，他貌似也很客氣。那天和他坐在一起，我把手搭在他的肩頭。旻然兄一臉正色地斥責道：「把手拿開！」他已經讓我領教過厲害了，我不接受教訓，事先沒徵得他同意，就搭他的小肩，實在是自作自受。

旻然兄小小年紀就很有想法，也很有靈氣，父母出門了，他自己在家吃飯，或者拿錢去街頭吃一大碗牛肉麵，外加燒烤若干，真是懂得生活啊。

前不久我們結伴去天柱山玩，起得太早，我忘記帶食物，旻然兄慷慨地打開背包說：「所有的，都給你吃。」沒想到傲慢的儲旻然也會關心人。從此，「旻然兄」叫得爽爽的。兄弟兄弟，兄者，弟也。不過每次喊他旻然兄的時候，他總是一愣，眉目之間會恍惚片刻，似乎不習慣這樣的稱呼。但他從未以有我這麼大的小弟而得意過。我琢磨，或許他這樣正是要我明白清淨無為的道理，讓我知道不要以為自己寫了一些文章，出過兩本書就自以為是。

旻然兄十歲，今年讀小學五年級，頭髮不長，皮膚不白，圓腦袋，單眼皮，好友亞非是他父親，好友凌雲是他母親。

前幾天回家，在飯桌上遇見旻然兄，他問我什麼星座，我說「雙魚」，他低著頭邊扒拉飯邊說：我喜歡的人還都是雙魚座呢。

真是受寵若驚啦。

二〇一一年六月十一日，安慶，老家。

友人魏振強

想寫魏振強，總感覺機緣未到，只好等著。豈料機緣像約會前躲在化妝間裡的女子，太慢條斯理了，我只得強寫，學學為賦新詩強說愁的古人。想像自己早已離開安慶，回到鄭州了，那一年四十五歲，大冬天，坐在木禾居。向陽的窗臺下：

我今天想起魏振強，總覺得他是一襲披風，帶著棗紅的顏色，大風獵獵，披風捲浪。魏振強給我有俠客的感覺，江湖風波起，俠客救萬生。江湖風平浪靜，俠客也就隱逸山林，寶劍封於匣，駿馬去鞍韉，每日裡就喝喝酒，嘯傲山林，逍遙自在，差不多也就是春秋戰國魏晉六朝的日子吧。

平日裡我願意讀魏晉六朝的文章，但生活的時候，我又極端嚮往春秋戰國。所以我和魏振強成了朋友，因為振強身上有魏晉人的隨意，又有春秋人的重義。大概振強兄是和縣人的緣故，生在霸王別姬的所在地，骨子裡無形中沾染有一股秦漢氣息，這種氣息是重義，也是豪氣。我常常會把振強兄想像成舉鼎的漢子，振強兄又恰恰長得既高且大，在世風日下的當今，又有種路見不平一聲吼的俠肝義膽。

在寫作上，魏振強就是很好的夥伴和老師，他誠懇，曾經對我的寫作提出過批評。有個階段，我寫作如魚得水，一篇篇文章寫得不可收拾。振強兄說：「竹峰，你的文字很好，但過於隨意，一隨意，就容易油滑，好文章還是要路子正啊。一個人在寫作上不入偏門，這是要大勇氣，我希望你不要太早追求自己的個性。」

我寫作，很多人都誇我文字好，有想法，偶爾有些人批評，卻點不中穴位，滑得太遠，振強兄能當面批評我，而且批評得有見地，也是我前世修來的福氣。浮躁的社會，大家都在應酬，批評會消失，這很可怕。也因為這，離開安慶後，我和振強兄一直保持著密切的聯繫。

因為性格坦誠，所以一些生活的細節我都忽略了。當年第一次來報社上班，振強兄帶著我跑上跑下辦理手續；平常過節或者閒暇時，振強兄就拉我去他家吃飯。每逢佳節倍思親，友誼的溫暖，沖淡了一個在故鄉的異鄉人的太多岑寂。

我在少年時期，就讀過振強兄的文章。母親當年是文學愛好者，家裡曾自費訂閱過報刊，還有很多不知道從哪裡借來的各類雜誌。我第一次讀到了魏振強的文章——〈最後一份晚報〉、〈老師的腰圍〉。後來〈最後一份晚報〉入選了小學語文教材。以致每次我想起魏振強的時候，腦海不自禁浮現出這樣的場景：

上午的陽光，新嫩輕柔，從東邊的山尖射下來，穿過山村教室的窗子，一群群孩子將手放在桌子上，跟隨老師大聲地朗誦起〈最後一份晚報〉的文章來。孩子們讀著讀著，幼小的心靈被感染了，雖然他們還不能洞察世態，但從一些女生的臉上看，又分明有深刻的體會。

身為一個寫作者的魏振強，我並非評論家，不好多談，藏拙為好。

下面的寫作，我會寫到魏振強是個好丈夫、好父親。一個在文字世界裡左右逢源、生龍活虎的作家，在家庭裡卻有極其柔軟的一面。現在把寫作的視角拽回來了，回到現在時：

下班了，廚房裡燈光明亮，一個高大的男人在切牛肉，他的夫人在客廳邊嗑瓜子邊看電視。他把牛肉和蘿蔔之類放到電火鍋裡，他把一棵棵青菜湊到打開的不銹鋼水龍頭底下，清水激在菜葉子上，濺出水花，迅即鋪展開來，濺濕了袖口。

而振強兄和女兒之間，多年父女成兄妹，那份默契讓人迷戀嚮往。

黃復彩先生曾對我說過一件事：有一年，他和振強兄一同乘車由池州前往安慶。在路上，遠遠見一中年婦女候在路邊，手中提一菜籃，內有六七棵白菜。婦女招手，車停下，那婦女將一籃白菜硬塞到車內，塞到振強兄的手上。後來知道，她的兩個孩子患了白血病，是振強兄在報上為這兩個孩子呼籲，為她們募得一筆救命錢。孩子的家裡太窮，孩子的母親只好將家中菜地裡的白菜鏟了幾棵，以表達感激之情。這幾棵白菜，價值千金啊。

前幾天一塊出去吃飯，振強兄夾幾塊雞翅給我，我對雞翅之類不很喜歡，總覺得屬於食之無味，棄之可惜的東西。振強兄說：「我就很喜歡吃雞翅，出來吃飯，經常點這個菜。」我想起堂兄，他小時候喜歡南瓜絲，每次祖父過去吃飯，總要夾很多南瓜絲堆在祖父的碗頭，祖父並不喜歡，但每次還是高興地吃了。

於是我歡喜地吃下那幾塊雞翅。

二〇一一年六月二十三日，安慶，湖畔社。

老頭

剛認識黃復彩的時候，我一直喊他先生，客氣中有些生疏。後來熟悉了，人前就喊他老師，背後卻叫他老頭。我覺得老頭親切些，像是說自己的父親，某個親密的長者，雖然他並不老，精神得像個體操運動員。

又逢禮拜天，早晨沒什麼事，躺在家裡安心睡大覺。近午時分才起床，上網遇見黃老頭了，於是就想到記下一些文字。

老頭不常上網。他一上網，我們遇見了，總要相互問好，客氣幾句，寒暄一下，聊聊人生，說說文章。其實文章已擺著呢，人生還走著呢，說白了只不過敲著鍵盤坐一坐，坐兩袖清風，說一段閒話。

那天他剛寫完一篇散文〈自鳴鐘〉，讓我去看看。我一直認為，黃老頭的文章始終徘徊在時尚和潮流之外。在這篇文章中，他的散淡和悲憫的風格發揮到了極致。原先一直感覺他的散文空靈柔美，但讀這個文章，空靈柔美的同時，還被作者對童年生活以外的世界懷著敬畏和神秘的情緒感動了。

遊筆至此，索性說點閒話，黃老頭生在大通古鎮和悅洲，久居安慶，故鄉的一山一水定是縈繞夢境。因而他寫往事系列的文章格外多，追憶童年之樂，遙想昔日之景。但一般說來，這種情緒是藏而不露的，但有時，由物及人，不由情不自禁，因此格外動人，那些記憶的觸角像一桶清水傾瀉在乾涸的土地上，慢慢擴散，緩緩流淌，滋潤萬物。

我一直在心裡琢磨，當代安慶，要是才子作家的名額只有一個，那一定要給黃復彩。這話太得罪人，沒敢在公共場合說，安慶還有許多朋友，而且他們的文章都好得呱呱叫。但名額有限，也只好下次再給他們頒獎了。

再續前言，其實我心中的才子作家不光文章要好，還得有智慧，通靈氣，愛行走，耐寂寞。這些素質，黃復彩年輕的時候似乎就有了，如今幾十年過去，他一天天在老，但才子性情，卻一直沒變。他的處世，還是那樣，交可交之人，做愛做之事，始終保持著赤子之心。時光一天天流逝，人儘管不再光潔青春，皺紋多了，黑髮少了，時間陰影無情爬動的同時，他的文字，卻一天天老到、成熟，趨於爐火純青。

黃老頭不黨不群，退隱到人群深處，行走在俗世邊緣。「不黨」，不湊熱鬧，需要強大的人格力量，「不群」，不趨同，則需要非凡的才華和敏感的心靈。他的很多文章，無論在藝術上，還是在心靈上，都抵達了自由之境。

說起來，我們只見過一次面。有的朋友不用朝朝暮暮，只需若即若離。記得那次說好要去他家，誰知臨時坐不上車，害得他白等一上午，幸好第二天順利抵達了。他歡喜的樣子，至今想來，猶讓我感動。

前年吧，他寫了一首詩〈思緒的鳥〉，反正字不多，不妨在這裡引用一下：

伸出一隻手／在空中劃一個不規則的圓／於是，我得到／一片完整的天
一群鳥兒飛過／無聲無息／空中留下翅膀振動的痕跡

思緒是一隻鳥／從來就沒有停止飛翔
有時候我會哭泣／卻怎麼也找不到合適的理由

他問我這詩寫得如何，真是太客氣了。我要說這詩寫得不好，那可真是一竅不通、自討沒趣了。看當時情形，老頭似乎有些意外，弄了一輩子小說和散文，竟然寫出了自己的詩歌，當時他甚至是有些開心的。

老頭說他寫散文很注意裡面內在的韻味，所以他能寫出一首漂亮的詩，我絲毫不感到奇怪。後來好幾次在黃昏日暮之際，我居然想起了這首詩，想起了開心時候的黃老頭。

許多朋友和我說，黃老頭對你好著哩，今天聚會時又表揚起了你。我暗自嘀咕，老頭也批評過我的。但嘀咕歸嘀咕，心裡還是挺得意。後來我就跟他講，黃老師以後您就多表揚我吧，我這人特沒底氣，喜歡聽表揚。

如今這世道，會寫文章的人多了去了，但投機同氣的人少之又少。人與人的交往，總需要些意外的東西，說俗點，講究緣分吧。老頭年紀比我大了幾十歲，我們卻氣味相投，這真是一件美妙的事情。

我一直把自己和黃老頭當作魏晉時人，長袍寬服，在山野小徑間行走。我們是一對鄰居，他住山頭，我住山尾，得閒了，站在山岡上喊一聲，然後邀三五知己在竹林下雅集，那時，他不是老頭，也不是老師，他是我的復彩兄。

記朱麗琴

我喜歡一個人，從名字開始，不喜歡一個人，也是從名字開始。說起來簡單，我和一個作家交往，因為喜歡他的名字，和另外一個作家不相往來，因為不喜歡他的名字。

這是我的性情，也是我的偏頗之處。後來居然發現了幾個同癖之人，有位朋友討厭聞一多這個名字，念書的時候，新課本剛發下來，就用黑水筆將聞一多三個字塗黑了。還有個朋友討厭郭沫若的名字，凡是和郭沫若有關的東西，概不關注。

大千世界，也真是無奇不有。這是漢字之奇。卻說今年六月，作家許若齊兄寄來散文新作《一鉤新月天如水》，翻翻版權，責任編輯叫朱麗琴，我一看就喜歡上了，眼前出現這樣的景象：

庭院深深，朱門淡紅；有麗人兮，素手纖纖；款款撫琴，弦音渺渺。

朱麗琴這個名字極好，有名媛氣，雅雅乎王謝府邸，鬱鬱乎廳房花木，灼灼兮清新之風。朱是顏色，麗是神態，琴是操行。如琴如瑟，如琴如歌，這是生活美好的節奏。

若齊兄的書讀後，我寫了一篇書評，因為這篇文字，我和朱麗琴開始斷斷續續地交往，不濃不淡，信馬由韁。

第一次見朱麗琴，在合肥，她請我吃飯，一桌子出版人，我悄無聲息地走了進來，悄無聲息地搬了把椅子，然後悄無聲息地吃飯，聽他們說話。我對出版業涉足不深，揚長避短，沉默是金。

朱麗琴說話很快，蕪湖口音的普通話，極有五聲之美。岳西人說話只有平，鄭州人說話仄聲又太多，我都不喜歡聽。朱麗琴說話有陽平、陰平、上、去、入聲，有抑揚頓挫之美。

朱麗琴的單位在安徽大學裡一棟上個世紀的老樓上，秋天時，她請我來合肥參加一個沙龍，我去她辦公室小坐，她給我泡了杯太平猴魁，那是我第一次喝到太平猴魁，樓外葉影婆娑，打開東窗，有風吹來，晚秋仿佛仲春。

回到鄭州，我對小冬說：「這麼多年，我一直認為異性不好做朋友，這次去合肥，和朱麗琴長聊了幾次，不虛此行。」小冬說：「和一個女人能說說話，挺好的。」

最近朱麗琴迷上了書法，我感覺她在寫字的時候，極其自得其樂，每次從網上傳來照片都讓我賞心悅目。尤其是撇捺的書寫時，我幾乎能透過宣紙看見她喜滋滋地自言自語：「這一撇要雲淡風輕，就這樣收筆！」「這一捺凝住，不能洩了氣。」看完照片，她問：「是不是又有進步？」我說：「深得魏碑風骨，又有唐人寫經筆意，快接近張充和了。」她又不好意思起來，一邊不好意思一邊說：「鼓勵我呢，我繼續努力哈。」

前些時候，我讓軒轅畫院的趙雲舫先生給朱麗琴刻了五枚印章。她寫來的信中，除了名章之外，多了兩枚新的閒印，「歲月靜好」「我愛幽蘭」。看著熟宣信箋上的淡雅小楷，我感覺仿佛回到了過去。差不多就是民國吧。

我經常懷古，臨窗，臨風，臨書，臨帖，臨山，臨水，因為近視，古也古得不遠，通常只能神遊民國。吃飯的時候喜歡當代，寫作的時候，寧願生在民國。有一次，我說寫民國文，喝明清茶，讀宋元畫，交晉唐友，雖不能至，心嚮往之。

有文學評論家和我談論現代文學，我說只有現代，沒有文學。誠然，這又是我的偏頗之處，一家之言。再過百年，當代肯定是歷史，文學或許成為殘渣。

今天在鄭州想起朱麗琴，總覺得她是一灣河，水極清，在春日的陽光下，泛著淡綠的顏色。朱麗琴給我清新浩渺的感覺，清新似乎就會精巧，朱麗琴偏偏清新而浩渺。這讓我大為好奇。

我對朱麗琴還談不上多麼瞭解，這樣很好，不生不熟，半生半熟，就像好的散文一樣，白話文帶文言意蘊，才是大師手筆。

甲乙的甲，甲乙的乙

甲乙的甲是散文，甲乙的乙是小說，你可以理解成他的散文比小說好，也可以認為甲乙在散文和小說的領域裡左右逢源。

最先看到的是甲乙的散文，乍見之下，有股會心的默契，他就像明白我的心思，寫出了我理想中的樣子，好像所見略同，又似乎心有靈犀。

我眼中的散文有兩種形態：一、乾巴巴像枯樹枝；二、清靈靈似野芹菜。甲乙的文字顯然是後者。能把普普通通的方塊字鼓搗出綠茵茵的水色來，是很不容易的，除了本身的功底之外，還涉及到一個人的性情、閱讀和經歷。於是我看了幾篇署名甲乙的文章後，便開始留意起他，並時不時暗自嘀咕：這人是誰啊，文章寫得真叫好，筆名取得真叫怪。

以致後來在某次聚會上，我很驚奇地告訴文友說：自己發現了一位優秀作家，他叫甲乙。大家一聽就樂了，說我們早就知道甲乙了，早就知道他是一位優秀的作家啦。這真讓人不好意思。

後來機緣巧合，在博客上認識了甲乙，一來二去，終於成了朋友。

甲乙結集的書送過我三本，《去黑山》、《夏日的漫遊者》和《通往河流的門》，記得當年讀後的感覺不啻滿目青山，陡見奇峰，為之歡喜不盡。

如果說先前對甲乙報刊文字的閱讀是零零碎碎地斷章取義，那麼讀他的書則是完完整整地欣賞學習了。寫這篇文章時，不禁抬頭看看書架，甲乙的書兀自插在隔板間，一身風雅，在文字的世界裡光芒四射。

三本送給我的書，有兩冊是散文，可見作家對散文的情有獨鍾與偏愛。的確，甲乙在散文的世界中奔放自如，從容淡定，幽默且充滿自信，儒雅謙和的行文，仿佛是五四小品，完全一副大家風範。

在這麼高的基礎上，甲乙的小說寫作，就只能是關雲長舞劍禦敵了，說到底，青龍偃月刀才是關夫子的擅長，才是他征戰沙場的武器啊。

不是說甲乙的小說不好，而是他的散文實在太精彩了，掩蓋了小說家的光芒，就像汪曾祺一樣。甲乙的小說，有文字外的功夫。是那種能見到技法，又在技法之外的作品，他是深得散淡精神的小說家之一。關於甲乙和小說的關係，這麼總結吧，如果小說是大樹，甲乙就是青藤；如果小說是高山，甲乙就是登山運動員；如果小說是文字排列，甲乙就是我心中的好作家；他是一個讓人有所期待的小說家。

好了，小說就先聊這麼多，現在我要帶你們走進甲乙散文的天地了。

在討論甲乙散文之前，我必須說明一下，作家也是個在繪畫上下過功夫的人，參加過很多大型畫展，還在《清明》雜誌、《人民日報》的副刊上發表過油畫作品。他從美術學校畢業，有走山訪水，寫生作畫的經歷，這些無疑對後來的寫作產生了潛移默化的影響。我經常想：如果甲乙不在文字的田地耕耘，或許現在就是個成就斐然的畫家了。

魚和熊掌很難兼得，自古皆然。甲乙棄畫從文，是興趣上的取捨，也是精神上的皈依吧。不過我在閱讀他的文章時，還能看見畫家的影子，在紙頁間忽隱忽現。說到底，早年浸淫的書畫心性，還是作家心頭的那顆紅痧痣啊。於是與畫有關的文字也就一篇篇傾瀉而出，包括對書畫人物的介紹，繪畫風格的評論，甲乙寫有百篇之多。

說起畫，這中間有個小插曲。前年暮秋，朋友約我去看他的收藏，有鄭板橋的蘭花，傅抱石的扇面，金農的風景，還有八大山人的水墨，我們在儲藏室小心翼翼打開發黃的掛軸，一幅幅欣賞，真是各具情態，讓人愛不釋手。朋友問感覺如何，我回道：「像我們安慶作家甲乙的散文。」朋友愕然，於是我跟著解釋說：「真是古意幽幽，風采撩人。有生活的滄桑，且不乏優雅之況味。」

我那是把甲乙的散文來形容古畫。

形容古畫是對的，甲乙的散文正是文字形成的圖畫，有清淡的色彩感。就說遊歷文字吧，他不寫山如何青，水怎麼秀、不寫風聲日影，而是將大自然的氣息通過筆墨慢慢表現出來，讓讀者自己去品味一方水土的一番風貌，一方水土的一方人情。

身為散文家的甲乙，是極其成功的。他的散文真是越寫越好，在《通往河流的門》一書中，行文一改寫作《去黑山》時的沉鬱蒼茫，變得沖淡平和，而現在，新作《寄存在故鄉的時光》中所錄散文，更是信手拈來，氣象萬千，這分明就是欲窮千里目的更上一層樓。

在散文寫作上，如果說甲乙前期追求的是哲學上的恣意漫淼，現在嚮往的則是天地間的和諧統一。所以馬料湖的瓜，鄉村的鳥，皆有情致，他寫江南的山，江南的雨，如流水星雲，不矜持作態；逢有興時，追慕舊事，兼考證一二，侃侃而談，態度親切。現在的甲乙是高級大廚，只要一出手，就是精美可口的大餐，絕不是味同嚼蠟的盒飯。

我覺得一個成熟而真誠的作家，就是能夠運用文字，將內心的話寫出來。說起來何其簡單，做起來實在太難，因為這是對自己的表裡如一，也是和讀者的肝膽相照。好在甲乙用這本書支持了我的觀點，若不然你們還以為我姓胡的喜歡胡扯呢。

記人

入冬後，天黑得早。下班的時候，霓虹閃爍，坐在車上，撲面燈火流螢。去年元夜時，花市燈如晝。並非元夜，不是花市，街頭依舊燈火如晝。心空而乾，像抽光了水的管道，無端地，我想記人了，無端嗎？打好腹稿，就想形成文字，我分明是有意的。傳奇好寫，傳記難書，還好，我的本意不是作傳而是記人，記一個叫高楊的友人。

我在《煎茶日記》中寫道：「喝滇紅，像是遇到了好朋友，一喝就放不下，這幾天認識一位西安的友人，雖非故交，但一聊就捨不得鬆口。」

這樣的文字一帶而過，看起來很快，其實很慢，是時間慢。我朋友不多，逮到投緣的，話自然不少，高楊只好陪著。一會她下樓取快件，一會她朋友來找，一會她來電話了，我心想也該休息會，但手剎不住，就一路又在鍵盤上敲敲打打。她在那一端大概也覺得有些無奈吧。想想也是個怪事，有的人，近在咫尺，形同陌路；有的人，天各一方，談笑無忌。我和高楊沒見過面，私下裡卻覺得投緣。

偶爾她發幾張照片給我，或者朋友聚會，或者結伴遠行，或者春衫薄，或者冬衣厚，或在塞北，或在江南，在她的身體四周，大大咧咧的，有典雅的世俗與野性之美，俠女柔情在電腦螢幕上衣袂飄飄。我想如果是在金庸小說的世界裡遇到她，也不會感到意外的。她機智聰敏像《飛狐外傳》裡的程靈素，身段瘦小，一雙眼睛又大又亮。那個並非絕代佳人的女子，有的卻盡是靈心慧質。

最近經常在外面吃飯，湘菜館，粵菜館，徽菜館，豫菜館，一家又一家，在席間，面對滿桌佳餚，淺嘗輒止，厭倦了，我想的是程靈素做的菜：

到廚下拿出兩副碗筷，跟著托出三菜一湯，兩大碗熱氣騰騰的白米飯。三碗菜是煎豆腐、鮮筍炒豆芽、草菇煮白菜，那湯則是鹹菜豆瓣湯。雖是素菜，卻也香氣撲鼻。（見《飛狐外傳》第九章）

沒有黃蓉廚藝的精緻，卻多了一份家常，一種真正屬於生活的舒適。家常與舒適，正是高楊給我的感覺，也是高楊文字給我的感覺。

我對高楊說：有空去西安，你帶我吃羊肉泡饃、鍋盔。高楊說你倒好打發，幫我省錢啊。其實在城市的街巷裡轉來轉去吃小攤，我覺得更有意思，尤其和朋友一起。或步行，或騎自行車，吃的時候也不必一本正經，在小吃攤聽高楊大聲說笑，友情之美如一冊新書在手，不忍釋卷。

我喜歡高楊的文字，爽潔，拖泥帶水也拖得乾乾淨淨，不膩，不醬，字裡行間一絲淡淡的憂傷氣息。這種氣息不寡淡，與她生命中某些氣質有關吧。在她的文章中，我讀出一個弱女子的過人天資，其中的真情性單純美好，游離在世俗之外，能看到內心的清醒與乾淨。

她告訴我說，特別愛孩子，最經受不了孩子的傷害，任何一個孩子，都不能看到他們受委屈。有一天，在大街上看見有個男人打孩子，打得鼻血橫流，她上去就揪住那人的領子，把那人嚇住了。這是可以寫進《世說新語》的。

西安我沒去過，那片土地是秦磚漢瓦的故鄉，是兵馬俑的故鄉，是秦腔的故鄉。西安古稱長安，我更喜歡這個舊名字，帶著一份長治久安的美好情懷，她活在唐朝，有來自遠古的濃濃詩意：

長安一片月，萬戶擣衣聲。（李白《子夜秋歌》）

長安陌上無窮樹，唯有垂楊管別離。（劉禹錫《楊柳枝》）

長安二月眼看盡，寄報春風早為催。（岑參《春光戲題贈李侯》）

河南和陝西交界，離得很近，我卻沒踏足陝西半步。不過我喜歡陝西人，有一次，我學他們繫一條白色的汗巾，額頭還打著結，唱《山丹丹花開紅豔豔》，十足黃土高原風情，一眨眼，都是很多年前的舊事了。

二〇一〇年十一月三十日，鄭州，木禾居。

【輯七　月跡】

一月

一日，生病了，渾身無力，在床上躺了一天，晚上起來吃飯時，睡意濃濃，不能久坐。在床頭讀《聊齋》，借鬼狐氣壓病體之倦耳。

二日，題《空杯集》一冊贈人，跋：新年後第二天，小恙始安，友人邀食餃子，樂而往之，攜書一冊，並乾豆角、辣椒粉若干，此亦煙火人生之風雅事也，是以記之。

午飯後看《非誠勿擾》。孫紅雷表演可圈可點，編劇王朔的影子忽隱忽現。王朔老了，對人生的認識也就多了，即便是調侃，也多了對生命的關懷。

三日，昨天朋友贊《牡丹亭》的文字真好，此書有上海古籍版，一時不知道放在哪裡，晚飯後無事，翻前幾天買的孔尚任《小忽雷傳奇》。元明雜劇的文字確實美，這種美還是落到實處的觸手可得之美。美而不玄，美而不幻，美而不虛，美而不空。

四日，贈同事一冊《空杯集》，要了不下十回，再不給不好意思。出書後贈書，無聊且沒意，尤其是給親近的人，詩人住在隔壁是個笑話，有個作家同事，更是笑話。文字是寫給遠方人和自己看的。

五日，《忽而盛開——中國歷代名畫隨筆》，是一部自言自語的書，適合暮雨瀟瀟之際閒讀，適合大雪簇簇之夜漫讀。閃爍其詞之間還是有才氣，有才氣即便有些毛病也讓人寬容了，何況還是一個有才氣的女子，越發讓人寬容。這本書的好，好在顧左右而言他，好在不動聲色與若即若離，好在處處有小我。這本書的壞，壞在空洞，壞在輕飄，壞在太過於抒情，終究還是有些做作。

六日，《忽而盛開——中國歷代名畫隨筆》，絢爛有餘而樸素不足。絢爛過度就讓人眼花繚亂，樸素過度就會生氣沉沉。文字要絢爛，文氣要樸素，如果能二者兼得，才是真正的大境界也。

七日，收拾東西，今天在《航旅》雜誌離職。人生聚散無常，離開時，總有些傷感。收到安徽大學出版社快遞過來的張宗子《垂釣於時間之河》五冊。睡覺前，躺在床頭重讀了部分篇章。

八日，袁文先生約，在花園路吃晚飯，送了他一冊《垂釣於時間之河》存念。

九日，讀史鐵生《扶輪問路》，書在人故，別有一番滋味。

十日，去郵局寄書一捆至安慶。

十三日，早上抵安慶，車過高河時，醒來，窗外全是故地風物，入眼親切。中午，張亞鋒先生邀宴。夜，振強兄約飯，十點左右歸。

十四日，收到張健初《襟山帶江》。

十五日，張健初邀飯瑞豐園，見收藏家張慶，畫家紀念、凌曉星等近十人。

十六日，鐘榮的《詩品》格調高遠，有偏頗處，但所評所論所議皆在痛處，點到了穴位。

十七日，中午在黃復彩先生家吃飯，我自己炒菜，飯後借書三本，黃裳《過去的足跡》，嶽麓書社周作人精裝合訂本《永日集》、《看雲集》、《夜讀抄》，《屠格涅夫散文詩選》。

十八日，偶翻黃裳近作，典型學者風範，讀《過去的足跡》，依稀書生意氣。學者風範能敬仰，書生意氣卻讀來親切。

十九日，近日把黃裳與周作人交叉閱讀，黃裳的確有學周作人的地方，但知堂更理性，黃裳則浪漫多情一些。周是有格調的，黃更媚俗，周的文字很多時候是自說自話，所以免不了饒舌，黃的媚俗，可以讓人快速閱讀。午，在復彩師家吃飯。

二十日，這次重讀周作人，還是談不上多喜歡。周作人有學識，也人情練達，可惜不夠洞明世事。

二十一日，周作人博大如海，黃裳浩渺似河。夜與書畫界朋友聚，九時歸。

二十二日，《襟山帶江》讀完了，寫《半天涼月一壺老酒》記之。

二十三日，與朋友聚，得其贈香港夢梅館版《金瓶梅詞話》四冊，《陳獨秀詩集》一冊，大有可觀。另得鋼筆一枚。

二十四日，《詩品》一書讀來不隔，鐘嶸論詩反對用典。他在序裡說：「若乃經國文符，應資博古；撰德駁奏，宜窮往烈。至乎吟詠情性，亦何貴於用事？」並舉出許多詩歌的名句說明「古今勝語，多非補假，皆由直尋。」

我近年在散文寫作上也反對引用，所以周作人的《夜讀抄》世人敬佩有加，我偏偏最不喜歡。

二十五日，來安慶後，帶書不多，近日晚上，以《詩品》度夜。鐘嶸論詩，有大眼界、大胸襟，善於概括別人的詩風。

二十六日，《金瓶梅》還是蕪雜，雜花生樹。《紅樓夢》的偉大在乎經得起推敲，《金瓶梅》雖博大，但少了精緻。

讀《金瓶梅》，繁華落盡，滿目蒼涼。讀《水滸傳》，繁華落盡，滿目蒼涼。讀《三國演義》，繁華落盡，滿目蒼涼。讀《隋唐演義》，繁華落盡，滿目蒼涼。讀《紅樓夢》，繁華落盡，滿目蒼涼。中國文學，似乎就是「繁華落盡，滿目蒼涼」。

二十九日，接近年關，辦公室充滿歲末的凌亂興奮。

三十一日，夜讀余秋雨《山居筆記》《十萬進士》一章，余秋雨的散文到底好讀，有一種緩慢的抒情調子。抒情一多，容易淺薄，余秋雨才子散文裡有學者的博聞與見識，蓋住了抒情的短。讀余秋雨散文，如正午飲冰啤，如夏夜啖西瓜，如冬日圍爐烤火，舒服但不能回味。

二月

一日，弟回鄉，與父親去縣城。晚飯後，九時歸，床頭讀余秋雨，讀完《一個王朝的背影》與《蘇東坡突圍》、《抱愧山西》三章。現在看，《山居筆記》格調比《文化苦旅》來得高。《文化苦旅》寫得急了，有才氣卻少了從容的回眸，也少了深度。苦旅只是筆記，山居才是文化。

二日，上午上墳。春聯一貼，年味就來了。鄉下陽光極好，在門前池塘的草坪上閒坐。大年的農村，有一種富足的慵懶，也有一種慵懶的富貴，無所事事中有節日的祥和。

放罷鞭炮吃年夜飯，去長輩家辭年。夜十時歸，上樓讀書，讀周密《武林舊事》。窗外鞭炮不絕入耳，一個人躺在被窩裡感受南宋城市經濟文化和市民生活，以及都城面貌、宮廷禮儀，很有舊味。《武林舊事》是懷舊之書，周密才情猶在寫《東京夢華錄》的孟元老之上。選注者前言寫得極好，讓人豁然開朗，讀來勢如破竹。

三日，新正是新年的開始，孟浩然《歲除夜會樂成張少府宅》一詩云：「舊曲梅花唱，新正柏酒樽。」去外祖母處拜年，午後歸。閒翻詞話版《金瓶梅》，對照著朱星《金瓶梅研究》。金瓶梅研究類的書不少，但大多著眼於作者問題夾纏不清，頗為無聊，朱星亦不能免俗，但此書二十六回校注極其詳盡，有版本學價值。

四日，讀王小波雜文，還是喜歡，喜歡王小波的思維。王小波的雜文有智慧與趣味。王小波的雜文是西方智慧與中國趣味的最佳結合。

一本《山居筆記》翻完了。這次重讀余秋雨，感覺不錯，但還是泥沙俱下。我現在倒覺得散文如果寫得泥沙俱下，未必不是功力。

翻舊書箱，見馬識途《夜譚十記》，該書十年前讀過，姜文電影《讓子彈飛》是根據其《盜官記》改編的，今夜重讀，有傳奇之妙，語言也盡得話本之力。

五日，重讀錢理群《周作人傳》，學者文字、性情筆墨，此書讀來不隔。錢氏此傳有「霸王舉鼎」之妙。鼎大而重，也只有霸王能消受。寫傳記，難得不偏頗。

六日，讀章詒和《往事並不如煙》，當年讀過，很喜歡，現在讀，還喜歡，章詒和文筆到底是很好的，我所重者，非史料價值，而是文字分量。文章到底是文章，有文采有章法，章詒和的文字能讓人沉浸在文采中忘記章法。

七日，讀《虞初新志》。《幽夢影》可以看出張潮的趣味，這本書則是文章的眼光。《虞初新志》的很多小說跌宕起伏，尤其傳紀類，描人寫事，躍然紙上，歷歷在目。文言類筆記小說的選本不少，《虞初新志》可稱翹楚。

八日，今日返安慶。

九日，讀《四手聯彈》，章詒和心氣不低，很多家常文字，透著修養與節制，信筆拈來，有貴族氣息，相比之下，賀衛方的文字功夫只能稍遜風騷了。

十日，怎麼寫是個問題，寫什麼也是個問題。章詒和的寫作，工筆中潑墨渲染。

十一日，與其和盤托出不如娓娓道來。夜宿黃湧處，讀書、喝茶、閒聊，他贈我《聶紺弩舊體詩全編》，黃仁宇《萬曆十五年》。

十二日，去迎江寺，在吳有為畫室觀畫，飲茶，下午回辦公室寫作。

十三日，讀《留夢集》。張中行耄耋文字，時見性情，火氣褪盡，滋味如圍爐夜話。

十四日，繼續讀《留夢集》，文字至老境，平淡自然平淡了，但少了蒼鬱，人生總是有得有失，大師亦不能例外。《削啄聲》一文老得可怕，真如廣陵散，從輕輕的叩門聲談起，人情世故風風雅雅。

十五日，張中行有知堂風，但知堂翁平淡中有蒼鬱，張中行平淡中是喜氣。知堂是藥，行翁可謂瓜粥。《留夢集》文章之名字為趙麗雅所題，趙麗雅者，近日揚之水也，唐人寫經筆意見有大修養，與行翁文字相得益彰，格調比行翁自書「留夢集」三字更高。

十六日，沒有書讀，還是翻《留夢集》，張中行的文字是靜看花開花落，徜徉河岸，波光粼粼，一片浩渺。

十七日，回老家了，午時歸。晚上，翻《紅樓夢》，專挑詩詞歌賦小曲短令讀至凌晨。

十八日，窗外鳥鳴不絕，起得早，一個人順著屋後小路步行至山中。山林是隱逸之地，近年封山育林，樹木蒼翠，茅草有一人高，不見當年小路矣。上午在家讀《世說新語》，中午見二姑母。下午去胡海涵處看胡氏宗譜，老先生精神不錯，聽力不好，交流如吵架。他送我《析津志輯佚》一冊，該書是一部元末人記述元大都的書，從中可以見到元大都和金中都有關官署、水道、坊巷、廟宇、古跡、風俗等資料，是現在發現最早專寫北京地方史的著作。

晚上與寒冰在意中土菜館吃飯，見儲青、朱琴夫婦等近十人。夜宿松花居，談文事人事，並飽覽詩集至凌晨兩點。

十九日，買沈勝衣《滿堂花醉》一冊，攜董橋《故事》歸家。沈勝衣文字頗似谷林，摻水的酒，摻酒的水，但其中所寫書人書事頗有味。

二十日，回安慶。帶書一包，下午編明天的報紙兩版。

二十一日，卓越網送來人民文學出版社選本《二〇一〇散文》，這本書選了我《戲人》系列稿子。另有臺靜農《龍坡雜文》、謝其章《搜書記》。

二十二日，朱以撒散文有靜氣，如山林霧靄，似湖水清咽，又彷彿茫茫池澤。讀《閒筆》一文，深有此感。

二十三日，收到陌生投稿若干，幾篇年輕人的作品能見才情。一個寫作者，才情最是難得。學識能靠讀書得之，技巧能靠學習臨摹，唯才情是天生的，不可求。陳東兄來安慶，贈其《空杯集》一冊。

二十四日，臨睡時翻了翻臺靜農《龍坡雜文》，台先生的文字越看越好。

二十五日，近來琢磨散文的靜水深流與不動聲色，浩渺遼闊，波光粼粼有水氣彌漫，心嚮往之。寫完長篇散文《隱逸》，耗時三個多小時。

二十六日，昨夜讀書寫作至凌晨兩點，近日午時方起。午後去迎江寺閒蕩，四時歸，在報社會客室喝茶閒聊，贈柯萬英安慶地方文史類雜書三冊。晚飯後逛書店，購上下冊《徐霞客遊記箋注》，遊記給明朝人寫成了絕響。另買得《陶淵明集體箋注》，大可堂版《現代戲劇連環畫》八冊。

二十七日，今天生日，晨起，收小冬祝福訊息；中午，母親打來電話。

必榮兄回太湖，路過安慶，在辦公室喝茶閒談，贈我一盒黃山毛峰。必榮兄研究李白多年，對其所知掌故很有興趣，尤其李白之死，其說法極新鮮。

收襄樊牛憲剛先生新書《水邊的歌手》，封面設計頗雅潔，內文排版亦大方，用紙也不錯，但感覺厚了一些，散文集我覺得最宜薄冊子。報社吳萍贈我《風過有痕》，書名很好，風過有痕，痕是心影。

二十八日，滬上友人快遞新書一包，記有：楚默《楚默書學論集》，鄭振擇《劫中得書記》，馬世芳《昨日書》，奧爾多・利奧波德《沙鄉的沉思》，葛兆光《看瀾集》，《豐子愷作品新編》，米蘭・昆德拉《生活在別處》。今日安慶降溫，得書之喜沖淡冷意，一室皆春。中午在復彩老師家吃飯，燉牛肉極爛。

三月

一日，曾經喜歡的書，後來卻不再讀了。曾經不喜歡的書，後來卻愛不釋手。不僅僅是趣味的問題。

二日，以前有本豐子愷的書，翻了翻，送人了。今讀《豐子愷作品新編》，還是提不起興趣。不過這本書後豐子愷的書信和日記我喜歡。我偏偏不喜歡豐子愷的散文，怪哉。

三日，讀豐子愷的緣故，我想起了夏丏尊，想起了他的《白馬湖之冬》。於是上網看了一遍。

四日，錢理群的《周作人傳》是我讀到最好的《周作人傳》。錢理群的《周作人傳》是我讀到最好的文人傳。作傳不僅僅是資料收集，如何消化是大問題，如何取捨更是個大問題。

五日，趙焰《思想徽州》，文字破綻太多，但好在有大情懷，寫得從容。

六日，陳獨秀的詩真好，比柳亞子好，儘管他未曾以詩名名世。欺世盜名之輩多了，以詩名名世者又如何？我尤其喜歡陳獨秀《靈隱寺前》一詩，氣韻溢於筆端：

> 垂柳飛花村路香，酒旗風暖少年狂。橋頭日系青驄馬，惆悵當年蕭九娘。

陳獨秀的很多詩詞不比唐宋人差，與一般文人的吟唱大不相同，他的瀟灑狂放中有一些逆俗之氣。「酒旗風暖」真是好句，奇氣散落，有大胸懷，「少年狂」讓人神往。

七日，陳獨秀的詩有魏晉風骨，他是晚清以來少有的好詩人，比龔自珍、黃遵憲諸人，更為果敢乾脆。陳獨秀詩詞之好，好在不為舊氣所累，古風裡有新語，所謂舊體詩詞者也，不過陳氏借舊的形式一吐胸中之塊壘耳。

八日，陳獨秀的詩歌是硬骨，柳亞子的詩歌是浮肉。就憑這本《陳獨秀詩詞》，陳獨秀亦可不朽也。

九日，一切無常，萬有不空（陳獨秀贈太虛法師）。何等洞察人世。陳獨秀無意為詩，但山水是有的，陳詩綺麗中見豪放，蒼涼之中藏有憤激。胡適當年否定格律詩詞，但自己卻從未間斷過律詩的創作。一方面打倒傳統，一方面接受傳統，這是五四精神。

十日，錄一句張中行先生的話：我老了，有時想到這句古話，原來輕飄飄的感慨就變為質實而沉重……天道遠，可是不可抗，除了慨歎之外，還能怎麼樣呢？再錄金克木先生寫於二十多歲的詩歌〈生日〉：

> 點點的雨，點點的愁／這古井永遠都依舊。
> 絲絲的恨，絲絲的風／該收拾了，這瓜架豆棚。
> 一支人影，一支蠟燭／桌上攤著別人的情書。
> 一聲蛩吟，一年容易／一天又添了一歲年紀。

十一日，八時抵達鄭州。

十二日，取稿費，剛好一月房貸。購成一長篇小說《白銀谷》上下冊，買韭菜半把，青菜一斤。

韭菜煎雞蛋，清炒青菜，小冬說滋味不錯，我得意。文章是看的，飯菜是吃的，許多時候我做飯菜比寫文章還要認真。好久沒有得意了，我得意我會做飯。

十三日，上午在家翻書，讀柏原《談花說木》，資料性強，著力處，甚見功力。有人約吃午飯，推了。下午見趙雲舫兄，贈其《空杯集》一冊，雲舫兄送我寫序的畫冊。在古玩城，見徐冰兄諸位朋友，得小章「胡竹峰印」一枚，閒章「懷古」一枚。購書一冊，水墨連環畫《中國軍人》。晚，在萬福吃飯，幾道菜不錯，飲啤酒一瓶，十時歸。

十四日，上午在家讀書，讀雜書。下午去省醫。接電話若干。給某雜誌寫了上萬字的文章，一分錢沒拿到，打電話問，總編說最近手頭很緊，「最近」都一年了，這就是我的生活。寫文章是快活的，拖欠和抵賴稿費，有些無趣。快活之後有些無趣，這大抵就是生活的本質吧。

晚上燒菜兩道，土豆絲很好，仿佛小品文。晚上躺在床頭看《隋煬帝豔史》，也除非是晚上，也除非是無聊時候，不然我讀不了這樣的書。心境在變，這一類書越發很難消受。此書不錯，文筆清新中見典雅。書後《凡例》云：「風流小說，最忌淫褻等語以傷風雅。」堪稱高論。風流旖旎才是上品。

十五日，讀《中國先秦帝王傳略》，氣息極好。語焉不詳處，盡是神秘。先秦人名，多有古意，字與字的組合之間頗有甲骨氣息。老車傳來散文《長安記》。

十六日，讀書，上網，一上午過去。下午出門辦事。購襯衫皮鞋各一。

十七日，下午頗苦悶，在家看電視，看完電視還是頗苦悶；於是看電影，看完電影還是頗苦悶；於是睡覺，睡在床上還是頗苦悶；於是讀書，書也讀出苦悶。半下午，有三撥人約吃飯，謝辭了。黃昏時，用山藥、紅薯、大棗熬了一點粥，這是我的晚餐。有人大魚大肉，我只要一碗清粥，有人山珍海味，我只要一碗清粥。喝著粥，終於慢慢排遣了苦悶。

讀周楞伽《插圖本唐代傳奇選譯》，譯筆不凡，但將原書中詩詞譯成白話，卻又太過，少了韻味。

十八日，校對完車前子散文集《冊頁晚》。夜乘火車去合肥。

十九日，晨八時到合肥，見朱麗琴，得書法小卷一幅，內容是曹丕《論文》。何客兄贈朱良志著作兩冊。天氣不好，小雨纏綿，夜裡九時回到安慶。

二十日，甲乙先生與夫人趙軍老師從北京歸來，電約小聚。與甲乙文字之交四五年，一直未曾謀面，古人君子之交，大抵如此吧。甲乙的家極具藝術氣息，牆上有書畫若干，養眼。喝茶閒聊，甲乙有魏晉之風，讓我大有好感，讓我大有好感的不僅是魏晉之風，更有親切。待人親切，是有古意的，古人君子之交，就是如此吧。在他家社區附近吃飯，飯菜極可口，是我回安慶後吃到最好的飯菜。我送甲乙先生一冊毛邊本《垂釣於時間之河》，他贈我《散文》雜誌一九八〇年合訂本，創刊號亦在此內，封面猶有賈寶泉送書時的小箋，另送「皖江走廊」叢書九冊。

二十一日，朱良志《扁舟一葉》，著力之作，說了大實話。

二十二日，讀郝建《琴惑》，有幾篇散文我很喜歡。郝建的文字有霧靄氣，讓人讀來迷離中有隔膜，隔膜中有親切。《琴惑》的氣場真好，惜乎太短，略微顯空。《琴惑》的好，好在有小說的筆意，且隱隱見禪理。

二十三日，讀《散文》雜誌一九八〇年合訂本，其中筆談散文類文字極有意思，可供借鑒參考吧。那個時代的散文，太正，太嚴肅了，抒情味也太濃，散文不能不抒情，沒有抒情的散文，過於冰冷，抒情多度的散文，容易幼稚。

二十四日，讀《走不出的門》，孫郁的文章先前讀過兩篇，一篇是《苦行者》，寫魯迅，文字蒼鬱，直抵人心；一篇魯迅博物館編《苦雨齋文叢》總序，短短幾千字，才情，見識均是一流。

二十五日，回嶽西。晚上在溫泉洗澡。贈亞非毛邊本《垂釣於時間之河》。夜宿松花居，聊天至凌晨兩點，上床後，失眠，遂讀書寫作至天明。

二十六日，中午和王金橋寒冰等人小聚南園，和金橋兩年沒聯繫了，下午在耕耘軒閒聊兩小時。晚，中傳兄在天際請吃飯，都是饗腸人，親切，見到幾位當年讀書時的老師，過去的事情仿佛發生在昨天，實際已隔了十多年。

二十七日，讀陶文瑜詩集《九十五首》，明白如話，雋永詼諧。柯萬英贈我光緒年間線狀石印本《歷代名臣錄》，字小如蟻，但古物有舊味。

二十八日，回家上墳，風大天干，香紙火苗蔓延，差一點引火燒山，用大樹枝撲火，一身煙氣，滿面灰屑，累極。夜裡返安慶。回家讀朱良志的書。

二十九日，閒翻「皖江走廊」叢書。年輕時候的文字到底情懷動人，只要不故作深沉，即便寫得幼稚，也有可觀處。氣象是修煉出來，但或許也與所處的環境有關，小城文學通常氣象局促，恐怕不僅僅是心胸的問題。收到陶文瑜書法繪畫小品各一幅，書法寫的是杜牧《山行》詩。中午與中傳在安慶迎賓館吃飯，贈其一冊《空杯集》。

三十日，《悲劇與超越》，廣西師範大學出版社送的。這是一本寫海子詩學新論的書，很客觀，我更喜歡第一章《海子生涯》，這是一個有優秀質地的長篇人物隨筆。我對書後長長的海子藏書目錄極有興趣，從中能看見詩人的趣味與眼光。

三十一日，孫郁的文章有高度，我達不到。我達不到車前子的爛漫與天馬行空，我達不到朱以撒的水氣彌漫波光粼粼，我達不到賈平凹的稚拙見性，我達不到張中行的宏大冷靜，他們的文字之碑，讓我敬畏。

四月

一日，《走不出的門》，寫的是老生常談的事，說魯迅，說舊京文人，說汪曾祺，說王小波，見識明顯比旁人高了一層，難得有一份懂得，文字又好，孫郁把才情隱藏在文字背後，這是學者風範。

二日，蒼耳約，在藍茵河畔喝茶，黃湧送我唐振常《饔飧集》。

三日，和振強兄去參加池州詩歌節。詩人之間似乎是隔膜的，對同行的關注不僅僅需要勇氣，還需要胸襟吧。見車前子，魏老師說老車身上有泥土氣，我覺得挺對。請老車在幾本著作上題簽。偶遇青陽的劉向陽君，他從百十人認出了我，眼力真好，記得黃復彩老師當年在《紅肚兜》上「李向陽的槍，劉向陽的筆」之題跋。我喜歡這樣無意的相逢，見了就見了，分了就分了，突兀而來，絕塵而去，仿佛詩歌。

四日，甲乙的《心隨網動》讓我大為好奇，一本和女性網友的聊天實錄，生活的細節在虛擬的網路世界中閃爍游離，我喜歡這種游離之美。散文是心影，這種對話體，更能見自我。

五日，《那年秋夜》，性情之書。蘇北的散文姿態很低，微笑沖和，有拈花一笑之美，這本集子囊括了他最好的散文。蘇北的文章現在看來，還是好在有人情之美。《離巢》，當年覺得太瑣碎，現在讀來，恰恰是絮絮叨叨的瑣碎當中，寫出了細節，寫出了溫度。

六日，《饔飧集》談飲食的文字，有博聞在裡頭。我覺得飲食文字，離不開情趣，若不然，成了說明文或者介紹文或者議論文，飲食文字寫成美文才有蘊藉，才有溫度，才有情味。

七日，去巢湖含山縣。夜，同室人鼾聲如雷，不能入睡，讀老車《茶飯思》談吃部分。睡意不來，用賓館信紙寫《即興》隨筆一篇。

八日，上午參加褒禪寺佛像開光大典暨紹雲和尚升座儀式。有一次我看見一個胖大和尚從臺階上搖晃而下，心裡很難過。下午回來，在辦公室上網、讀書。晚上把《饕飧集》讀完了，寡，唐振常的文字枯，太乾，沒有任何水氣，即便是春意融融之時讀來，還是寡。文字淡不可怕，就怕寡。唐振常這本書的好處在於絲絲縷縷的文化情結。

九日，中國小說講到底還是好故事，胡蘭成《中國文學史話》中所津津樂道的「漁樵閒話」，說通俗點，還是對故事的推崇。

十日，今晚想寫兩篇文章，打開電腦，躊躇良久，感覺飛了，興趣一走，終於沒有寫成。大概是目標定高了，我不應該想寫兩篇文章的，如果只想寫一篇就好了。回家後讀了會《金瓶梅》，又讀了會朱良志《扁舟一葉》，又讀了會《看瀾集》，熄燈睡覺時，已是凌晨一點。

十一日，王荃買了一冊《空杯集》，在扉頁寫了幾個字：這是我的第一本集子。散文於我而言，是灑在紙上的淡墨，王荃師妹不棄並教正。送她一本《魏晉風物志》。

十二日，董橋文字別有一種風韻，我並不喜歡，文字美歸美，但實在太做作。

十三日，《青玉案》中寫的故事都是我喜歡的，董橋現在的文章斷句非常奇怪，很多地方根本就是斷錯了，讀來彆彆扭扭，十分不痛快。

十四日，董橋的文字甜膩，文字甜可以，但不能膩。老了之後還甜膩，就讓人無法接受了。董橋年輕時候的文字乾淨俐落，老來之後，儘管文風兀自溝壑縱橫，氣象萬千，但實在拖遝，夾纏不清。

十五日，去黃山參加「徽州詩會」。宿高爾夫酒店，晚飯時，黃梅戲專場演出頗有意思。同桌都是生面孔，只熟悉何冰凌，和她是第二次見面，開花時節此相逢，賞心樂事。

十六日，去休寧縣流口鎮茗洲村。空氣好，景色也不錯，安安靜靜，在茶園的感覺真好。

十七日，下午回到安慶。晚上讀馬世芳的《昨日書》，在《一代不如一代》的文章中，馬世芳說：搞得出經典作品、肯吃苦做大事，或是能發前人未有之創見的人，永遠是極少數，不管在哪個世代都一樣。每個世代愛讀書的人都不多，肯吃苦的人也不多，夠聰明的人就更少了。然而這類人永遠不會死絕，就這麼一小撮人，能做出或許五十年後仍然被記得的東西。至於其他那絕大多數的，就這麼「遁入歷史的洪流」了。

難得的清醒與洞察，一縷清音。

十八日，《看瀾集》的書名，我很喜歡，小波曰淪，大波為瀾，看瀾二字，風淡風清。葛兆光的讀書箚記頗有洞見，可惜文略不具。小翠寄書一包。

十九日，朱良志《扁舟一頁》，瞭解中國畫學的入門之作，也可以作研究中國畫學的經典之作。

二十日，謝其章《搜書記》買來後翻了翻就丟開了，今天取出讀了幾章，有愛書人的聲色犬馬，讀來頗親切。謝文字不好，太實，格調亦低下，但他老老實實地寫，所以淘書的辛苦與快慰、歡樂和憂愁，倒也一一分明，算是可貴處也。我近來對書沒有佔有欲了，有了就有，沒有則罷，書到底是過眼的東西，未必一定要收在書架上。

二十一日，今天又讀了讀《搜書記》，這樣一則則的買書日記，閒來翻翻，可以滿足購書之癮。好久沒去書店了，讀這本書，類似過屠門而大嚼，雖不得肉，貴且快意。

二十二日，中午，流傑表叔邀飯，飯後去他家閒聊，遇一少年玩伴，二十年沒見，相貌上印象全無。寫作至凌晨三點，用腦過度，失眠一夜。

二十三日，太累，上午在家睡覺，下午寫作讀書。上網看章詒和的微博，章詒和在傳統與現實之間遊走，一方面師法傳統，一方面關注現實，這是真正的自由知識份子。

二十四日，寫作至凌晨兩點，洗完澡後讀朱良志《中國藝術的生命精神》，朱良志越讀越讓我佩服，隱隱有大儒之風。

二十五日，今天把散文集《衣飯書》篇目基本圈定了，所收文字也是我目前最滿意的作品。

二十六日，友人送我茶葉兩盒，今年的新茶。我送過很多人茶，也有很多人送我茶，這一送一收之間，有份君子之交的淡然吧。

天太熱了，下班時，看見有人穿短褲短袖，還有人搖扇子，基本就是夏天的生活了。今天在網上和朋友聊天，她看了我的讀書日記，說孫郁的文字還是做作，這一點是對的，孫郁的文字好是好，但還是有些做作，未臻化境吧。文字要修煉，內在精神的修煉，直接影響到外在的文字，所以古人說文由心生。

我們在讀別人書的時候吹毛求疵，自己寫作馬馬虎虎。董橋說「自己寫字認真而辛苦，對得起自己寫的每一個字」。這話我信的，可惜老了之後，董橋也開始對不起自己了。

最近不易入睡，睡眠狀態不好，可能是寫作讀書用腦過度的緣故，今天故意不寫不讀，還是睡不著。床頭沒新書，與其在黑暗中睜大眼睛看黑，不如在電燈下睜大眼睛讀書。看薛原《閒話文人》，這本書寄過來時看過一遍，現在重讀，還是喜歡，有些八卦，有些情懷，有些秘事，有些分析，有些懂得，有些立場，這是好的文史隨筆。凌晨後雷聲大作，下了一場雨。也不知道是幾點睡的，迷迷糊糊，天亮了。

二十七日，讀書如談戀愛，得雙方對眼才行，在閱讀的選擇上，一個人有一個人的喜歡，一個人有一個人的眼光。文章不是可口可樂，不是白開水，不可能誰都喜歡。

二十八日，下午理髮。晚上寫蘇北兄新書《那年秋夜》書評。最近很累，洗個澡就睡了。

二十九日，晚，看電影《線人》，謝霆鋒、張家輝的表演趨向日常化，演員把表演日常化，歌星把唱歌日常化，寫作者把寫作日常化，這是境界。

三十日，不讀書，不寫作，睡覺，做飯，打掃，洗衣服，閒逛，看碟子，過完了四月的最後一天。

五月

一日，去懷寧。甄文請吃中飯，下午去了海子墓，然後去了孔雀東南飛影視城，然後去了小吏巷，然後吃晚飯，然後坐車回安慶。

二日，對世道人心的把握入木三分，這樣的寫作非人情練達、世事洞明不可。

三日，看金聖歎評《水滸》。以前覺得評點不過錦上添花，現在才知道，好的評點是高手過招，非怪當年金庸對自己武俠小說的評點本不滿意。

四日，睡意正濃，手機鬧鈴催了幾次，還不想起床，收到幾位元朋友資訊，祝節日快樂，狐疑了大半天，才知道今天是青年節，想到我是青年哩，趕緊起床，做早餐時，兀自想到我是青年哩。

讀谷林《書邊雜寫》，越讀越好，如嚼橄欖，越久越香。谷林的文字曾讀過止庵編的《上水船集》（甲乙兩本），胃口全壞，一個人，縱然才情如海，學富五車，也未必字字珠璣。

五日，一個人，不通人情事故，不是他不想通，而是他不願意通。小冬來宜。

六日，回嶽西老家，吳六平老師請吃飯，夜宿蘭貴人大酒店。

七日，爬明堂山，歷時六個小時，累極，山體植被極好。夜宿山下酒店，窗外有旅行團搞篝火晚會，大唱大跳。

八日，上午返縣城，在馮克勤家吃飯——豌豆糯米飯，快十年沒吃過，吃了兩碗，小冬一口不沾，人的口味實在大相徑庭。下午去大觀園，見各種映山紅，根雕、奇石若干。王業玲送我嶽西翠尖兩盒。

夜讀史鐵生《病隙碎筆》，若不是書前有「二〇〇三・十二・二八購於合肥席殊書屋」的字跡，我都忘了在哪裡買的。史鐵生的文字，仿佛暗夜中遙遠山野的一束火把。鄉下大旱，洗衣飲水皆成問題，記憶中不曾有過。

九日，去後山摘野果，路邊雜草齊膝，不似當年。物不是當年物，人亦非當年人。下午在院子裡讀張宗子的《書時光》，扉頁有宗子兄鋼筆題簽，二〇〇九年夏，吳劍鋒兄在哥倫比亞大學當訪問學者時帶回來的。下午，溫泉度假村接我去縣城參加他們的活動，順帶了三本書：《病隙碎筆》，王小波的一本雜文集，《書時光》。六點左右到度假村。

十日，晚，泡在溫泉裡讀王小波雜文，可謂人生一樂。

十一日，吃完早飯，上午回安慶。六點半，在安慶師範學院講《散文的師承與性情》，講了一個半小時，又花半個多小時回答學生的二十多個提問。

十二日，《都市的茶客》，施康強文字真好，老而不辣淡卻有味，見解與學養皆一流。

十三日，《都市的茶客》，布衣菜根，布衣是麻布之衣，菜根乃薺菜之根。

十四日，約亞非一家爬天柱山。天柱山的美，美在奇石。上下皆乘索道，少了勞累也少了攀登之樂。

十五日，小冬回鄭。看著她的頭花在人群中一步一跳，然後進入地下通道，轉眼就不見了。人不多，黃昏的車站廣場，甚至有些安靜，幾個旅客東遊西蕩。坐在花壇旁邊，想到離別，就有些難過。手機震了一下，小冬發來簡訊：車已發了，你不要擔心……過一會，手機又震了一下。難過著一個人走回報社。晚上在單位填稿費單至十點，回家洗澡後讀谷林《書邊雜寫》若干章。

十六日，魯迅說廢名《竹林的故事》「沖淡為衣」，讀谷林我也有此感受。廢名有野趣，文字樸素中還有奇崛，谷林卻多是書齋情懷，更為平和。這平和是心如止水心平氣和。

十七日，收到朋友送的一包書，記有：周作人《永日集》，張愛玲外集《雷峰塔》，《端木蕻良作品新編》，張承志《匈奴的讖歌》，王國維的隨筆集《人間閒話》，卡森（美）《寂靜的春天》，納博科夫《說吧，記憶》。一個多禮拜沒寫文章，今天寫了篇《綠國》，感覺還有新意。

十八日，《漆藍書簡》，這本書的副標題叫「書寫的被遮罩的江南」，因為有一個人遠行的真實與現場感，讀來親切。黑陶的文字好，黏稠綿密，不是遊記，不是隨筆，不是散文，就隨便寫寫，黑陶隨便寫寫的江南，是立體的。

十九日，《漆藍書簡》，文字節奏快，這個快不是作者表達的急速，而是地域變換帶來的感覺。黑陶的文字是寂靜的，偏於慢一類。

五月二十日，收到新修版《金庸作品集》三十六冊。書的設計裝幀遜色三聯老版多矣。

二十二日，金庸的作品，長篇比中篇短篇好些，後期的比前期的好些。這次重新再看《連城訣》，讀出好來。倪匡說《神雕俠侶》寫情，《連城訣》寫壞，一個壞字的評價未免太淺了，世情吧，我更覺得《連城訣》是世情之書。儘管沒有《天龍八部》的浩淼肆意，沒有《鹿鼎記》的爐火純青，也沒有《笑傲江湖》的快意恩仇，但因為對世態人心入木三分的描摹，自有一份超過江湖世界恩怨情仇的珍貴。寫狄雲悲憤傷心交加，在獄中自暴自棄，令人動容。而《連城訣》的後記娓娓道來中真情流露，更是一篇絕妙散文。

二十五日，《天龍八部》讀完了，百味雜陳。這本書前後大約讀過四五遍，讀武俠小說容易養成一種泛讀的習慣，打發時光自無不可，但所求得者未免有限，金庸小說尤其需要細讀，《天龍八部》甚至需要精讀。陳世驤先生曾有妙論說：

讀《天龍八部》必須不流讀，牢記住楔子一章，就可見『冤孽與超度』都發揮盡致。書中的人物情節，可謂無人不冤，有情皆孽，要寫到盡致非把常人常情都寫成離奇不可；書中的世界是朗朗世界到處藏著魍魎和鬼蜮，隨時予以驚奇的揭發與諷刺，要供出這樣一個可憐芸芸眾生的世界，如何能不教結構鬆散？這樣的人物情節和世界，背後籠罩著佛法的無邊大超脫，時而透露出來。

《天龍八部》的好，好在伏筆無數，如高手用兵，變幻莫測，也如行走山嵐，在意想不到處峰迴路轉，想像力雖神奇，把握力更可貴。

金庸寫人，任人物性情的發展來安排情節，所以蕭峰必死無疑。而很多武俠小說作家寫人，只憑自己好惡。所以金庸的小說有自然之態，《天龍八部》枝節雖多，卻不蕪雜，如一棵大樹，雖旁枝雜出，主幹兀自不動不搖，立得穩。

新修版是百尺竿頭的沖天一飛，不過將王語嫣的結局修改了，有突兀之嫌，段譽心魔一論，入情入理。金庸加了很多備註，自然是一個作家對羽毛的愛惜。大俠如金庸者，亦計較於得失，未免失去太多瀟灑。

二十七日，《碧血劍》讀完了，應該是第三次讀，很奇怪，這次重讀，前幾回，寫張朝唐的幾回，讓我恍若讀《三言兩拍》《聊齋志異》之類，何鐵手的性格在新修版裡躍然紙上。

二十八日，中午翻《審判美國》，李敖是有才的，也把美國史摸得透徹，但這本書通篇透露出自以為是與洋洋得意的氣息，讀來未免不快。《審判美國》，李敖不過是滿足自己的快意罷了。

二十九日，收到《流水集》，裝幀頗雅潔，水彩的海洋上空是圓形的幾個泡泡，封面大量置白，很見匠心。姜德明的文章是那種看不到一絲亮點，也看不到一絲破綻的寫作，沒趣味，沒文本，沒見解，藏書家吧，所錄所見所聞，好在老實。

三十日，從朋友家拿來一套《三家評紅樓夢》，打算再讀一遍。好的作品裡有一種現場感，有一種自我，讓人在熟悉的文字中讀出新意，《紅樓夢》有，《水滸傳》有，金庸的小說有，周星馳的電影有。

三十一日，今日無記。

六月

一日，朋友發短信祝兒童節快樂，一笑。一個人若能一直保持兒童活潑潑的天真與爛漫，倒是好事。浮生若夢，在塵俗間沉淪久了，天性終究越來越少，世故到底會越來越多。

二日，安坤《雞零狗碎的民國》，微博書《精神病學院畢業生》，有趣，睡前翻翻，兩夜即完。

三日，收到鐘叔河先生簽贈的毛邊本《書前書後》。

四日，這幾天上班經常看見一個老人推著輪椅練習走路，腳步蹣跚中，每一米仿佛百里之遠。

五日，今晚莫名其妙有挫敗感，或者說孤獨，或者說無聊，或者說寂寞，或者說憂傷，或者說失落——從天而降，來得無影無蹤。情緒的低谷，一顆心像秋千架，晃來晃去。

六日，端午節，中午在振強兄家吃飯。晚，梁海軍先生約，獨在異鄉不是異客，也就不需要倍思親了。晚上無書讀，在枕畔看了會葛兆光的《看瀾集》。

七日，中午無事，讀掉半本《鹿鼎記》之三。辛醜來宜，晚，約梁昱兄在外吃飯，夜宿賓館，聊天至窗色發白。

八日，《衣飯書》全部定稿，給了出版社。散文集還是要雜。內容太專一的書，雖然更符合出版體例，不免叫人感到枯燥。

九日，書稿弄好了，一口氣也鬆了。歇歇吧。

十日，回嶽西，下午在亞非書房讀書。山城有雨，其細如絲，讀累了在陽臺看亞非的蘭草，看遠方的雲，真愜意事。

十一日，《亦報隨筆》的背後有大寂寞，知堂這時文字雖有求文之心，但乾乾淨淨，篇幅統一，通本讀來，極為賞心悅目。

十二日，讀周作人很多年，《亦報隨筆》才讓我真正讀出好來，真是怪哉，畢竟不是周作人最好的東西。《亦報隨筆》的文章，閒適得爐火純青。大事寫得小巧，小事寫得不瑣碎，內容無所不有，周作人一律用幾百字打發，整整齊齊地印在書裡，有讓人看得見的大家手筆。

十三日，上午去響腸中學，見到很多老師，有當年教過我課業的。多年前的時光突然泛起。下午給學生講課兩個多小時，說了些自己的經歷，說了中國文學的發展，說了作文的技巧。夜宿天際。

十四日，乘工商局車子返回安慶，同傳兵兄去市文聯，姚嵐留飯，送我一冊《留守》，下午在報社編稿。

十五日，讀完《鹿鼎記》第四冊。

十六日，又回嶽西了，夜宿寒冰家，從書架上取下陶文瑜的《蘇式滋味》，陶文瑜文字的好，好在隨意簡約，好在漫不經心。

十七日，陳東兄約，在響腸周家飯店吃飯，家常菜，鄉鎮土菜館與城裡又別有一種滋味。晚上在惠園吃飯。晚飯後，眾人去唱歌。我逛了會書店，買十冊三聯版《吳宓日記》。吳宓曾談自己日記云：「雖記私人生活事實，亦即此時代中國之野史。其作法亦即史法，雖以自己為線索，其書之內容實有可傳之價值，而人之讀之者，必亦覺其親切有味也。」

十八日，上午在江邊朋友家玩，接了一通電話，接完電話就看雨，安慶豪雨如注，看雨落長江。

十九日，蒼耳《陌生化理論新探》，我讀不懂，存一本是友誼吧。另贈我一冊《紙人筆記》，扉頁有題跋：此紙人於彼紙人異路同行。書前有自序說：「紙人是靠紙存活並行走於紙上的存在者。」這個說法頗新鮮。

《紙人筆記》，二〇〇七年在鄭州買過一冊。蒼耳的文字細微而節制，有時對那種意識的描述類似於許多西方作家的文字，優美、憂傷。《晚安，小蒼鼠》《馬燈》《舊址》《土豆不會飛》《親愛的盲腸》這些文章短小優美，《一九八四：白與藍》《對稱的城堡》《沖著世紀叫喊》《漂泊者文學》《默劇時代》《歷史旁邊的美麗花園》，這些文章厚重樸實，細膩尖銳。

雲舫兄送閒章一枚——「長年」。年歲漸長，越來越喜歡「如意」、「吉祥」、「延年」之類的好話。

二十日，黃復彩先生抄了一張心經給我。晚上在姚嵐家吃飯，家常菜，味道極好，寫作是天外有天，廚藝也是人外有人。見石楠夫婦。九時歸。

二十一日，把散文寫得雜亂，也是種美，最起碼有一種瀟灑自如、不拘小節在裡頭。施蟄存《沙上的腳印》就寫得太整飭，這是老派文人的短板。

二十二日，《鹿鼎記》讀完了。

二十三日，收到安徽大學出版社四十冊《垂釣於時間之河》，五十冊《兒童雜事詩箋釋》。《沙上的腳印》讀完了，不是很喜歡，文章寫得太老實了。文章和做人一樣，太老實固然可親，卻未免無趣。不過後面四篇訪談文字倒處處可見施蟄存的真知。

二十四日，上午在家讀《亦報隨筆》，一個寫作者，縱然是寫到周作人這個份上，亦有他的悲哀。《亦報隨筆》的有些文章，是大可不必寫的，因為寂寞，因為稿費，也就拉雜成文了。應景成文，還要跟上新朝的形勢，寫起來處處受約，不能隨心所欲，沖淡平和中有勉強為文之無奈。

二十五日，讀完了三冊《笑傲江湖》。讀金庸還是應該快。這快是不得不快，這快是快快樂樂，這快是快意恩仇，這快是大快人心。

二十六日，回了趟鄉下。

二十七日，讀李敖《中國性研究》。李敖天生就有譁眾取寵的骨子。但不得不佩服他還是有一流的學術功底，非學堂袞袞諸公所能比。

二十八日，安慶又下雨了，久居北方，南方的梅雨季已不很適應，渾身酸痛，疑體內濕氣過重。收到鐘叔河簽名本《小西門集》，另請鐘老簽贈一冊《中國應該擁有力量》給振強兄。拿今年第二期《振風》數冊，上有《遠書》一文，收我六篇書信，近萬字。

二十九日，給《青銳》寫第三期關於金庸小說的讀書專欄。

三十日，《笑傲江湖》看完了，第四次讀。古人說溫故知新，這個故得有分量，有分量的作品才能次次讓人讀出新意。

七月

這個月讀完了《金庸作品集》。

《天龍八部》的好，好在伏筆無數，金庸的筆管似乎就是魔杖，點一點，滴一滴，就會風雲變幻，巨浪滔天。而他塑造人物時，也是興之所至，任性情的發展來安排情節，所以蕭峰要是不死那就太奇怪了。《天龍八部》中人物雖多，卻不亂，如一棵大樹，旁枝雜出，主幹卻兀自立得穩。瞧，這就是功夫，一樹擎天，但又繁花如星，一朵一世界，枝葉橫逸，機關無數。

《鹿鼎記》的好，在於單線式宏大寫作，韋小寶的經歷是主線，近兩百個人物紛至遝來。中國長篇大多是複式寫作，《紅樓夢》主角不是賈寶玉一人，《水滸傳》可謂群英譜，《三國演義》中各路英雄好漢更是不可勝數，《西遊記》少一點吧，也有師徒四人，但《鹿鼎記》卻只有一個絕對的主角──韋小寶。一個人玩轉了一個世界，韋小寶了不起，金大俠更了不起。

以鄙人之見，再過五百年，《天龍八部》、《鹿鼎記》也可算得上耐讀耐品的現代小說。細一點說，我以為，金庸的筆力的最佳「射程」該是一百來萬字，他的浩繁的作品中，長的比中短的好，後期的比前期棒。這與金庸的才氣是不搭界的，而是因為題材的限制，武俠小說只有在五十萬字至一百萬字的篇幅中，才可以鋪陳出故事的曲折複雜與詭譎多變。這一點當然大異於女人的超短裙，武俠小說要是太短，那故事還沒兜開就匆匆收場，還有什麼看頭？所以金庸的《白馬嘯西風》、《鴛鴦刀》、《越女劍》三個短篇失敗透頂也就不奇怪了。

在我看來，金庸的短篇失敗透頂，大俠在短篇寫作上的解構能力遠遠不如當今一些普通寫手，那些三四十萬字之間的小說也沒什麼太出彩的地方，譬如《書劍恩仇錄》、《俠客行》、《飛狐外傳》、《碧血劍》就不過爾爾，《連城訣》倒是個例外。

倪匡說《神雕俠侶》寫情，《連城訣》寫壞，一個壞字的定位未免太淺了，《連城訣》應該是世情之書。儘管沒有《天龍八部》的浩淼肆意，沒有《鹿鼎記》的爐火純青，更沒有《笑傲江湖》的快意恩仇，但因為對世態人心入木三分的描摹，自有一份超過江湖世界恩怨情仇的珍貴。寫狄雲悲憤交加，在獄中自暴自棄，真叫人肝腸寸斷、悲從中來。

如果說《連城訣》寫世情，《笑傲江湖》則是寫瀟灑，儘管有欲瀟灑而不得之的束縛。在我看來，金庸塑造的令狐沖這個人物形象，是需得到重視的。郭靖的俠骨，楊過的狷狂，張無忌的善良，韋小寶的滑頭，胡斐的嫉惡如仇，黃蓉的聰明俏皮，小龍女的清麗脫俗，溫青青的小心眼，這些當然也栩栩如生，躍然紙上。但令狐沖的性格發乎性情，所心所欲，不受羈絆，灑脫豁達，臻於化境，所以他讓無數讀者迷戀，甚至嚮往。

金庸、梁羽生、古龍號稱武俠小說三大家。梁羽生的小說前工後拙，開篇吸引人，隨後的情節就越來越淡了，典型的虎頭蛇尾，才氣不足大概是主要原因。古龍小說以奇取勝，連環套，計中計，真真假假，變幻莫測，令人喘不過氣來，但古龍為賺錢而寫作，成名之後，寫得太多，所以作品的縝密度大打折扣。金庸背後有泱泱《明報》，大把賺著鈔票，他寫起東西來，胸有成竹，往往開篇平平，隨著故事的展開，人物紛紛湧現，情節盤根錯節，這才攝魂奪魄，迴腸盪氣。所以有人評價說「金庸的才思如同一爐火，小說情節猶如爐火上的一壺水，火越燒越旺，水越來越滾。」《天龍八部》、《鹿鼎記》、《笑傲江湖》等長篇深得此中滋味。

八月

一日，寫散文章法要古，調子要新，文品方高。章法古，就是背靠傳統，調子新，則是文通當下。陰為古，陽為新，陰陽共濟，道法自成。道法之後，寫作散文還需要細節的穿連，細節是古玉之沁，細節是舊物經過歲月之手撫摸而成的包漿。

二日，散文是老年的藝術，這話不盡對，但倘若想把散文寫到「煙雨莽蒼蒼，龜蛇鎖大江」的地步，卻非得有歲月的沉澱不可。近日讀老人散文，深有此感。

三日，楊莉送我一大包書，這是朋友情意重。今天讀了《我為什麼寫作：當代著名作家講演集》，這本書極好，經驗之談，值得一讀。

四日，《我為什麼寫作》，因為是演講，倒更容易看出一個作家的才情，趣味與格調。葉兆言講得最差，賈平凹、莫言、余華、李銳等人所講，可取之處甚多。

五日，去古玩城逛買了串玉石手鏈。

六日，買賈平凹的散文集《天氣》。

七日，讀完《天氣》，想起曾經在博物館裡看到的商代青銅器，銅綠斑斑；又想起漫步原野上的大象，緩步從容，有種含義豐富的姿態，所以我說這本書——銅綠斑斑是其形，大象緩步是其態。

這本自編文集裡，收了很多遊歷文字，一個作家所到之處，是他性格的一部分，或者說是他性格隱形的體現。所以《松雲寺》、《定西筆記》、《又上白雲山》《說棣花》之類文章大有可觀。

賈氏文章的好，好在器識。宋人劉摯云：「士當以器識為先，一命為文人，無足觀矣。」意思是說知識份子應該把器度與見識放在第一位，一旦被稱作文人，就沒什麼值得顯揚於世。而賈平凹筆底接通了地氣，地之大，亦不知其幾萬里也，所以即便是千字文，行文佈局也有宏曠之大氣象。

《天氣》所記，題材甚雜，民風者有之，鄉情者有之，交往者有之，談文說道者有之，賈平凹下筆成文，長短自有定數，不求奇巧精工，但奇巧精工自來。

八日，文以載道，文以言志，然高手作文，其道其志並不像水上浮萍，而是湖底遊魚，需要讀者在人情物理變幻處揣摩端詳，才可得個中三昧。

散文是性情，散文也是人心，正如賈平凹所論「小說可能藏拙，散文卻會暴露一切，包括作者的世界觀、文學觀、思維定式和文字的綜合修養。」

九日，散文寫作，倘若才氣，學識，資歷，胸襟未臻上乘者，寧纖弱勿磅礡，寧小巧勿粗豪，寧抒兒女相思，不論家國大事，寧寫傷春悲秋，不摹世態人心，這樣文字尚可自得一份風流旖旎。

十日，讀一九九二年版的《賈平凹散文精選》，與《天氣》對照，我能看出深秋之意。老賈早期的文字有「春時之感」。所謂「春時之感」，是指文字的粉紅嫩綠；深秋之意則是文章字裡行間的洪波湧起與秋風蕭瑟。賈平凹的早期散文，以明清小品為底子，得魏晉風流，所以讀後有閒散文士之感；近來所作，卻師承先秦，一改先前格局之逼仄，儼若星空之浩瀚，於是文風在幽閒清妙中多了份堂皇典雅的氣象。

十一日，收到徐迅兄《春天乘著馬車來了》，寫的都是鄉土鄉情。我在回嶽西的路上讀了部分，窗外是青山綠水，在車內讀這些和自然有關的文字，感覺舒服。晚上，馮克勤在老漁村請吃飯，一大桌人，都是朋友，氣氛頗好。

十二日，夜裡讀完《春天乘著馬車來了》，徐迅寫鄉土，好就好在跳出了鄉土。一個人的寫作如果能跳出所寫題材的圈子，作旁觀或者俯視，境界自出，味道自出。在很多時候，影響一個人寫作的不是才氣，不是學識，而是眼界。

十三日，中午在沈永老師家吃飯，夏老師廚藝不錯。下午回安慶。

十四日，近來狀態不太好。一個寫作者敘事寫情談理，沒有花架子，點到為止，如鏡照人，其形態自現，又如古琴之音，緩緩而發。這是大難之事。

十五日，逛舊書攤，小冬買了兩冊美術書，我撿了本《好色一代男》。

十六日，翻了翻《好色一代男》，寫得太簡單，不適合我口味。有色無情，半色半情，無色無情。盛名之下也不過爾爾，其中關於服飾風土民情部分還不錯。

十七日，小冬今日回鄭，去車站送她。家裡沒放新書，晚上又讀了會《神雕俠侶》。金庸寫情是大情真情，猶勝瓊瑤。

十八日，上午在家洗衣服，做飯，又讀了會《神雕俠侶》。恰好是「神雕重劍」一節，金庸說「重劍無鋒，大巧不工」，藝術何嘗不是如此。

十九日，《射雕英雄傳》在金庸小說中，有大名。但我並不喜歡，以前甚至不能讀完。今天讀完一二冊，卻覺得不錯，這本書金庸沒有劍走偏鋒，所以初讀，覺得不奇，近來年紀大些，倒鹹淡正好。

二十日，《射雕英雄傳》有話本味。故事的推移與發展都是舊式小說的路子。人物的性格也臉譜化，此臉譜不是僵，而是準確。讀文字如見臉譜。《射雕英雄傳》是一個分水嶺，金庸從舊到新的分水嶺，從高手到大師的分水嶺。

二十一日，購莫言《蛙》。

二十二日，再次讀完《飛狐外傳》。我愛程靈素，釵裙著布衣。七星海棠絕，能破萬人敵。遍身皆是毒，一個素心人。

二十三日，《飛狐外傳》寫命運，命運無常，人生多舛。圓性最後的佛偈是書之眼：

> 一切恩愛會，無常難得久。生世多畏懼，命危於晨露。
> 由愛故生憂，由愛故生怖。若離於愛者，無憂亦無怖。

前四句錄自《佛說鹿母經》，後四句為《佛說妙色王因緣經》及《金剛經》。無邊的黯然是恆河之沙。

二十四日，購韓寒《1988我想和這個世界談談》，蘇童《河岸》修訂本，劉醒龍《天行者》，方方《水在時間之下》。

二十五日，文有輕重虛實，這才陰陽共濟水乳交融，進入混沌之境界。近來讀莊子更有此感。

二十六日，臺靜農的散文，好在路子正，壞在少了性情。老派文人，容易把自己裹得緊，藏得深，所以讀其文，可以得氣，但不能見性，這是大遺憾也。但想到歷史的原因，又不禁惻然。

二十七日，《龍坡雜文》，有盛唐氣象，沒有魏晉風流，也少了明清雅韻。盛唐氣象是大境界，但魏晉風流是真性情，明清雅韻則是修煉的一種情懷。情懷易得，境界難尋，性情亦難尋。

二十八日，寫作是技法道。一切藝術皆是技法道，先練技，然後學法，最後希望得道。技法好學，技可以練，法可以參，而道則需悟。得道與否，要看一個人的造化。

二十九日，武林群寇起，刀客舞江湖。

三十日，寫散文，文字要新奇，文氣要樸素。文字可以求怪，求特別，但文風要平，只有平才能走得遠，走得深，才能不墜魔障，進入大境界。廢名文字奇，但文氣不平，在我看來，廢名就不如汪曾祺、孫犁。豐子愷文氣樸實，但文字太實，豐子愷就不如廢名。而朱自清、葉聖陶等人，文字與文風皆樸素，更遜豐子愷、廢名。晚上，亂讀枕畔書至凌晨兩點。《龍坡雜文》、《金瓶梅詞話》、《都市的茶客》、《談花說木》、《亦報隨筆》。書似青山常亂疊，我常得亂翻之趣。

三十一日，朋友從網上給我傳來一個兩萬字的小說，太有錢鍾書的影子，模仿之作，但模仿得好。不講小說如何，僅僅從模仿程度上而言，是很成功的。這是模仿秀時代，所以經常在電視上看見四個劉德華，五個韓紅，三個張惠妹。

我不讀錢鍾書已經有五六年了。關於小說，沈從文說得好——貼著人物寫。錢鍾書才不會貼著人物寫呢，現在想來，《圍城》當然經典，但到底是遊戲筆墨，錢的散文也是遊戲筆墨，甚至某些學術著作也是遊戲筆墨。錢的寫作喜歡游離生活，津津樂道在趣味與藝術上。

九月

一日，立秋以來，陰雨不絕，今日始晴，昨夜睡得安穩，今天精神亦佳。振強兄池州朋友來宜，晚上一起吃飯，喝了點啤酒，有醉意。夜十一時歸，又讀《連城訣》，大概是第五次讀吧。狄雲身世之坎坷，於我心有戚戚焉。讀畢方睡，已不知夜幾點也。

二日，上午十點來單位，翻曾念長兄郵寄的《中國文學場》一書，給荊歌先生寫郵件。午後，寒冰傳來一篇散文新作，多傳奇筆法。

三日，韓寒的《1988我想和這個世界談談》，骨子裡還是雜文。韓寒的暢銷，當然有名氣的因素，我想也與敢於直面現實的姿態有很大關係。韓寒的作品中，能看到當代的原生態，這個很好，儘管藝術價值不高，但畢竟是社會的寫照。韓寒的骨子裡，還是有浪漫騎士的影子，這本書從某種程度也可以稱之為流浪小說，第一人稱的寫法，增加了閱讀時的真實感。

晚上看陳凱歌《梅蘭芳》，第二次看。王學圻演十三燕，火候剛好，黎明也可圈可點。

四日，讀完《河岸》，和早期寫作狀態有很大的差距，蘇童具備了寫大題材與大框架的能力。《河岸》的寫作，故事性不強，但有傳奇和荒誕的東西，蘇童用傳統的手法寫了一個時代，寫了特定時候的人性、人情。中國作家的敘事能力沒有問題，但中國出不了大作家，還是精神高度不夠。小說不僅僅是敘事，小說是一種精神，一種情懷。收荊歌、車前子郵件。這個月要慢慢調整狀態，讀一批書，寫一些文字。

五日，讀完了莫言《蛙》。總體感覺不錯，但前兩章明顯比後三章好，寫到後來莫言還是忍不住炫技，某些描寫，讓小說失去了更多的現實意義。

六日，開始讀《大秦帝國》，這本書五百多萬字，從未有過進入這麼長的文本，很有意思。我讀書向來唯恐易盡，此書卻擔心太長。晚上讀了第一卷上半本，給我的感覺：孫皓暉是熱愛寫作的人，能看出真摯的東西，字裡行間有對一個時代的崇拜。語言也好，通篇有種肅穆的氣場，細節把握準確。

七日，《大秦帝國》第一卷上讀完了，能感覺到作家巨大的敘事耐心，想像力和虛構力都很好，氣場充沛。

八日，《大秦帝國》第一卷下讀完了。孫皓暉時常超出小說固有的格局，議論尤其多，在我看來，議論會將讀者隔擋在文字之外。

九日，下午收到安徽大學出版社快遞來的《冊頁晚》樣書。寫書是一癡，讀書是一癡，送書亦是一癡，作書更是癡上加癡。晚上回鄭州。

九月十日，劉震雲先生送我的《一句頂一萬句》，放了很久，一直找不到感覺閱讀，寫作要感覺，閱讀也要感覺，或者說機緣。小冬睡了，我在床頭讀了片刻，這本書的語言極有意思，好幾次讓我差點笑出聲。

十一日，續讀《一句頂一萬句》。

十二日，下午購物，晚上返宜。

十三日，南北溫度相差十度有餘，中午抵安慶，從車裡出來，從深秋走到炎夏。《人民日報》副刊發《銅綠斑斑，大象緩步》一文。之所以題名為《銅綠斑斑，大象緩步》，言外之意是說賈平凹的散文寫作進入了他的青銅時代。青銅器總是越老越珍貴。

十四日，送朋友一包書，記有十多本。年紀漸長，對物的佔有越來越淡了，如今，書對我而言，讀了也就讀了，看了也就看了，存不存不再重要，給有緣者去讀，更好。書總歸是要散的，遲散不如早散。讀《大秦帝國》第二卷上。

十五日，同樣寫生活，寫感悟就比寫狀態好，寫狀態比寫內容好。寫什麼不重要，怎麼寫得較真。有生活閱歷的人，文章不容墜入虛空，但容易落實，文章虛實的把握，不僅僅是技巧，更是悟。缺乏必要的生活經驗，只有文字技巧，再多的知識，也會缺少內涵。

不安的情緒慢慢潛入地下了，靜水深流。

十六日，讀《大秦帝國》第二卷上，孫皓暉的定力慢慢浮現出來了。寫大文章有大寂寞，大寂寞要有大定力。

十七日，讀閆紅《詩經往事》，閆紅將苞米炸成爆米花；讀賈平凹《天氣》，賈平凹將爆米花還原成苞米。

十八日，天猛地冷了，冷得讓人措手不及。有些輕感冒。

十九日，讀《大秦帝國》第二卷下。近來讀書似乎慢了，是雜事多了，還是心態變了？

二十日，人自己作踐自己才是真賤。

二十一日，換了個房子，搬家，離報社近了。

二十二日，讀偽託古龍之名寫的武俠小說《流雲劍》。筆法像，故事像，人物像，一切都像古龍，作者的文采與想像力並不比古龍差。

九月二十三日，開始寫點字，無他，想把字寫好而已。

二十四日，回岳西，文聯辦雜誌，讓我做執行主編。下午在文聯上網，閒看。晚，黃嘯虎兄設席，再會小城文友。夜回鄉下。

二十五日，上午去大觀園，中午返安慶。廣西師範大學出版社郵寄來四冊書，《文藝復興戲劇選》、《不列顛諸王史》、《閒書閒話》、《用夢想化妝》。柯萬英來安慶，錢立生約晚飯，得董兄贈「無相」印章一枚，盧安民先生題簽，頗雅趣。錢先生情意重，贈書法作品四幅，其中一幅錄了我的隨筆。

二十六日，買字帖三本，柳公權、歐陽詢各一，另有《近代碑帖選》一冊。小冬微恙，夜裡回鄭州。在火車上讀完了一本武俠小說。靜讀養氣，小品、散文、隨筆可也「行讀得趣」，武俠、諜戰、懸疑、科幻是首先。

二十七日，中原小雨，氣候正好，上午在家讀《隋煬帝豔史》，作者齊東野人，不知何人也，但縱觀行文走筆卻是大才子，寫景敘事皆雅潔通暢，精巧可人。下午陪小冬去醫院。

二十八日，寒冰兄要看《陳州筆記》，從鄭州買了套，拿出來又讀了讀，還是喜歡。下午去小商品買大小囍字二十二幅，貼滿了家裡，喜氣洋洋，提前進入婚事的狀態了。晚上回合肥。

二十九日，上午抵達安慶。收到荊歌贈的兩冊舊作，散文集《不驚閣隨筆》，詩集《風笛》，另有書法作品一幅，錄周作人詩：

野老生涯是種園，閒銜煙管立黃昏；豆花未落瓜生蔓，悵望山南大水雲。

荊歌的字拙中見趣味，雅中藏靈氣，我很喜歡，他是小說家裡最好的書法家，沒有之一，就是最好。和專業書法家比，可能筆墨的功夫不如他們，但我想，筆墨是死功夫，有味才是大境界。周作人的字我覺得就比沈尹默格調高，魯迅的字我就覺得比啟功、沙孟海、林散之好。晚上在瑞豐園吃飯。

三十日，讀了幾冊國外的童話故事，童話的好還是在乎想像力與善良，童話都是善良的。我突然覺得，如果躺在床上，把童話念出聲來，旁邊躺著自己的兒子或者女兒，多好。

十月

一日，陰雨的早晨，躺在床頭聽廣播。世界病了，每個頻道都是病人和醫生的聲音，病人感謝醫生，醫生安慰病人。這是個病時代。上午去影樓選照片。晚上讀朱小棣《閒書閒話》，有些見識，但書不是閒書，話亦非閒話。

二日，讀《人間閒話》，王國維說：「客觀之詩人，不可不多閱世。閱世愈深，則材料愈豐富，愈變化，《水滸傳》、《紅樓夢》之作者是也。主觀之詩人，不必多閱世。閱世愈淺，則性情愈真，李後主是也。」這話大有見地，以前雖讀過，並無切膚之感，這次重讀，幾有切腹之感。窗外秋雨瀟瀟，腹部冰涼。

三日，埃利希‧馮‧丹尼肯《諸神的黃昏》，我把它當傳奇來讀。下午回嶽西。

四日，秋天的鄉村，極美，野草老了，大樹兀自青著，清晨，走在通往山裡的小路上，鳥鳴和著秋風，仿佛多年前的時光。多年前的時光，終究不復再有，去祖父的墳上，這些路，祖父走過，這些石頭，祖父坐過，祖父走了，路還在，石頭還在。

中午在沈永家吃飯，我做了兩道菜。夜宿溫泉度假村。讀了幾章《陳州筆記》。晚上和小冬在寒冰家吃飯。

五日，中午，天際，來了很多朋友，也來了很多親戚，有讓我意想不到的人，所以也就有了意外的驚喜。站在臺上，拉著小冬的手，我想這一切很快就結束了，而生活即將開始，新的——未來的——

六日，上午去大觀園。下午回家。晚上，躺在床上看《歲月神偷》，任達華演得真好，吳君如也好，李治廷也好，劇本更好，從頭到尾彌漫著文藝的氣息，雖然也不過是人情世故與生離死別，但在娛樂時代，人情世故與生離死別何等珍貴。

七日，《嶽西》雜誌在文聯開籌備會。午飯後去金橋辦公室閒聊，他送我新版《嶽西縣誌》一本，秋茶四盒。傍晚時分回安慶。夜裡習大字半小時。

十日，以前喜歡的書，現在回過頭看，竟然不忍卒讀。《江湖夜雨十年燈》，不忍卒讀。晚上請朋友吃飯。

十一日，廣西師範大學出版社送我揚之水《香識》，白化文《退士閒篇》，范用《相約在書店》。睡前讀《江湖夜雨十年燈》，味同嚼蠟，我偏要把蠟嚼出肉味，翻了幾頁，睏意襲來。

十二日，讀《相約在書店》。范用的文字比沈昌文好，同為三聯舊人，也同為平白文字，范用平白中有餘味，有情懷，有心緒，更難得有淡淡的惆悵；沈昌文則一白到底，像白開水，如脫毛之雞，光溜溜，一覽無餘。

十三日，近來迷戀書法，對書本就遠離了些，一本《相約在書店》今天才讀完。

十四日，讀巴爾扎克《幻滅》。題材倒也簡單，但巴爾扎克卻寫成了世界名著，對於一個好作家而言，題材不是問題，手法不是問題，問題是只要他有時間，願意寫，用心寫，一定能出好作品。

十五日，和小冬去皖江文化園，買玉佩一塊，舊紫砂壺一把，雞翅木筆架一座。

十六日，天氣太暖，穿長袖熱，穿短袖又冷，有沒有暖秋一說？從朋友家拿了套四本裝《張恨水散文》。臥室裡跑進來幾隻蚊子，把我從半夜裡咬醒了，悻悻起來，點了盤蚊香。朦朧之際躺在床上想：人生有幾恨，夢鄉蚊驚醒可謂之一。

十七日，讀《聊齋》系列《小翠》和《畫皮》連環畫。讀聊齋久了，能讀出蒲松齡的大愛，一篇又一篇志異，懷著對人間的大愛。

十八日，讀《退士閒篇》。我剛才打白化文，電腦冒出來「白話文」，白化文的白話文還真不錯，白得有回味，又有老僧閒話之妙，實在不簡單。

十九日，《退士閒篇》讀到後來，佳處湧現，越閒越好，譬如談紙鳶與風箏之類，讀史記之類隨筆，大有可觀處。

二十日，讀《香識》，揚之水本可成為一個文章家，後來熱衷學術，在我看來倒是可惜了，學者易得，文章難尋。揚之水後來的東西我並不喜歡，讀了，不知道好還是不好，總之麻木得很。

二十一日，給牧青兄散文集寫序，以前說「序跋之類也要少寫，一來不到寫序的年紀，二則厭倦了。」寫序無所謂年紀，但我真厭倦了。下班，見攤上小南瓜頭青碧可愛，買了一個。

二十二日，新配眼睛，驗光師說近視沒有加劇。給高楊寄茶葉三盒。想去太湖玩，晨起腦際過了一遍太湖的人士風景，仿佛已去，伊身體欠佳，終沒去成。南丁先生郵來一篇長文，寫過去事，筆端精氣神俱佳。八十多歲，文章悠長綿軟，這是道家精神。

二十三日，中午一邊燒菜，一邊看碟子，看《鐵達尼號》。新租的房子，房東留有很多碟片，有些電影沒看過，可以借機補課，有些電影很多年看過，舊片重溫，別有滋味。

二十四日，張恨水的散文可喜的是中國筆墨，可惜的中國筆墨太濃。以文言寫小品，張恨水在近代可謂高手中之高手。

二十五日，《山窗筆記》如果用白話文寫，《雅舍小品》當退避三舍。

二十六日，做編輯，讀好文章是享受，讀壞文章是責任，把壞文章變好文章是本領。

二十七日，看美國版的《哥斯拉》，電影和文學是相通的，有沒有留白，讓人看後有沒有想像空間，這是個問題。這部電影票房似乎不太好，坊間對其劇本多有詬病，我倒覺得導演大有深意。

二十八日，汪德平送書法一幅，寫「雲外無極」四字。晚，蒼耳請飯萬客隆。

二十九日，有雨，去馬鞍山參加安徽省副刊年會。曾必榮兄請午飯，贈其《冊頁晚》《皖山禪話》各一。後宿南湖賓館。晚，去必榮兄家玩，他送我王祥夫《四方五味》一本。馬鞍山夜景頗美，歸來乘車所見處皆精緻安靜。

三十日，上午開會。許多同行，僅僅聞名，今方見面，許多同行，從未聞名，今也見面。午後去採石磯，六時歸，必榮兄送採石磯茶乾一盒。晚飯後，同戴煌、沈天鴻、方晗、王陵萍、常河、張揚等人閒聊，十一時回房讀《四方五味》。書畫比文章好，這樣寫飲食還是太泥實。就事論事不如借題發揮。我常常想，如果寫作還有未來，也只能借題發揮，只有借題發揮方能讓一個人的寫作打開更多的窗戶。王祥夫這本集子的可貴還是性情與自己筆墨，好壞終究是自己的，與他人無關。

三十一日，上午回安慶。下午瀏覽各社所寄雜誌。人情稿太多，一蟹不如一蟹。漢語的散文寫作，到底還要進入語言狀態，這個狀態是中國傳統，不是之乎者也的傳統，也不是起承轉合的傳統，在我看來內在還是有水墨精神或者釋道儒的東西。

十一月

一日，何客兄發來《衣飯書》一校稿。

二日，亞明來安慶，隨車去樅陽，謝思球請飯。同席九人。午後回城，夜，蘆俊兄開車帶去城外吃小館子。

三日，文人多好書畫碑帖古玩佛經詩詞歌賦。書畫碑帖古玩佛經詩詞歌賦不是不可以喜歡，但有人墮入一種病態的把玩，玩得俗，玩得小氣。

四日，傍晚抵達合肥，何客兄送我一套《祝勇作品集》四冊，兩套「獨立閱讀書系」先出的三冊——王曉漁《重返公共閱讀》、凌越《寂寞者的觀察》、劉檸《前衛之癢》、其中一套毛邊本。夜裡十二時回河南。

五日，五點抵達商丘，有雨。讀祝勇《舊宮殿》，這本書以前讀過，重翻，感覺還是不錯，祝勇的文章，長的比短的好，寫歷史的比寫現實的好，寫行走的比寫讀書的好。從題材說，祝勇散文的選題都大，但大而不空，即便偶爾落到空處，因為表達的舒緩從容，也讓人讀來愉悅。

六日，夜裡六時抵鄭，小雨不斷，人多車少，去肯德基喝熱飲一杯，秋雨不止，撐傘而出，歸家衣衫盡潮，箱內兩冊新書亦染水跡。

七日，讀孫郁《遠去的群落》，感覺沒有《走不出的門》好，但低吟淺唱的味道還是有的。孫郁的寫作，取材基本是關於文人與書本以及閱讀的種種，字裡行間充滿熱愛，所以免不了有自言自語的著迷，這種著迷讀來十分感人。孫郁不擅長寫千字文，他最好的文字，都在萬言上下。《遠處的群落》因為是短文集，情緒沒放開，許多文章也就顯得逼仄，螺螄殼裡的道場終究小氣了。

八日，孫郁寫文事書事高明之處在於指東打西。文章終究是要點化開的。寫魯迅引申到魯鎮不算本事，引申到魯智深、周迅才算手段。就事論事遠遠不如借題發揮。下午運良兄開車陪我去副食品市場買糖果瓜子。

九日，去女子監獄。車至郊外，白楊夾路，窗裡看，有「文革」味。晚看周潤發版《孔子》，開場時，白髮蒼蒼的孔子席地而坐：「衰老了，很久沒有夢見周公了，禮樂仁和的夢想，只有託付給未來了。」讓人有聖人遲暮的悵然。看完，枯坐至凌晨方睡。

十日，午後去傢俱城買椅子一把，訂書架。夜去運來兄工作室，送書稿六部，以待設計封面。運來夫婦贈餐具一套，十時歸，臥床讀《張愛玲散文全集》。張愛玲的散文我讀來泥沙俱下，不過這泥不是淤泥，此沙亦非爛沙，而是底色的濁，張愛玲的文字是濁的，不過這濁不是渾濁，而是舊傢俱老舊的榫頭，或者舊宮燈紗布上的蠟燭油。《洋人看京戲及其他》、《更衣記》、《公寓生活記趣》、《談畫》，自如隨意，大有可觀。

十一日，上午理髮。讀野夫《塵世挽歌》，野夫的文字，陽剛不失溫雅，血性中脈脈含情，如舞劍聽琴。夜，來客九桌。南丁先生送書法四幅，楊莉送謝有順《從俗世中來，到靈魂裡去》一冊，萍子送扇子一把，檀木生肖鼠、葫蘆各一隻。夜裡十一時歸。

十二日，七點起床，去軍區醫院體檢。隨後帶小冬去五院檢查。午後歸，極倦。做青菜雞蛋麵，食畢即睡，傍晚時分醒來，在床頭讀《從世俗中來，到靈魂裡去》。先前在《大河報》讀謝有順談散文的專欄，把胃口看壞了。但這本書極好，寫得中肯，老實，又有自己的見解。夜返合肥。

十三日，《從俗世中來，到靈魂裡去》能看到謝有順的才氣和見識。謝有順提供了一個寫作精神的高度。

十四日，徐迅兄贈《在水底思想》一本，李智海先生贈《孔雀東南飛故園拾穗》、《孔雀東南飛故鄉民歌》各一本。出版社發來《唯美一九八四》之封面設計。

十五日，晚，和振強、郝建二兄在棋盤山路吃飯。

十六日，報社停電，去黨校圖書館看書，午後歸。今天開始寫《讀帖記》。

十七日，沒讀書，寫文章四篇。

十八日，王學泰《華夏飲食史》，太學術，趣味性也就淡了，但寫得極扎實。而扎實，恰恰是當前最匱乏的。

十九日，曉進兄贈人民文學出版社十八卷本《魯迅全集》一套。

二十日，王淼轉贈黃裳簽名版《來燕榭集外文鈔》。

二十一日，一個人的經歷寫故事容易，但寫散文難，不是說散文不能寫故事，而是故事挑戰散文。很多作家在散文裡全部是自己的故事，只有文史價值，沒有文章之美。孫犁是個例外，汪曾祺是個例外……

二十二日，在尊悅吃飯，紀念送《安慶版畫五十年》。回家讀《晚華集》，這是孫犁先生「文革」結束後出版的第一部散文集，倒也真晚華，自此之後孫犁迎來了真正的創作高峰。讀《晚華集》，文字間的鐵鍊猶未解開，但已經在跳舞了。

二十三日，在桃花源吃飯，江覺遲拿來兩廂青稞酒，喝了兩罐，味似啤酒，但有清香與甜味，更多的是異域風情。飯後想寫作，太累，一篇未畢，關機，回家睡覺，讀《張恨水散文》。

二十四，好久沒練書法，中午習字一小時。

二十五日，讀《重返公共閱讀》，書名很好，這個提法也很好，因為是重返公共閱讀，所以在書目的選擇和寫法上，顯得淺，好在淺而不薄。

二十六日，讀潘天壽《中國繪畫史》，此書與陳師曾《中國繪畫史》堪稱雙璧，文字一流，見識一流。可惜兩書用淺文言寫作，讀來未免有點隔。

中國畫西化的道路是危險的。

藝術之高下，終在境界，境界層上，一步一重天，雖咫尺之隔，往往辛苦一世，未必夢見。

在風格上，與其不痛不癢，模棱兩可，還不如走極端。

畫畫不要平，要有傾向性。

這些觀點在藝術上可謂放之四海而皆準。

二十七日，九點醒來，躺在床頭看《四方五味》。中午夏國慶老師約，在安慶人家吃飯。晚，金志苗來，飯後繞湖散步兩小時。

二十八日，讀《書法與碑帖十講》，有個人經歷和體會。

二十九日，讀沈尹默《書法論》，多是得道之言。

三十日，沈尹默《書法論》，汪曾祺《晚翠文談》，孫犁《書林秋草》，以及茅盾的文學批評，雖是一家之言，因為有創作背景，屬於經驗之談，讓人讀來有更多會心處。

十二月

一日，讀周作人《自己的園地》。

二日，讀袁騰飛。這個時代喜歡袁騰飛，沈宏非，周令飛，而不是冉雲飛。孔雀東南飛，只剩孔雀台。

三日，袁騰飛的作品，挺好，最起碼做了普及工作。雖然是信口開河，但有根有據。

四日，看《猩球崛起》。好萊塢電影多講人性，東方電影似乎更偏愛人情。

五日，讀完袁騰飛說中國史。

六日，讀《來燕榭集外文鈔》，此書後記仿佛爬滿蒼蠅的鮮肉。黃裳的寫作，黑白分明，山清水秀處處可見，窮山惡水亦處處可見。

七日，《和父親去旅行》，文字頗搖曳，台灣作家的寫作，好就好在文字上，壞也壞在文字上，朝好處說，有文氣，朝壞處說，帶文腔。相對而言，台灣作家好深情，比矯情、虛情總歸要好很多。

八日，讀完袁騰飛說世界史，在娛樂的時代，趣味至上。袁騰飛好就好在趣味，一家之言咄咄有理。

九日，讀馮亦吾《書法探求》，夜宿碧桂園酒店，失眠，凌晨兩時方睡。

十日，不知道會寫到什麼樣的天地，我時常覺得自己筆下有太多的未來和不確定性，有可能會抵達天空或者海的邊緣，也可能停在山腳或者在瀑布口就斷流了。因為未知，巨大的白，等著你，這恰恰是藝術之美。

回家時，見月全食，夜色朦朧，我突然想，如果古人在這樣的星空下撥彈箜篌，唱《公無渡河》歌曰：「公無渡河，公竟渡河！墮河而死，將奈公何。」真是大美也。

十一日，近午時方醒，在床頭讀劉義慶《幽明錄》，入眼但覺如蘆花漫天。

十二日，《幽明錄》一類書，我感興趣的不是志怪傳奇，而是當時人的寫作狀態。文字是有時代氣味的，不僅僅是文章，更是那個時代的風土人情的氣味，這才是真正的舊氣。

十三日，睡前讀《韓非子》。先秦諸子不是文人，不是政客，不是學者，而是文人政客學者的混合體。仰觀天，俯察地，平視人間，洞察一切。

十四日，讀《韓非子》，先秦諸子文鋒犀利，力度極大，如共工觸山，當然《莊子》《論語》之類除外，從文章角度上，雖然少了氣，但議論透闢，推證事理，後世無有能及。

十五日，讀《說林》，幾乎就是先秦的《世說新語》，韓非子信手點點，人物躍然，言外之意發乎筆端。

十六日，張恨水《水滸人物論贊》，文字簡潔，入微處見眼力，所論頗為中肯，最難得是無書生意氣，跳出了小說的範疇，把筆觸伸到社會背景上。

十七日，參加方以智誕辰四百周年文化尋根浮山行，下午歸。讀《棋王》，阿城的文字有癡氣，王一生癡，腳卵癡，下棋癡，吃飯癡。特定的語境與時代出了這樣的作品，到底是阿城超脫之心的使然。寫作是個人的事，雖然和時代有關，但誰倘若能超脫時代，誰就得了大道。《棋王》的好，好在漢語的傳統語境，接通了筆記小說的神韻，他讓我看到了一個作家的文字化綜合素質。

十八日，《樹王》、《孩子王》，讓我讀出了阿城的冷峻，尤其是敘事之外的冷峻，文筆仿佛魯迅。《樹王》比《孩子王》寫得好，通篇彌漫了一種肅穆的氣息，讓人讀來逼仄，似乎所有的描述都是為了肖疙瘩的死亡。人死了，一切落幕。阿城的寫作是抽身的，游離於作品所處的時代，作回望，遠望，悵望，觀望，眺望。

十九日，阿城的短篇明顯不如中篇，好作品讓人看見高度，壞作品讓人看見痕跡——讓人看到高度到底有跡可尋。

二十日，收到車前子簽名本《冊頁晚》二十冊，分贈文友。

二十一日，讀影印本《脂硯齋重評石頭記》。我喜歡脂硯齋的評，金聖歎評《水滸》是眉批，脂硯齋評《紅樓夢》是旁白。

二十二日，不同時代影印的《脂硯齋重評石頭記》，對照著讀，極有意思，文革本，胡適的題跋印章刪掉了。

二十三日，羅啟銳《歲月神偷》是速食，但不是白菜豆腐的速食，是洋速食，或者說是蛋糕。香港隨筆的風格，大抵是淺的，淺得彎彎一笑。

二十四日，回嶽西，夜，去溫泉泡澡。這幾天無事時，就在手機上看古龍小說，讀完《風雲第一刀》，人性之作。

二十五日，《王安憶小說講稿》，不僅僅是經驗之談，而且是中肯論語，說了大實話。

二十六日，董橋的《故事》，同樣是寫舊物，揚之水是格物致知，董橋是經歷故事，這是學者和雅士的區別。《故事》的寫作比《記得》、《青玉案》幾本要好。

二十七日，贈友人書兩包。得《冰與火之歌》，新版《千年一歎》、《行者無疆》。寫作者如果一直局限在一個天地了，一直不突圍，後來就死掉了，悶死了，寫作得跳出三界外，眼觀鼻，鼻觀心，當然也很好，旁觀，從遠處打量，從後面看背影。

二十八日，讀《韓少功評傳》至凌晨。韓少功的《山南水北》讀過多遍，讀評傳，可以讓人更好地理解一個人的寫作。

二十九日，收陶文瑜寫《墨蹟》一組書法隨筆的評論文章。

三十日，收到蒼耳寫我的評論。

三十一日，這一年結束了。

【輯八 筆跡】

閒時常思老
雲友靜慮
翰總覺
墨閒
香

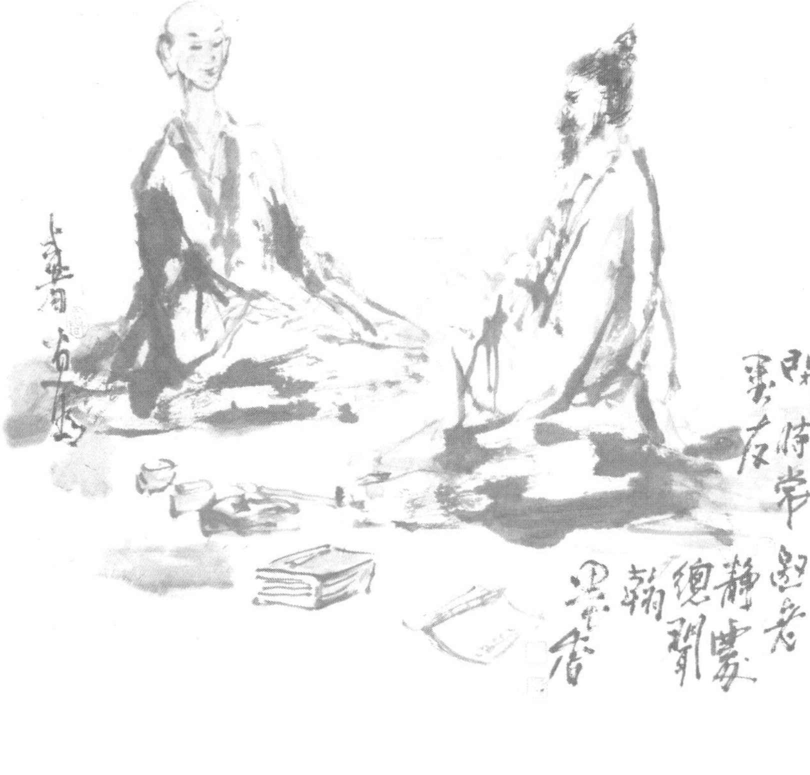

點墨

我的南窗外，沒有一棵樹，入眼是光禿禿的水泥牆；我的北窗外，也沒有一棵樹，入眼還是光禿禿的水泥牆。我對自己說，獨處的日子，是不需要傢俱的。沒有家，要那麼多用具做什麼？

我的臥室只有一張床和兩把椅子。椅子是借的，借來坐坐，反正坐坐就走。坐坐複立立，立立複坐坐。床是從舊貨市場買的，躺在上面，想到前人的氣息，我覺得自己不孤單了。這是舊物的好。舊物的好，好在有過去，新物的好，好在乾淨光潔。

住在舊房子裡，睡在舊床上，躺在舊棉被裡，我覺得自己像個老人。有位老人，獨居陋室，往來無白丁，談笑也沒有鴻儒，無事的時候，追憶似水年華，聽聽自己的心跳，冬天還可以看看自己的呼吸。一口白氣如煙似霧，像一道光柱，轉眼又消失了。聊齋中的狐狸碧眼幽幽，在窗外眨眼，一如夜幕下的星子。

小城給我的感覺好像在喜慶之前和喜慶之後，喜慶之前，緊鑼密鼓地準備著什麼，喜慶之後，神情鬆弛狀態安詳。前後之間傳達著一些東西，渺茫緊張與無所事事。

我在小巷裡，看見幾個老人，他們有的提著青菜，有的提著調和油，有的攏著手，有的甩著手。和他們迎面走過，我看見我的未來。

黃昏的時候，夕陽像夏天傍晚的流水，那樣輕，那樣柔，灑在路邊不知名的草上。那草在我腳下，我在夕陽腳下。我多像腳下的草啊。

讀點書，喝點茶，寫點字。一個人讀書、喝茶、寫字，天性所在。執著於此，便是玩物喪志；若即若離，則是悠閒人生。

悠閒更是天性，悠閒是風中柳絮，是水裡浮萍，不違逆，順其自然地隨遇而安，恍兮惚兮，江湖之遠如居廟堂之高，廟堂之高如處江湖之遠。

沒有電腦的日子，我用筆墨寫作；沒有書本的日子，我借大腦默憶。我從《莊子》回憶到《離騷》，從《搜神記》回憶到《聊齋志異》，從《東坡志林》回憶到《堅瓠集》。

垂足而坐，盤腿而踞，像一個僧人。頭上長髮垂垂而下，又像一個潦倒的詩人。為什麼詩人容易潦倒？詩，言如寸土，寸土如何值錢？

周遊斗室，我看見小孩畫在粉牆上的鴨子。江水快暖了，鴨子知道嗎？

城外蘆蒿枯黃，薺菜翠綠，搖一身蓑衣，野渡無人舟自橫。

夜來了，擁被而眠。一片月光慷慨地照著屋簷，窗外的粗水泥牆如沙灘。設想在盛夏之夜獨臥沙丘，海水渺漫，圍在前方，探照燈的光影又暈染上來了。一些詞語一些句子一些段落一些人一些事一些典故一些掌故一些風俗一些民情，悵然而來。

一點墨濡濕了白紙，桌子上墨蹟斑斑。墨蹟斑斑如同斑斑劣跡，舊物更舊……

睡吧，我要在凌晨之際夢見中原。

二〇一一年一月十五日，安慶。

我們就這樣在一起談閒

人間兩妙事，無處不可為，一是數錢，二是談閒。衛生間數錢也心意燦爛，在衛生間談閒照樣散散淡淡。

來安慶後，我像故鄉的外地人，氣息外地，飲食的習慣也是外地的。我幾乎不出門，讀一些過去讀過的書，想一些過去發生的事，寫一點過去沒有寫的文章。朋友來玩，賓館相見，可以談閒。雖然被計程車繞了幾圈，我還是歡歡喜喜。

在鄉下，談閒幾乎成了最重要的休閒方式。大冬天，幾個人腿間夾一把火爐，在家吃著爆米花，喝著茶，大家談閒。春天，望著鮮花，大家談閒。夏天，勞作的間隙，守著樹蔭，在田頭地尾叉腿坐著，大家談閒。秋天，望著收割後的原野，坐在屋簷下，大家談閒。

這幾年回家，電視普及了，電腦多了，無事時，大家對著螢幕自娛自樂。走在鄉下的路上，少見了三三兩兩的談閒人，多了一桌桌的麻將，總覺得空氣裡少了很多味道。

我的這位朋友是政府官員，業餘寫詩，但由於地處縣城——受到四面皆山、八方是水，山堵山圍、水阻水擋的局限，他的名聲不大。但我覺得他沒有隨波逐流，他是偉大的詩人。這麼多年，當別人下海經商，賺了很多錢，他還在寫他的詩。這麼多年，當別人時文不斷，稿費壓身，他還在寫他的詩。這麼多年，當別人官運亨通，前呼後擁，他還在寫他的詩。

那天，他沒說這些。只說著陶淵明、李白、杜甫、蘇東坡，像說著自己的朋友，像說著自己的家人，像說著昨天。在我們的窗外，寒風呼嘯，屋內的暖氣，吱吱響著，太熱，幾乎是單衣條褲。

我們就這樣在一起談閒。

我另外一位朋友，是個教授，研究遙遠國家的一位聲名赫赫的小說家。第一次，我並不知道他的過去。

我們只著眼於今天。

我們就這樣在一起談閒。

二〇一一年一月二十七日，安慶，湖畔社。

一天

天已經大亮了，先生高睡未起。

已經日上三竿了，先生依舊高睡未起。

隔壁的主婦在拖地，木椅子的腿腳與地板摩擦出吱吱的聲音，像群貓嬉鬧。窗外的老嫗拖拉著腳步，提著青菜，前面的小孫子活蹦亂跳。

先生的夢醒了。沒有煙，沒有酒，先生看著窗外走過的影子。晾衣架上堆著滿滿的衣服，該洗的，新洗的，未洗的，想洗的，無所事事地斜掛著。

先生打個呵欠，想做白日夢。

天光刺眼，先生只好起床。

夫人不急不緩地走著，先生在一側。

小湖裡的野鴨紅掌輕撥，先生想：鴨子快樂的。你看牠游來游去，自自在在。先生又想：鴨子無聊的，只好獨自寂寞地游來游去……大喜鵲在草蟲上走來走去，覓食，散步。小麻雀在電線杆上佇步，飛累了，歇一會。鳥猶如此，人何以堪。

這天，雖是皖南臘月的天氣，但陽光很好，燦爛肆意地在頭頂咧嘴而笑。北風吹到人身上，並不覺得怎樣冷。公園的花殘了，草坪一片灰褐色。臨岸的野葫蘆枯了，頗像僧人的禪畫。

岸邊的柳，拖著丈來長的乾穗子，和水裡的影子對望。

玫瑰花、牡丹花、苦菜花都開過了。綠的只有樹。綠樹蔭中，碎瓷片凌亂，昨夜下過雨，樹根處，泥土濕潤。水面很靜，偶爾有鳥掠過，擊起魚鱗般的浪紋，不斷地飄蕩著，及至於無。讓人看了，心裡快活。

二〇一一年二月十二日，安慶，湖畔社。

在浮莊會友

浮莊的名字真好。當時見了卻不覺得多好，只是當時已惘然，大概非要到追憶的時候才懂得好吧。

越走越深，市聲頓遠，我看見湖了。石階兩旁的樹，一排又一排，太擁擠了，太不守規矩了，很多樹雜枝交錯，密不透風，突然覺得樹木與竹林有些密不透風。浮莊其實是匠心之作，不過匠心中有些隨心所欲，樹是亂七八糟亂種的，竹子也是亂七八糟亂插的，以致有些地方密不透風。

中國建築需要通透才寬敞，中國書畫需要留白才有美，中國文章要鬆軟才得道，但樹木無所謂，密不透風倒有自然之美。我突然想，如果是夏天，如果是正午，躲在那樹木深處，會映綠臉色嗎？我們繼續走著，茶室到了，頗雅潔，小但有味道，仿佛袁宏道的小品文。大而無當，反而不如小而有味。

先到的朋友已找好位置了，面水而坐，在水邊的玻璃屋裡。我背水而坐，不一定要背水一戰，背水閒坐，就這樣無所事事地東瞧西看，就這樣沒有目的地東扯西拉，也挺好。

從我坐的地方看斜對面的樹，隔遠了，不知道是什麼樹種，但間架極好，像剛識字的兒童的鉛筆字，它是天真的，內心裡獨守一片元氣與稚拙，於是長出了性子。幾隻鳥在其間跳上竄下，一點都不累，精神抖擻地。

朱小姐問喝什麼茶呢？我說喝水吧。我想，新茶還未上市，陳茶人老珠黃，還是喝白水好。茶是風雅之友，已經有風雅之友了，就讓茶暫時讓讓吧。茶這個字真好，字形好，字音也好。黃現璠《古書解讀初探》云：

> 《九經》無荼字，或疑古時無茶，不知《九經》亦無燈字，古用燭以為燈。於是無荼字，非真無茶，乃用荼以為茶也。不獨《九經》無茶字，《班馬字類》中根本無茶字。至唐始妄減荼字一畫，以為茶字，而荼之讀音亦變。荼，初音同都切，讀若徒，詩所謂「誰謂荼苦」是也。東漢以下，音宅加切，讀若磋；六朝梁以下，始變讀音。唐陸羽著《茶經》，雖用茶字，然唐岱岳觀王圓題名碑，猶兩見荼字，足見唐人尚未全用茶字。只可謂荼之音讀，至梁始變，茶之體制，至唐始改而已。

以前覺得吃茶好聽，現在覺得還是喝茶悅耳。吃茶，太急了，一瀉如注；喝茶，娓娓道來，水聲潺湲。剛想到水聲潺湲，豈料就下起雨來。雨點在湖面泛著水泡，頭頂陽棚之雨乒乒乓乓，如敲破鑼，單調而沉悶，好在聲音不大，倒是平添了些野性。何先生還沒來，我們聊興正濃。

何先生來了，帶給我兩本書。有不花錢的書讀，不亦樂乎，有朋友情誼的書讀，不亦樂乎，我們聊興更濃。

人在城市，說舒服也舒服，說遭罪也遭罪，人在城裡之後，很多時候就不再屬於自己了。「雪菜臘腸飯是誰的？」服務員問。吃飯時，我和朱小姐都要了雪菜臘腸飯。這地方太雅，我得用臘腸從體內沖淡外在的雅致。早上沒吃東西，我又叫了一碗米飯。

出門之際，白玉蘭的白花一朵朵掉了好幾朵，花瓣在風雨中墜在地上，銀白，純潔，光滑細膩仿佛冰雕玉琢。

二〇一一年三月三十日，安慶，湖畔社。

即興

含山縣，昭關賓館，二〇一一年四月七日晚上十點三十分。暮春之夜的小城，感覺大好，我找不到句子來描述它。不是寫作功夫不到家，實在是當代漢語詞彙的先天不足。街頭不冷不熱，溫水一般，三五成群的男男女女談笑著輕輕而過。酒足飯飽的人做夢去了，閒情未了的人在大排檔裡喝酒閒聊。路邊小店暗紅色的燈光下，幾個妖嬈的女子倩笑盈盈地左右張望。

老魏說出去喝酒吧。寂寞的夜晚，我們能做什麼？喝不了白酒，喝啤酒；喝不了啤酒，喝紅酒；喝不了紅酒，喝果子酒；喝不了果子酒，喝果汁；——總之要喝點什麼。我忽然起了酒興。據說酒能亂性，我鐵石心腸，它奈我何哉？

老魏點了三個菜，鴨血燉豆腐、酒糟悶小魚、韭菜炒螺絲，外加一盤花生米。韭菜炒過了頭，過猶不及，吃在嘴裡，少了嚼勁。酒糟悶小魚，我第一次吃，沒見過代表作和力作，說不出所以然。鴨血燉豆腐，味道清淡，紅是絳紅，白是乳白，紅白相間，大為悅目，極其爽口。我要了鯽魚湯，蒜薹同燒，味道在不經意間，雖然吃過晚飯，我還是連喝了兩碗。有人恨鯽魚多刺，現在看來，還是做不得法耳。我、黃復彩、魏振強圍桌而坐，心境甚好。心境好了，大排檔也是小酒樓。別人都睡了，我們半夜方歸。別人都睡了，我們談興正濃。

看雲

陽臺外的天，遼闊無際，雨絲細密密，一道又一道。樹被重重地洗過了，綠得近墨，水分太足，在盛夏的空氣中葳蕤蒼翠。茶雖陳，有老朋友陪聊，喝在嘴裡，我還是樂陶陶的。

用來遣興，即便是陳茶，也會讓時光變得慢悠悠的，跟著悠閒、閒散、散淡，淡泊一起湧來。茶是無辜的，陳不是它的錯。

也就是無所事事。無所事事地輕搖杯子，手中茶水微漾，像一泊湖水細浪拍堤。一院子的樹木，陽臺上有朋友精心侍弄的蘭草，樹木無言，蘭草無言，我們也無言，無言獨上二樓——看雲。

在無所事事之際看雲，看的不是雲，是心情。

今年都過了芒種，我還沒看到故鄉的雲，不免起了些鄉思。天下何處無雲，人間處處有雨。但故鄉的雲是孤本，它奇形怪狀，烏雲白雲紅雲鉛雲灰雲黑雲，各種雲種都有，關鍵還有一份故鄉的風土民情。

坐在陽臺的小椅子上，一抬頭，不遠處就有大團大團的雲，像棉花，像羊群。也的確像羊群，山樹是它的草原，羊群奔騰，慢慢離山而去。又像抖開軟軟的棉被，一下攤在床上。厚的雲，一團團，重的雲，凝滯著，輕的雲，隨風飄散，薄的雲，欲遮還羞，或絲或片，露出純棉的白或者淡淡的灰，透過稀薄處，兀自可以看見天空。

剛開始是有規則的雲，像列陣的士兵移動著，風一吹，雲便散了，散成了極有韻味的一朵朵。天空飄滿了雲。白雲純潔，一大捧一大捧滾滾而來，有種富足的美感。真好看。烏雲像移動的焦墨。王頌余的《中國畫技法述要‧墨法》記云：「用乾筆蘸濃墨，傳統叫『焦墨』，焦墨可以說是最乾的濃墨。」灰雲則是水墨。在焦、濃、重、淡、清之間產生著豐富的變化。

比我高的是樓，比樓高的是山，比山高的是樹，比樹高的是雲，比雲高的是天，天之高，不知其幾萬里也，天之大，更不知其幾萬里也。

今天中午出去吃飯，路過一社區，二樓有個少婦在廚房燒飯，她的頭髮蓬鬆著，家居服蓬鬆著，偶爾看我一眼，那是一朵讓人遐想的雲。她是出色的女子，顧盼之間，文靜、優雅、教養便顯露了出來。她看了看我，我瞧了瞧她，她又看了看我，我也瞧了瞧她。

她是人間的雲。

二〇一一年六月十二日，嶽西，鳴居。

無月

凌晨，忽然想寫文章，下床打開了電腦。懶得披衣服，就赤裸著身子。古人裸體讀經，風雅放誕；今人赤身寫作，怕熱省事。既然不能和讀者肝膽相照，那就與書本坦腹相見。

窗外蛙鳴陣陣，沒有月色，今天是農曆十六，十五月亮十六圓，奈何這幾天陰雨綿綿，無月可賞。朦朧中只有幾點燈火在黑色中亮著，看了一會兒，什麼也看不到，夜太深。

好久沒有在書房的感覺了。對著一屋子書，坐擁書城的氛圍真好。如今身在異地，只能在別人的書房裡過癮，所謂過屠門而大嚼，聊且快意耳。這幾年回嶽西，好住朋友寒冰家，有時候放著好好的賓館不睡，偏要睡在他那。父母覺得過分，我卻認為沒有絲毫不妥，他家仿佛我家。

把別人東西當成自己的，而且還心安理得；把別人的家當成自己的，基本就是反客為主，這和寫作一樣，也是天賦吧。有些奇怪，我好像完全活在了自己的感覺裡——身體的感覺和內心的感覺。在朋友家，想喝茶就喝茶，想吃零食就吃零食，想寫作就寫作，想讀書就讀書……

常常是這樣，我在書房寫作，寒冰在客廳讀書，不是蘇軾就是陸游，或者六朝文章，或者明清小品，或者各類詩選，或者個人專著。反正每次回嶽西，住在他的松花居裡，不知不覺就置身於文學的氛圍中，似乎回到了過去，秦漢、魏晉、唐宋、明清、民國，總之和現實保持了一定距離。

想想古人的生活，也不過如此吧。唐伯虎祝枝山臨窗寫意，李太白杜工部把酒賦詩，葛巾的書生長吟短歎，長袍的士子品茶閒話。說到這些古人，以致讓我寫此散文之際，生了幻覺：

我在寫作，寒冰兄在讀書。這時，兩個丫鬟嘻嘻鬧鬧地從門外經過，她們喜笑顏開地你追我趕，年長的丫鬟突然想起了什麼，慌忙將纖纖食指豎到嘴邊，輕噓一聲，咬著另一個的耳朵說：「二位公子正在讀書寫字呢！」於是輕輕離開。

真像做夢。無夢夜短，有夢晝長，我好久沒有做過夢了。無夢的人生是可悲的。這夢是想法，也就是說沒有想法的人是可悲的，尤其對寫作者而言。

有想法是稀奇的，在當代，很多寫作者人云亦云，從事藝術就應該標新立異。這新是文心，這異是志異——《文心雕龍》和《聊齋志異》。

《文心雕龍》是中國第一部有嚴密體系的文學理論；《聊齋志異》是中國古典文學最集大成的文言小說。要麼開一派風氣，要麼集眾家所長，說穿了，藝術的法門也就在這裡。今夜無月，寫寫閒話。

二〇一一年六月十七日，嶽西，松花居。

前夜之茶

安慶人家的飯菜真好，有沒有叫安慶人家的飯店？聽說有，我在安慶待了快一年，還沒去過，下次誰請我？蘇州有吳門人家，我覺得安慶就應該有叫「宜城人家」或者「安慶人家」的館子，專門經營皖式風味的家常菜。

前夜去安慶人家吃飯——安慶人李卉家，他客氣，請我們吃飯，這是地道「安慶人家」的飯菜。李卉家的二樓真好，陽臺空闊，儘管沒看到星星，兀自覺得星河燦爛。這是錯覺。二樓的格局更好，仿佛畫家的工作室，凌亂中處處是章法，生活區隱得深。

雖是暮秋時令，天氣還沒降溫，我和振強，郝建二兄挪步到陽臺上說話，說閒話，嘴邊浪跡天涯，心頭持齋把素。小冬在書架前捧書坐著，我瞥了一眼，是《紅樓夢》。顧盼之際，看見樓下的綠化帶，莫名其妙，我覺得仿佛綠色的濃霧，在夜色中氤氳，如重墨滴在宣紙上，慢慢化開了。

人多嘴雜，樹多嘈雜，那些樹是亂種的，沒有匠心。沒有匠心倒好，亂簇簇長著，枝葉間你爭我奪，我起先以為是三國演義，再看卻是五胡亂華，看久了，又仿佛五代十國，或者八王之亂，仔細凝神，幾乎成諾曼地登陸啦。

樓下喊吃飯，我們下去，一桌子菜，李卉說家裡有鋼琴，女兒會彈，等會大家要唱歌的。然後給小冬盛了碗鴨湯，說從中午煲到現在，要多吃點。

李卉的廚藝不錯，我的朋友中，男人廚藝普遍比女人高。男人一認真，鐵杵磨成針，燒菜，倒成了業餘中的專業了。席間，振強兄去廚房燒了道魚。現在回憶，滿桌的菜，那道魚印象最深。如果說一桌菜是龍，燒魚則是點睛之筆，李卉兄，真是對不住得很。

飯後大家坐在客廳裡喝茶，心曠神怡。不是茶能消食，故心曠神怡，而是心境，突然有了喝茶的心境。我經常去茶館喝茶，在茶館裡喝茶，賞心樂事是有的，心曠神怡卻未必。喝茶不一定非要茶館，飲酒也犯不著去酒吧。我喝了一口茶，是濃香型的鐵觀音。存放太久，已經不香了，好茶是色香味相輔相成，但這款鐵觀音偏偏不香。帝王是不需要擦香水的，腦海中突然掉出這樣的句子。

這道茶正好在放得久，不久不足以懷舊，不久不足以褪去浮華，無香反而恰到好處。這茶是老方丈，紅塵之心不滅的老方丈；這茶是大學者，童稚之心猶在的大學者。喝第二茬的時候，有讀《尚書》的味道，不是說詰屈聱牙，《尚書》味道者也，無非是說古味與金石氣。

出門之際，下雨了。訪友歸來，遇雨，可謂賞心樂事。蘆俊兄開車送我們回家，一路上，茶味兀自在唇齒盤旋。

二〇一一年十月二十五日，安慶，湖畔社。

匠心之作

感冒了，昨天中午和衣而眠，本來打算閉目養神，豈料恍惚入了夢鄉，迷迷糊糊之際，一個噴嚏驚醒夢中人，感冒了。好久不曾感冒，我感冒是不吃藥的，小病是福，有人熬藥，有人熬糖，我熬病，你們熬拜吧，拜天拜地拜金拜權拜名拜色。

我盼感冒如盼雪，冬天快殘了，還見不到雪的蹤跡，我「急急如團轉」。最近太忙，有人的散文要我看，有人的長篇讓我看，有人的隨筆讓我看，有人讓我寫序，有人讓我作評論，看書寫作，都是分內事，奈何近來狀態不佳，對這些都不感冒，於是——只好自己感冒。在辦公室噴嚏連連，我就寫作，打算用寫作來抵抗感冒，我曾經寫過：

在藥價高漲的當下，請允許我用文字給自己療傷。（錄自《青瓦雜抄》）

這話意思到了，但太矯情，人在年輕的時候，情太多，容易矯情。修改為：

在藥價高漲的當下，我用文字療傷。

文字簡練了，還是矯情，口氣又似乎重了，好在口感淡了點，不改了，一字一句，得失寸心。淡了畢竟悠遠，就這樣吧。我近來燒菜，鹽就放得極少，不是為了讓菜的味道悠遠，而是之前口味實在太重。去年夏天，在黃復彩先生家燒菜，他一嘗，太鹹了，我還一直以為很淡，不識廬山真面目，只緣身在此山中。

今天是南方的小年夜，每逢佳節倍思親這樣的情緒已經沒有了。中午，同事喊吃飯，走在路上，我對振強兄說：「人在青年的時候心很硬，今天小年，我居然一點都不想家。」

這幾年，一近年關就下雨，以致我一逢下雨天就覺得仿佛過年，我把每一個大年當雨天過，我把每一個雨天當大年過。獨在異鄉為異客，不稀奇，獨在故鄉為異客才罕見。雖是獨在故鄉為異客，但我遇見了同事好友。

感冒了，我以為能寫點什麼，文思泉湧，誰知道湧出來的只是噴嚏，噴嚏連連。心猿意馬，匠心之作耳。

二〇一二年一月十七日，安慶，湖畔社。

後記

轉眼奔三了。青春如同奔流的江河，把我拉向三十歲。時間真快，弓一張，直擊靶心。感覺還是少年，其實已經青年。在秀威出版的上一本書叫《空杯集》。之所以取名「空杯」，是因為一無所有，就像空杯空空如也。當然，也留著別的想法，我還年輕，路長著，只有空杯才能容納未來。書名定好後，發給車前子把關。老車說：「《空杯集》這個名字挺好，諧音空悲切，不好嗎？是呵，莫等閒，白了少年頭。」

現在還記得二〇一〇年十二月一日《空杯集》航運到我手上時候的情景。收到樣書，不禁回憶起當年小學報到時的光景，進得校門，到處長滿了野草，什麼都是新鮮的。大家興奮地在學校旁的小山上追趕嬉鬧，蒲公英老了，只消輕輕吹口氣，便在掌心亂舞開來，白哈哈一團。這白，正像手上《空杯集》的底子，白得能白手起家。也真是白手起家，因為那是我的第一本書——處女作。重讀過去的作品，有些文字，自己覺得還不錯，也有些文章，尚有一步之遙就能海闊天空，分明觸手可得，卻差了幾寸，這幾寸關節，偏偏打不通。散文是修養，散文是修煉，修養不到，修煉不夠，真真無可奈何。

在我看來，讀書能養氣，寫作靠悟道，邊讀邊養氣，邊寫邊悟道。過去的一年多讀了很多書，這本集子裡，十之八九是這兩年的近作，質量上要比早些年好些。特別說明，書中第七輯是我二〇一一年的讀書日記，它們曾組合一起，以隨筆和專欄的形式刊登在《人民日報•副刊》、《文藝報•書香中國》、《都市文化報》、《皖江晚報》、《皖南晨刊》、《青銳》、《安慶晚報》等多家大陸媒體。

我希望寫屬於自己的舊中有新的文字，也嘗試過先鋒與時尚的路子，一方面智慧不夠，一方面傳統太偉大，志向與趣味又不在此，到底沒有走通這條路。

寫文章，只要不吃力，我不怕不討好，我怕的是吃力不討好。汪曾祺寫京劇演員雲致秋，有能力唱頭牌，卻甘心為別人跨刀，他說：「唱二路，我有富裕；挑大梁，我不夠。」作文也一樣，有三分氣力，只能用二分，得留有餘地，用滿尚且不行，更別說透支。

在電腦前寫作的時候，感覺像磨墨的古人，慢慢地，一圈又一圈，把歲月和時光磨走了，墨團泛花，多少時光輕漾，少年不在了，青年不在了，中年不在了，瞬間進入老境。我理想中的書像花名冊，一篇篇文章乾淨淨印在紙上，不喧不嘩。我喜歡墨團，尤愛石濤「黑團團裏墨團團，黑墨團中天地寬」的句子，黑裏乾坤，亂中取趣，是以此書題為《墨團花冊》。《空杯集》，空悲切，莫等閒之類的話說一次就可以了，不能老掛在嘴邊。

近來作文極慕平易自然的境地，希望寫出粗茶淡飯一般的滋味。大餐是你們的，我偶爾去做客。

這些文章是我筆下的好漢，他們打家劫舍、殺富濟貧，他們肝膽相照、喝酒吃肉，他們或失意、或得意，他們耍槍弄棒、笑傲江湖，他們是我的。

二〇一二年五月六日，安慶，湖畔社。

釀文學112　PG0790

墨團花冊
——胡竹峰散文自選集

作　　者	胡竹峰
責任編輯	林世玲
圖文排版	邱瀞誼
封面設計	蔡瑋中

出版策劃	釀出版
製作發行	秀威資訊科技股份有限公司 114 台北市內湖區瑞光路76巷65號1樓 電話：+886-2-2796-3638　傳真：+886-2-2796-1377 服務信箱：service@showwe.com.tw http://www.showwe.com.tw
郵政劃撥	19563868　戶名：秀威資訊科技股份有限公司
展售門市	國家書店【松江門市】 104 台北市中山區松江路209號1樓 電話：+886-2-2518-0207　傳真：+886-2-2518-0778
網路訂購	秀威網路書店：http://www.bodbooks.com.tw 國家網路書店：http://www.govbooks.com.tw
法律顧問	毛國樑　律師
總 經 銷	聯合發行股份有限公司 231新北市新店區寶橋路235巷6弄6號4F 電話：+886-2-2917-8022　傳真：+886-2-2915-6275

出版日期	2012年09月　BOD一版
定　　價	350元

國家圖書館出版品預行編目

墨團花冊:胡竹峰散文自選集 / 胡竹峰著. -- 一版. -- 臺
北市：釀出版, 2012. 09
面；　　公分. --（釀文學112 ; PG0790）
BOD版
ISBN　978-986-5976-58-3（平裝）

855　　101014632

讀者回函卡

感謝您購買本書，為提升服務品質，請填妥以下資料，將讀者回函卡直接寄回或傳真本公司，收到您的寶貴意見後，我們會收藏記錄及檢討，謝謝！

如您需要了解本公司最新出版書目、購書優惠或企劃活動，歡迎您上網查詢或下載相關資料：http:// www.showwe.com.tw

您購買的書名：________________

出生日期：______年______月______日

學歷：□高中（含）以下　□大專　□研究所（含）以上

職業：□製造業　□金融業　□資訊業　□軍警　□傳播業　□自由業

□服務業　□公務員　□教職　□學生　□家管　□其它______

購書地點：□網路書店　□實體書店　□書展　□郵購　□贈閱　□其他

您從何得知本書的消息？

□網路書店　□實體書店　□網路搜尋　□電子報　□書訊　□雜誌

□傳播媒體　□親友推薦　□網站推薦　□部落格　□其他______

您對本書的評價：（請填代號　1.非常滿意　2.滿意　3.尚可　4.再改進）

封面設計____　版面編排____　內容____　文／譯筆____　價格____

讀完書後您覺得：

□很有收穫　□有收穫　□收穫不多　□沒收穫

對我們的建議：________________

____

____

____

請貼
郵票

11466
台北市內湖區瑞光路 76 巷 65 號 1 樓

秀威資訊科技股份有限公司 收

BOD 數位出版事業部

....

（請沿線對折寄回，謝謝！）

姓　　名：＿＿＿＿＿＿＿＿　年齡：＿＿＿＿　性別：□女　□男

郵遞區號：□□□□□

地　　址：＿＿＿＿＿＿＿＿＿＿＿＿＿＿＿＿＿＿＿＿

聯絡電話：（日）＿＿＿＿＿＿＿＿（夜）＿＿＿＿＿＿＿＿

E-mail：＿＿＿＿＿＿＿＿＿＿＿＿＿＿＿＿＿＿＿＿